阅微草堂笔记

手绘图鉴

中国奇谭

韩元/编著　畅小米/绘

万卷出版有限责任公司
VOLUMES PUBLISHING COMPANY

图书在版编目（CIP）数据

阅微草堂笔记 / 韩元编著；畅小米绘. -- 沈阳：万卷出版有限责任公司，2025.8. -- ISBN 978-7-5470-6699-7

Ⅰ. I242.1

中国国家版本馆CIP数据核字第2024FH0804号

出 品 人：王维良
出版发行：万卷出版有限责任公司
　　　　（地址：沈阳市和平区十一纬路29号　邮编：110003）
印 刷 者：辽宁新华印务有限公司
经 销 者：全国新华书店
幅面尺寸：145 mm×210 mm
字　　数：180千字
印　　张：8
出版时间：2025年8月第1版
印刷时间：2025年8月第1次印刷
责任编辑：张洋洋
责任校对：郑云英
装帧设计：汤　宇
ISBN 978-7-5470-6699-7
定　　价：68.00元
联系电话：024-23284090
传　　真：024-23284448

常年法律顾问：王　伟　版权所有　侵权必究　举报电话：024-23284090
如有印装质量问题，请与印刷厂联系。联系电话：024-31255233

前言

纪昀（1724—1805），字晓岚，号云石，直隶河间府献县人。乾隆十九年（1754）中进士，备受朝廷青睐，后因泄露朝廷机密被贬至新疆，这也为他创作《阅微草堂笔记》提供了部分便利。乾隆三十五年（1770），纪昀回京任职，主持编纂《四库全书总目提要》，先后任侍读学士、翰林院侍讲、礼部尚书、兵部尚书等职。在著述之余，创作了《阅微草堂笔记》。此书自问世以来，便受到很高的评价。鲁迅先生在《中国小说史略》中说："惟纪昀本长文笔，多见秘书，又襟怀夷旷，故凡测鬼神之情状，发人间之幽微，托狐鬼以抒己见者，隽思妙语，时足解颐；间杂考辨，亦有灼见。叙述复雍容淡雅，天趣盎然，故后来无人能夺其席，固非仅借位高望重以传者矣。"

《阅微草堂笔记》在题材上丰富多样，其中既有传统题材，如狐女、鬼怪、僧人、道士等，也不乏异域风情的展示，如书中出现的乌鲁木齐的野生动物群、红柳娃等，这些记载往往带有地理、生物等博物学的性质，可读性很强。在内容上与唐代段成式的《酉阳杂俎》非常接近。从文学艺术上看，《阅微草堂笔记》当然也有可圈可点之处，尤其是在塑造某一类型化人物（如迂腐的老儒生、糊涂的官员、贪婪的道士、狡诈的僧人等）时，形象较为饱满，也往往收到理想的讽刺效果。

但《阅微草堂笔记》的成功，主要不在于它的艺术性，而在于思想性。这也是它在内容与形式上区别于传统的志怪、笔记小说的最大不同。书中显然增加的说理、说教部分，蕴含着较为可贵的思辨，也带有显著的个人色彩与时代痕迹。

首先，作者讨论了一些较为敏感和尖锐的问题，比如为官与断案。在常人看来，只要为官清廉就能证明他是"好官"，而作者在《郑苏仙》一文中却对这种观点提出质疑：如果仅仅将"不要钱"等同于"好官"，那么在县衙庭堂之上摆个木偶人就可以了，木偶不但"不要钱"，而且连水都可以不喝，这难道不是更好的"好官"吗？为官是要做事的，为了追求清廉而选择懒政，显然是错误的认知。《郑苏仙》是对那些自诩凡事不过问、不做就不会出错、"无功亦无罪"而"处处求自全"的"好官"的绝妙讽刺。为官多半是要断案的，断案也不是一件容易的事，书中《张福》记载了这样一个故事：一位被土豪推下河而命在旦夕的小商贩在临死之前请求土豪赡养自己的父母，并应允到官衙之后自己写下状子，说失足掉入河中，为土豪开脱，以此做交易。而土豪之后与官府勾结，拿出小贩自己写的状子而抵赖了此事。然后作者便提到了断案之难，因为重金之下，有人甘愿为他人顶罪，仅看状子是无法得到实情的。再比如《双塔村》写两个僧人和两个道士无缘无故相继坠井而亡的疑案，在多次分析无果之后，用"疑案"来结案，表明了对待案件的审慎态度。类似的故事，还有《明晟》《唐执玉》《雷击案》《张氏妇》等。

其次，作者大力批判了程朱理学，包括假道学和迂腐之士。比如本书开篇的《文士庐》中，在层层铺垫之后，将胸中只有"高头讲章"和"墨卷（八股）"的假道学者狠狠批判了一番。又比如书中的《肃宁塾师》，这位私塾先生表面看起来仁义道德，在拾到僧人的布袋后，没有想到归还，反而提出"俟其久而不来再为计"的想法，这原本在第一步就错了。塾师为了表明自己的公平公正，竟然提出了"数明，庶不争"（先将布袋里的钱数清楚再分配，这样才能避免纷争）的高妙计策，最后被布袋里的蜜蜂螫得狼狈而逃，相形之下，令人忍俊不禁。再比如书中的《武邑公》写主人公被狐狸戏侮之后，不但没有反思自己，反而责怪狐狸没有学习程朱理学，可谓执迷不悟到了极点。《王德安》写一位借宿于朋友家的老儒生因为没有见过自鸣钟，认为自己在夜晚遇到了鬼魅，于是将砚台扔了过去，结果身上洒满了墨汁，引得众人哄然大笑，而老儒生在回忆此事时，首先肯定了对方是狐妖，然后又反省是自己"德不足胜妖"，这话虽然自有道理，但以此自我安慰也是可笑至极。在明、清程朱理学盛行之时，能有这种调侃和讽刺，已显示出作者非凡的胆识，正如鲁迅先生在《中国小说的历史的变迁》中认为的那样："纪昀生在乾隆年间这一礼法最严的时代，却敢于借文章攻击社会上荒谬的礼法和习俗，是一个有魄力的人。"

应该承认，批判与说理（说教）是《阅微草堂笔记》最显著的特征，但它同时也是一把双刃剑，过多的说理有时会大大降低了此书的文学性，使得全书的创新性、灵动性、趣味性较之前的志怪小说大打折扣。如果我们拿《搜神记》《酉阳杂俎》等短篇，与《阅微草堂笔记》相比较，二者在故事细节、情感烘托等方面的差距便一目了然。前者的审美，主要通过故事情节、细节刻画，让读者自我体会，自我感受，从而得出结论或是审美体验；而后者只是讲一个故事的轮廓，重点在于作者自己的讲解，将道理直接放在盘子里，然后端到读者面前。比如选目中的《紫桃》一文，这算是全书中细节最多、最富有文学性的一类了，但文中的主要篇幅（或主旨）是在讨论小人是如何利用正人君子的标榜而投其所好，从而将其攻破的，文中的"《姤》卦之初六""履霜坚冰至"等内容，显然与文学审美不在一条主线上；再比如《丁药园》写狐女（小妾）如何据理力争一事，全文主要讨论小妾的名与实之问题，几乎已经变成了纯粹的议论文。更有甚者，《赤城老翁》中讨论神仙修炼、《秋谷先生》中讨论王士禛的诗艺等，这部分内容虽然读起来并不讨厌，但毕竟说教、议论太多，从而影响了它的文学性。

  纪昀所讨论和批判的为官、断案、假道学等，为何在《阅微草堂笔记》中屡屡出现呢？一是小说（尤其是志怪小说）这种体裁更加符合"言之者无罪，闻之者足以戒"（《毛诗序》）的讽谏效果，即所谓"嬉笑怒骂皆成文章"，在这点上与蒲松龄的《聊斋志异》一脉相承。而纪昀的身份决定了他的言论要比段成式、蒲松龄等人更加谨慎，更加有所顾忌，所以用谈狐说鬼来表达见解，基本上成了纪昀的不二之选。

《阅微草堂笔记》为何要有大段的说教、谈论诗文的内容呢？一是因为作者本人富有才学，专著式的论述虽然严谨，但也毕竟乏味，将部分内容融入志怪小说之中，不失为一种调和之策；二是《阅微草堂笔记》之前的小说，在这一点上并不突出，作者也是借这种方式来扬长避短，出新出奇。因此，对于这个问题，还是要客观分析，不能因为其文学性的缺失、流失而严重贬低它的创作价值。

《阅微草堂笔记》同样是"杂俎"的性质，书中有很多内容仍然给我们带来有益的启发。比如《沧州石兽》《京师人情》《老兵刘德》《瑶泾赌徒》等，这些内容并不枯燥，也饱含作者以此教化世人的良苦用心。全书的小标题为笔者所拟，标题下方的文字是对故事内容的简单概括。由于笔者的水平有限，书中的错误在所难免，恳请读者朋友们批评指正。

韩 元

2024年7月

目录

滦阳消夏录

文士庐 / 002
周　虎 / 005
明　晟 / 007
郑苏仙 / 011
额都统 / 014
张真人 / 016
戏　术 / 020
唐　生 / 022

吕道士 / 024
复仇女 / 027
江宁书生 / 029
李太学妻 / 032
二　格 / 036
玉　马 / 039
镜中之狐 / 041
许　方 / 044
罗两峰 / 047
肃宁塾师 / 050

唐执玉 / 054

景城破寺 / 057

红柳娃 / 059

明季书生 / 061

瞽者卫氏 / 065

秋谷先生 / 066

聂　氏 / 069

雷击案 / 072

山西商 / 075

武邑公 / 077

郝　媪 / 078

张　福 / 081

王德安 / 083

毕　四 / 085

曹　妇 / 089

双塔村 / 091

张氏妇 / 093

如是我闻

史松涛 / 098

观心室 / 099

裘文达 / 101

王　玉 / 104

长臂鬼 / 107

多疑御史 / 110

李又聃 / 111

王昆霞 / 113

赤城老翁 / 115

东城猎者 / 117

故家子 / 119
姜三莽 / 121
张　媪 / 123
鄞县生 / 127
张　公 / 128
呇啬孝廉 / 130
轿夫之语 / 132

槐西杂志

孙端人 / 136
坟园书生 / 138
西山寺 / 139
申苍岭 / 142
唐打猎 / 144

贺　氏 / 146
叶守甫 / 148
乌鲁木齐之兽 / 152
李玉典 / 154
王觐光 / 158
西山道士 / 161
嗜好移人 / 164
姜　挺 / 165

姑妄听之

西境野人 / 170
运河女魂 / 173
王仲颖 / 175
季沧洲 / 178

紫　桃 / 181
哈密屯军 / 185
沧州石兽 / 187
王恩溥 / 189
京师人情 / 191
王青士 / 194
鬼狐争屋 / 198
丁药园 / 201
朱立园 / 203
辟尘珠 / 206
瑶泾赌徒 / 208

滦阳续录

刑天干戚 / 212
老兵刘德 / 215
茅山道士 / 217
刘福荣 / 220
老儒生 / 224
黑　狐 / 227
施　祥 / 230
戴　氏 / 232
山西商 / 234
实斋公 / 236

阅微草堂笔记 一

滦阳消夏录

文士庐

文字的光芒

爱堂先生说,他听说过一个故事:有个老学究在夜晚行走,忽然遇到了他已经死去的友人。这个老学究平日里为人正直刚强,并不感到害怕,就问他的亡友到哪里去。亡友回答道:"我现在是阴间的官员,要到南村去勾摄魂魄,刚好与你同路。"于是二人一起行走,来到一间破屋子前。亡友的鬼魂说:"这是一个文士的屋庐。"老学究问他是怎么知道的。他的亡友说:"人们在白天的时候经营忙碌,性灵已被淹没,只有在睡着的时候心无杂念,元气和精神是明朗透彻的,胸中所读的书,每一个字都会吐露出光芒,从身体的众多穴孔中散发出来,形成缥缈缤纷的状态,像锦绣一样灿烂。如果学问像郑玄、孔子一样,文章像屈原、宋玉、班固、司马迁那样,这种光芒就会直冲霄汉,与众星和日月争辉;其次一等的人,其光芒也有数丈之高;再次一等的人,其光芒有几尺之高,逐渐地根据不同的等级就会体现出它的差别。最下等的情况,其光芒就像一盏灯火,只能照亮一扇窗户,普通人是看不见的,只有鬼神才可以看见。这间屋子上有七八尺高的光芒,所以我才知道是这样。"

老学究问道:"我读了一辈子的书,睡着时有多少的光芒?"鬼吞吞吐吐了很久,说道:"昨天我路过你教书的私塾,你白天的时候在睡觉,我看到了你胸中有一部高头讲章,五六百

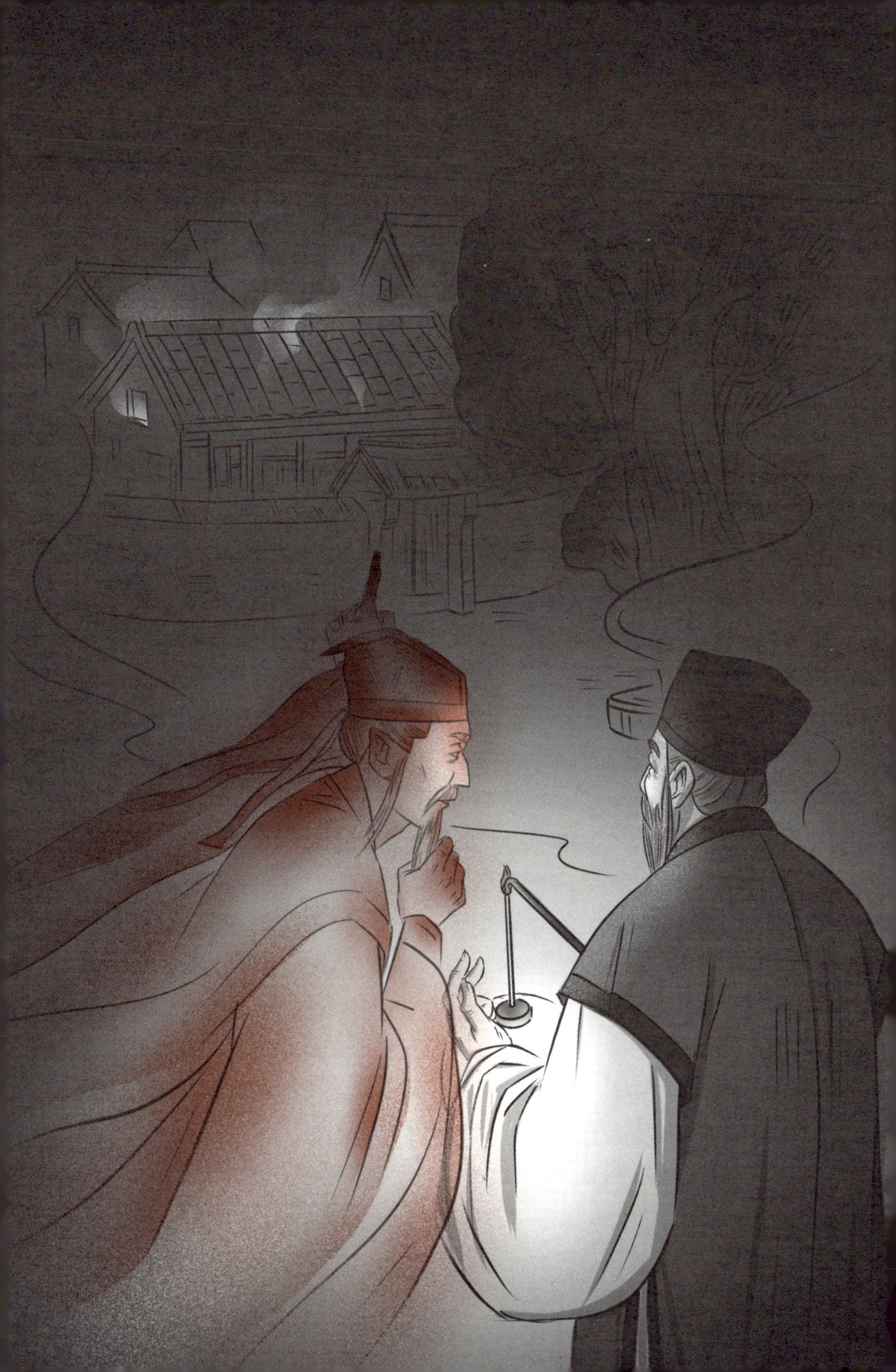

篇八股文,七八十篇经文,三四十篇策略,每一个字都化成了黑烟,笼罩在你的屋子上。众多学生就像在浓云密雾中读书一样,实在是没有见到光芒,我可不敢乱说啊。"老学究怒斥了这个鬼,鬼便大笑而去。

周 虎

人狐前缘不可增减

献县的周氏有个仆人叫周虎,他被狐狸魅惑了,如同夫妇一样与狐女一起生活了二十多年。狐女曾经对周虎说:"我修炼身形已经有四百多年了,我的前世与你有缘,这是需要填补的。如果前缘一天没有圆满,我就一天不能飞天,缘分尽了的时候我就会离开你。"有一天,狐女面有喜色,却又悲伤地对周虎说:"这个月的第十九天,我与你的缘分就尽了,我已经替你物色了一个女子,你可以聘她为妻。"于是狐女将白金交给周虎,让他备下彩礼。从此以后,狐女与周虎更加地亲密,比常日里还要亲近,夫妻二人经常形影不离。到第十五天的时候,狐女突然在早晨起来和周虎告别,周虎很奇怪为什么提前了日期,狐女哭着说:"前生的缘分不可减少一天,也不可增加一天。缘分结束的迟与早是要随遇而安的。我留下三天的缘分,以便日后和你再相会。"过了好几年,狐女果然又来了,双方欢会三天之后,狐女就离开了。临别之时,狐女哭着说:"从此以后,就要永别了。"

陈德音先生说:"这个狐女很善于保留剩余的东西,珍惜福报的人也应该像这样啊。"刘季箴却说:"三日之后也终须一别,又何必暂留呢?这个狐女修炼身形已经有四百年了,尚且没有达到悬崖勒马的境界,人们在临事之时不应该像这样。"在我看来,两位先生说的话都能各明其理,都有可取之处。

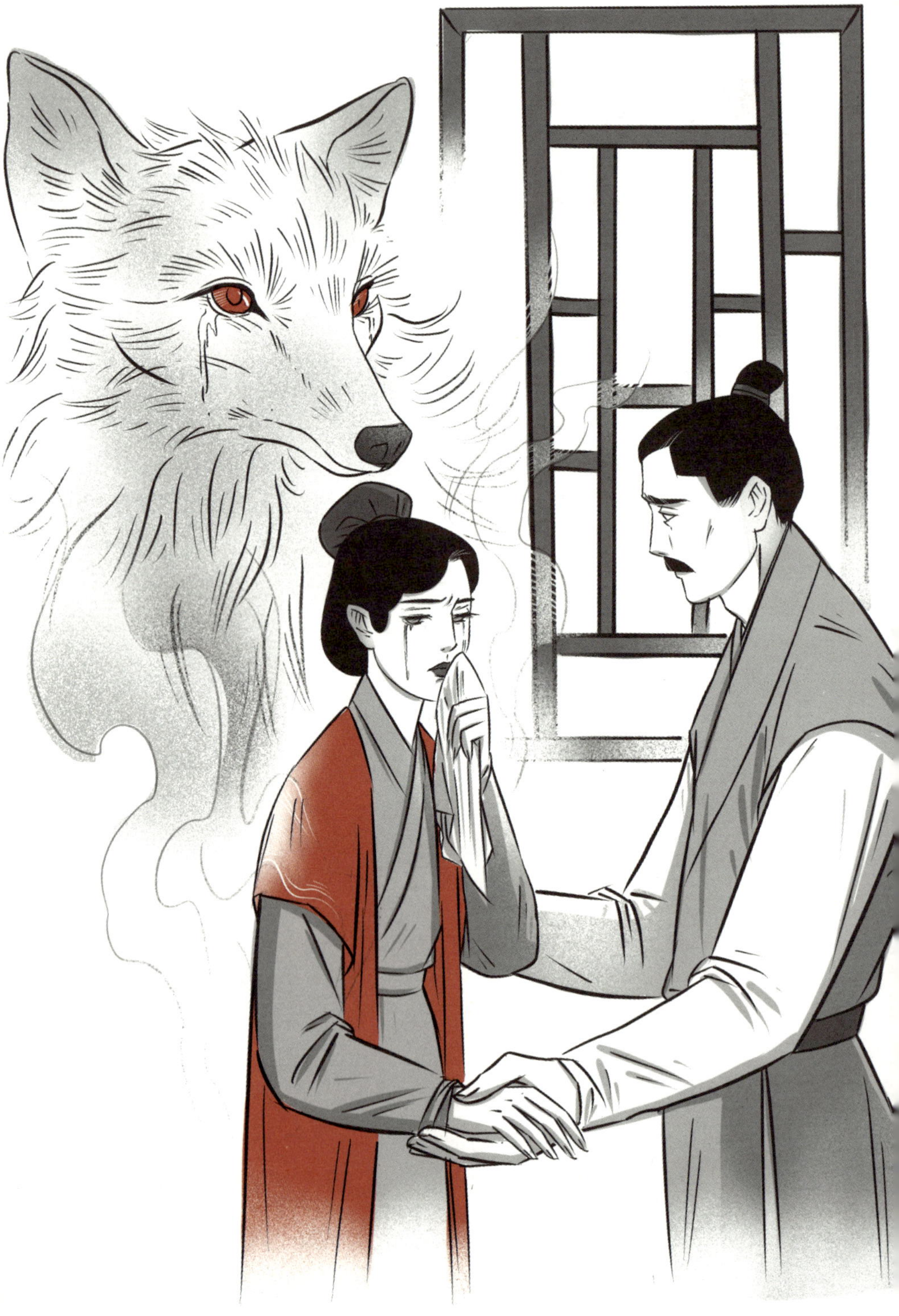

明 晟

穷达皆当安之若素

献县的县令明晟,是应山人氏。他曾经想为一桩冤案昭雪,但又顾虑上级的官员不同意,正在那里犹疑不决。县衙有一个差役,学了一点儿儒学,人称"五半仙",他和一个狐仙为友,在谈论一些微小的预兆时,往往很灵验。明晟就派他去询问此事,狐仙听后,一脸正色地说:"明公是百姓的父母官,只需要理论这桩案件有没有冤情,不应当询问长官允不允许。他难道记不得制府李公的言论了吗?"

差役回去禀报了此事,明晟的内心感到一丝畏惧。于是明晟就说起了总督李公官职尚未通达时的事情,当时李公曾经和一个道士一同渡江,刚好船上有人与撑船的工人争论,道士不无感慨地说:"性命都在须臾之间了,却还在为几文船钱争论。"船快要翻的时候,道士赶紧念了几句咒语,风于是停了,人们也得以渡江过岸。李公觉得自己如同重获新生,于是朝道士拜了两拜,道士说:"刚才如果有人掉到江里,那是天命,我救也救不了。您是一位贵人,遇到危险的时候必定能够脱困,这也是天命,我也不能不去救你,为什么要感谢我呢?"李公又朝道士拜了拜,说道:"听了先生您的话,我就可以终身安顺天命了。"道士又说道:"也不完全是这样。一个人是穷困还是通达,应该听从天命,不安分于天命就会奔波竞争,身陷排挤,做出无所不至的事

乘風破浪

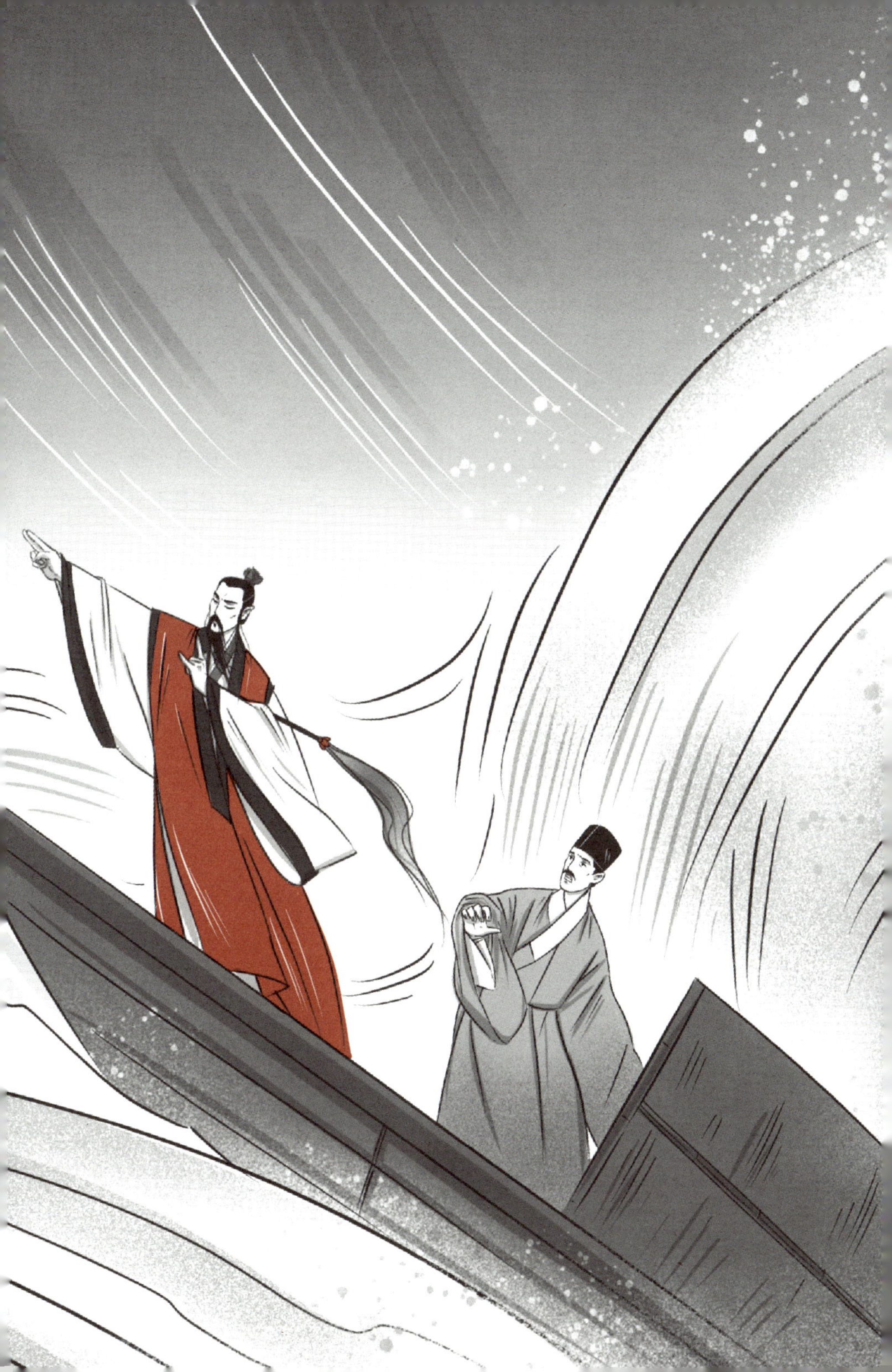

情来。人们不知道，像李林甫、秦桧这些人，就算不残害忠良，他们命中也是做宰相的，所做的那些事只会白白增加罪过。涉及国计民生的关系利害时，就不可以用天命来搪塞了。天地生育英才，朝廷设置官职，是为了补救天地间的气数。当你身居高位，却束手无策而委之天命的话，天地又何必生育如此英才，朝廷又何必设置如此官职呢？"

　　道士接着说："这是'知其不可为而为之'啊！诸葛亮说过：'鞠躬尽瘁，死而后已。'成败也好，利钝也罢，这是不可预料的，这些是圣贤修身立命的学问，希望李公您能记下这些话。"李公恭敬地受教，并拜问道士的姓名。道士说："如果我说出来的话，恐怕会吓到你。"道士下船走了几十步，突然就没有了踪迹。当初在会城的时候，李公曾谈及此事，不知道狐仙是怎么知道的。

郑苏仙

什么样的官才是好官

北村的郑苏仙，有一天做梦到了阴间地府，看见阎罗王正在审问囚犯。有一个邻村的老婆婆来到殿堂前面，阎王为之改容，拱手站在旁边，并赐给老婆婆一杯茶，命令阴间的官吏迅速将其送往好的投生之处。郑苏仙私下里问这个阴间的官吏："这是一个农家的老妇人，怎会有什么功德呢？"阴间的官吏说："这个老婆婆一生都没有损人利己的心。要是说到利己之心，就算是贤人、士大夫有时也免不了，但只要利于自己，就必然会损害别人，世间的种种机关算尽，都是因此而生，种种的冤孽也因此造就，甚至会遗臭万年，流毒四海，这都是损人利己这个念头的危害。这个村里的老婆婆能够克制自己的私心，而那些读书讲学的儒生面对老婆婆也会多有惭愧，你又为何奇怪阎王对她礼貌有加呢？"

郑苏仙向来很有心计，听说之后非常害怕，同时也明白了这些道理。郑苏仙又说道：在这个老婆婆还没来之前，有一位官员穿着官服昂首挺胸走了进来，说自己在为官之地只是喝了一杯水，如今也无愧于鬼神。阎王嘲笑道："设立官职就是为了治理人民，即便是那些驿站、水闸的低级官吏，也都有一些利弊需要去权衡处理，如果仅仅把不要钱作为好官的标准，那么将木偶放到厅堂之上，连水都不会喝一口，岂不是胜过于你？"这个官员又辩解道："我虽然没有功劳，但也没有罪过。"阎王说："你所求只在于保全自己，对某些案件采取避嫌而不过问的态度，难道不是辜负了民望吗？某些事情在你看来过于繁重，就不再推进，这难道不是辜负了国家的期望吗？《尚书》里面讲：'三年考察一次政绩。'说的又是什么意思呢？你没有功劳，实际上就是有罪。"这个官员顿时坐立不安，锋芒棱角也减少了许多。阎王又缓缓地回过头来笑着说："都怪你刚才过于盛气凌人，平心而论，你也算得上第三等、第四等的好官，你的来生仍然不失为诗书门第。"于是赶紧催促将此官员送到转轮王那里。

　　回观这两件事情，就会知道人心虽然微弱不明，但鬼神都能够窥见虚实。即便是贤能的人有一念之私，也免不了被鬼神责备。《诗经》里面说："要看你一个人在屋子里的时候。"这个话难道不是确信无疑的吗？

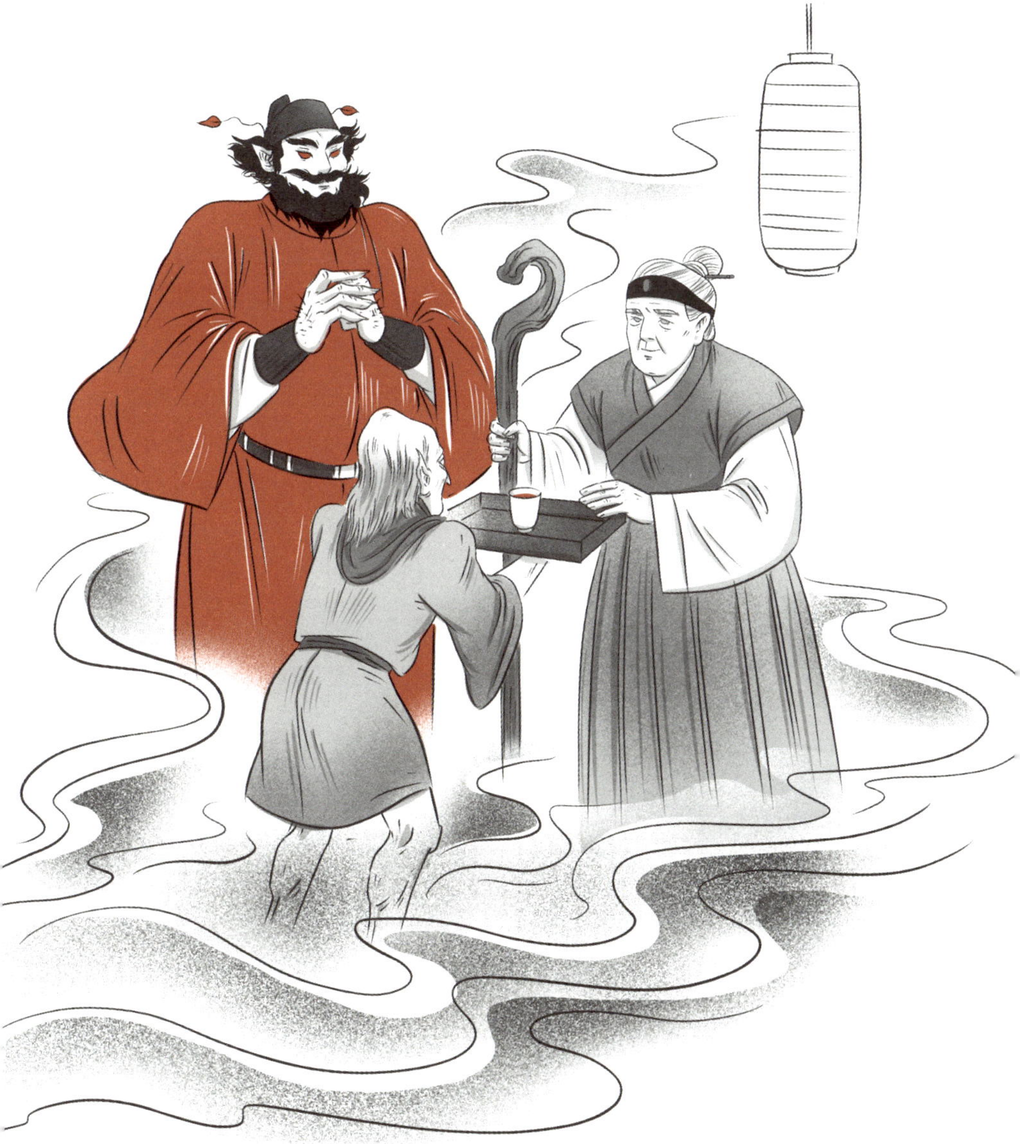

额都统

因小仁而害大仁

德州的田白岩曾经说：有一个姓额的都统，他在云南、贵州的山间行走时，看见道士将一个美丽的女子按在石头上，将要剖开她的心脏。女子哀求呼号，乞求救援。额都统赶紧指挥他的骑兵跑过来，挡开了道士的手，而女子"嗷"的一声，化成一道火光飞走了。道士气得直跺脚，说："你坏了我的事啊！这个妖魅已经迷惑并杀害了一百多人，所以我才要把她抓住杀掉，为民除害。但这个妖怪吸取人类的精华太多了，时间一长就有了灵通，就算砍掉她的头，她的精神也会逃掉，所以必须剖开她的心脏她才能死去。你现在把她放走了，又将贻害无穷啊！因为爱惜一条猛虎的性命，将它放到深山里，却不知道山林沼泽中的麋鹿死在虎口的又有多少！"说完，道士将他的匕首放在匣子里，满是遗憾地离开了。

我想这大概是田白岩讲的寓言故事，也就是范仲淹说的"贪官一家的哭泣又怎能抵得过整个州府的老百姓的哭泣呢？"容忍那些贪官污吏，自以为是自己的阴功，人们也都称其为忠厚之人；那些穷苦的老百姓甚至都要卖掉妻儿了，却从来不去思考，哪里又用得着这样"忠厚"的长者呢？

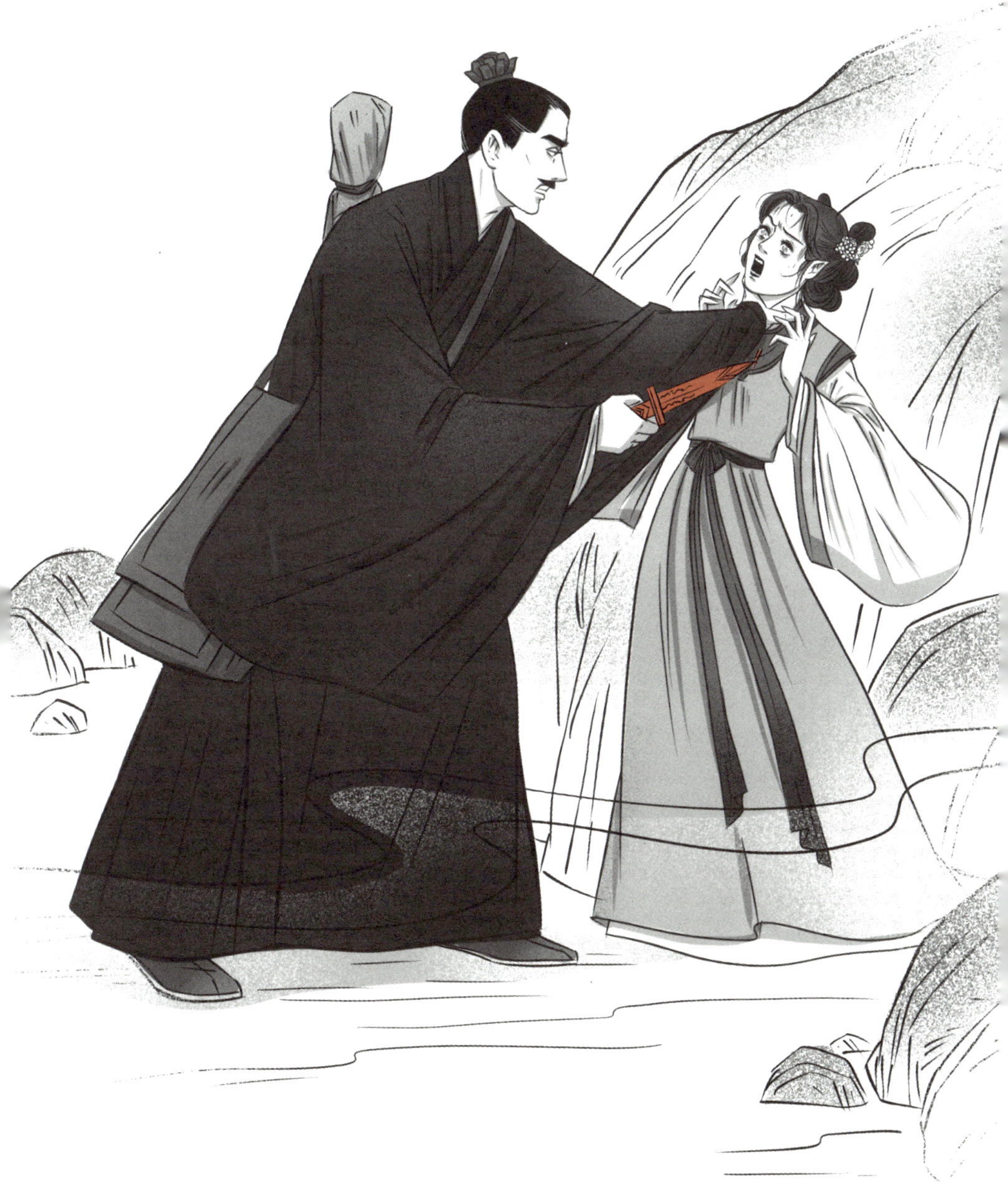

张真人

没有必然可以办成的事

叶旅亭所住的御史宅院，忽然有狐怪在白天讲话，逼迫叶氏将所住的房子让出来。狐怪不停地打搅戏弄叶氏，以至于家中的杯子、盘子在空中舞动，茶几、床榻自己会行走。叶氏将此情况告诉了张真人，张真人将此事禀报了法官。张真人先写了一道符帖，结果符帖刚打开就裂了。张真人又向城隍庙请求道牒，结果也不灵验。法官说："这肯定是个天狐，除非向上天请求拜章，否则难以济事。"于是张真人筑了七天的道场。到第三天的时候狐怪仍然前来诟骂，到第四天的时候狐怪的态度变得委婉，前来求和。叶氏不想为难狐怪，也请求不要将此事追究到底。张真人说："已经向上天请求了符咒，追不回来了。"到第七天的时候，忽然听到了砰砰的打斗声，门窗都掉了下来，到傍晚的时候还没有停止。法官又找来其他的神灵前来相助，狐怪这才被抓住。法官将其装在罐子里，埋在方渠门之外。

我曾经问张真人为何能够驱役鬼神，他说："我也不知道为什么能够这样，我只是按照法令去施行而已。大体来讲，鬼神都会服从于印章的差遣，而符箓是掌握在法官手中的。真人就如同长官，法官就如同小吏。真人如果离开了法官就不能使用他的符箓，法官如果没有真人的印章，他的符箓也不会灵验。二者即便都具备，其中有的灵验，有的不灵验，这就好比官司中的公文奏

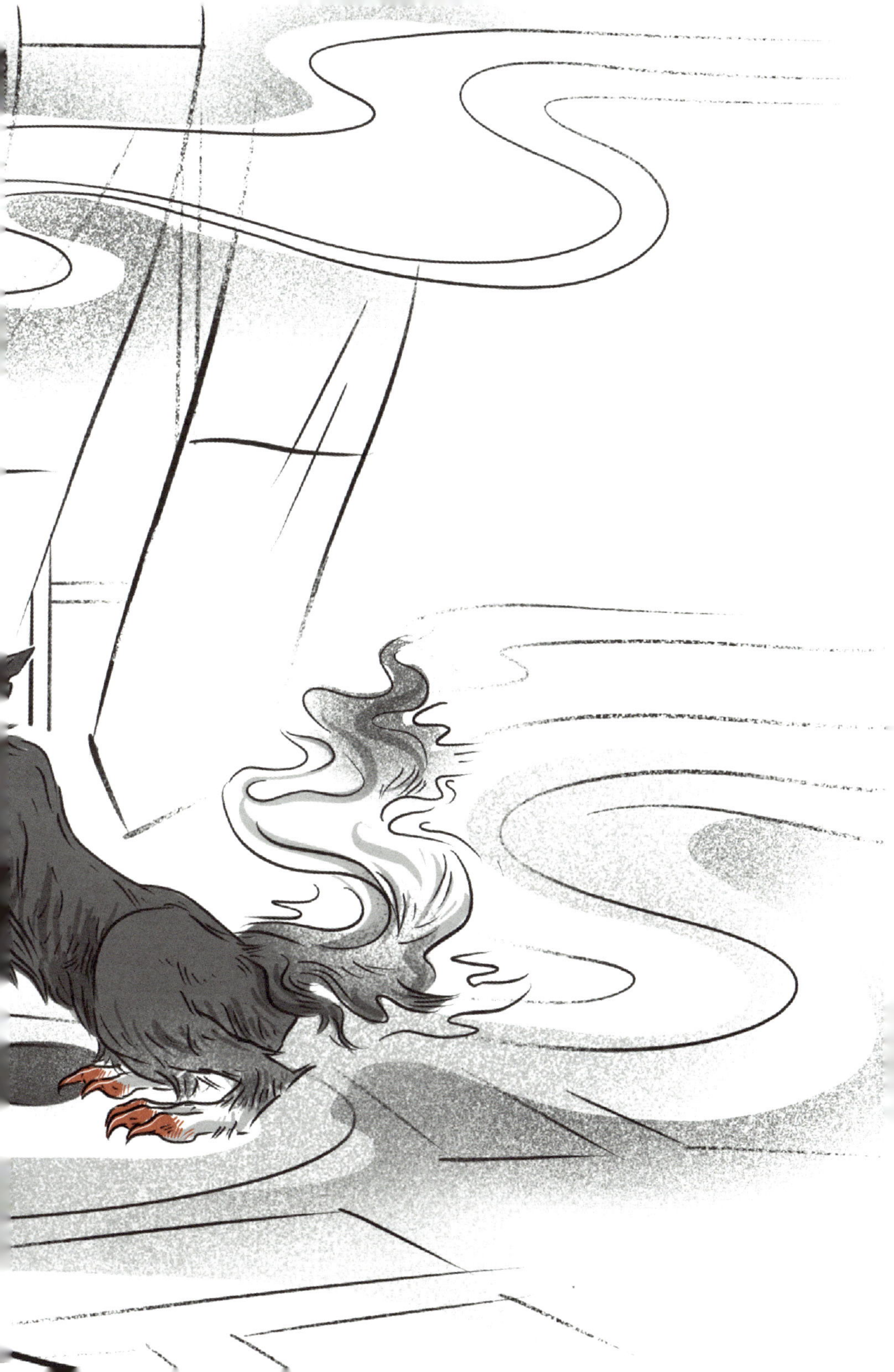

戏 术

魔术中的障眼法

凡是表演魔术杂技的，都是手法敏捷罢了，然而有时候也确实有搬运术。我记得小时候在我外祖父雪峰先生的家里，看到一个表演杂技的人把一杯酒放到案子上，然后用手掌将酒杯往下按，酒杯便陷入桌案之中，杯口与桌案相平，但是去摸案桌的时候又摸不到酒杯的底。过了一会儿，这个人又将酒杯取出，桌案也恢复成了之前的模样。这个可能就是障眼法。

这个表演者又举起一大碗鱼肉，将碗扔到空中就看不到了。旁人让他把碗取回来，他说："取不回来了，碗在你书房桌案的夹层抽屉里，你们自己把它取回来吧。"当时家里有很多宾客，来来往往一片忙乱，而书房里面因为藏有古代的器皿，已经牢牢地上了锁，而且桌案夹层只有二寸，这个大碗有三四寸那么高，绝对是放不进去的。众人怀疑这个表演者是放肆之徒，但外祖父还是拿着钥匙打开门去一探究竟。众人一看，只见碗在桌案之上，里面却换成了五个佛手，之前贮存佛手的盘子，换成了鱼肉，藏在桌案夹层的抽屉中，这难道不是搬运术吗？

从道理上来讲，肯定不会存在的情况，而事实或许真的有所发生，往往就是这样。狐怪和山中的鬼魅，它们盗窃人们的东西，人们并不觉得诧异；而能够揭露并禁止狐怪和山鬼的法术，人们也不觉得奇怪。既然能够揭露、禁止,也就能够让对方为己所用;既然能盗取他的财物,也就可以代替他人拿取物品,这又有什么奇怪的呢?

唐 生

妖由人兴

河间有个唐生,他喜欢戏弄和侮辱别人,当地人至今还传说他的故事,这个所谓的唐生就是唐啸子。有个教私塾的老师喜欢讲述无鬼论,曾经说道:"阮瞻遇到了鬼,怎么可能有这种事呢?这不过是僧人所编造的放肆的流言蜚语罢了。"唐生夜晚将土撒进这个塾师的窗户,一边击打他的窗户,一边发出呜呜的声音。塾师受到惊吓,问窗外是谁。窗外的声音回答道:"我是阴阳二气所产生的具有良知良能的鬼。"塾师感到非常恐惧,用被子蒙着头,两腿都在发抖,又让他的两个弟子通宵达旦地守在他身边。第二天,塾师已经精神萎靡,站不起来了。朋友前来关心询问,塾师只是在那里呻吟,口中说着"有鬼"。后来大家都知道是唐生搞得怪,众人都抚掌大笑。

可是从此以后,塾师身边真的就有了很多的鬼魅之事,又是抛石子,又是扔瓦片,每个晚上都来晃动窗户。塾师刚开始还以为又是唐生捣鬼,仔细观察后才知道是真的有鬼。塾师实在忍受不了鬼魅前来打扰,最后就从教书的私塾搬走了。这大概是因为人受到惊吓之后,变得越来越软弱,也气馁了很多,狐怪也就乘机加以中伤。《左传》中提及的"妖由人兴",说的大概就是这个意思吧。

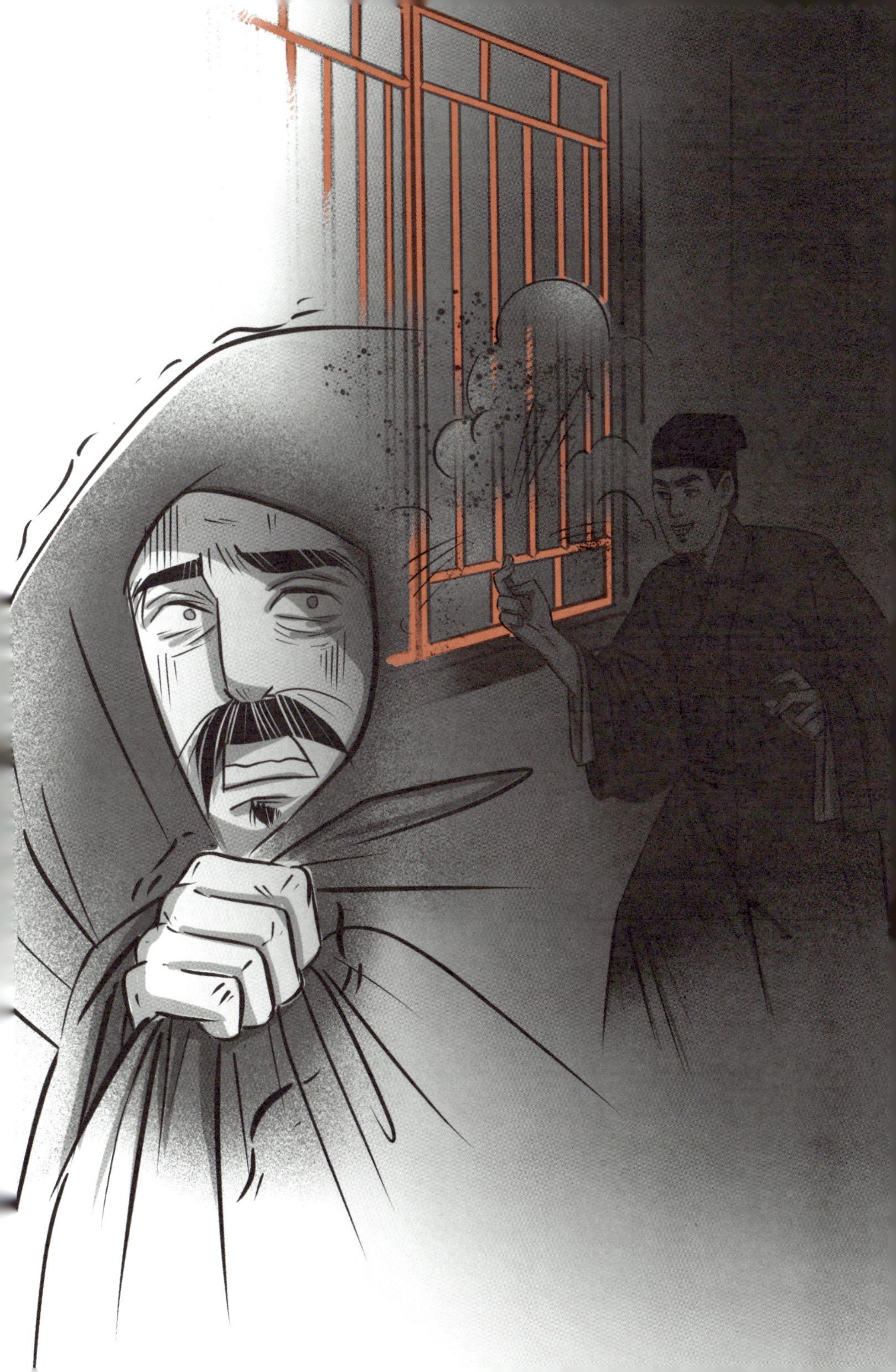

吕道士

道士的神奇符咒

德州的宋清远先生说：有个吕道士，不知是哪里人，他很擅长幻术，曾经在田山的蘲司农家里做客，当时正值朱藤盛开，宾客在一起聚会欣赏，其中有一个俗子，言辞猥琐粗陋，在那里喋喋不休，让人很没有兴致。还有一个少年生性轻脱，尤其讨厌这个俗子，于是斥责了他，让他不要多说话。两个人开始争吵，甚至到了大打出手的地步，一个老儒生将二人劝和，两人都不听，老人脸上也露出了生气的颜色，结果满座的人也都为之不乐。

此时，吕道士在小童子耳边说了几句话，让小童子取来纸笔，吕道士画了三道符咒并将其焚烧。这三个人忽然站了起来，在院子中旋转了好几圈。那个俗子跑到东南角坐下，在那里喃喃自语，仔细一听，却是在和妻妾谈论家常之事。一会儿左顾右盼，像是与二人和解一样，一会儿又在心平气和地为自己辩解，一会儿又陈述自己的罪状，一会儿又单膝跪下，一会儿又双膝跪下，不停地磕头。大家去看那个少年，发现他坐在西南角落的花栏上，在那眉目传情，呢喃软语，一会儿放肆地嬉笑，一会儿又谦逊地道歉，一会儿又呦呦不停地低声地唱着《浣纱记》，手上打着节拍，完全是一副风流倜傥的模样；而那个老儒生却端坐在石凳子上，讲《孟子》中"齐桓晋文之事"这一章，对每一个字每一句话都进行了剖析，手中比画着，左顾右盼，就好像和四五

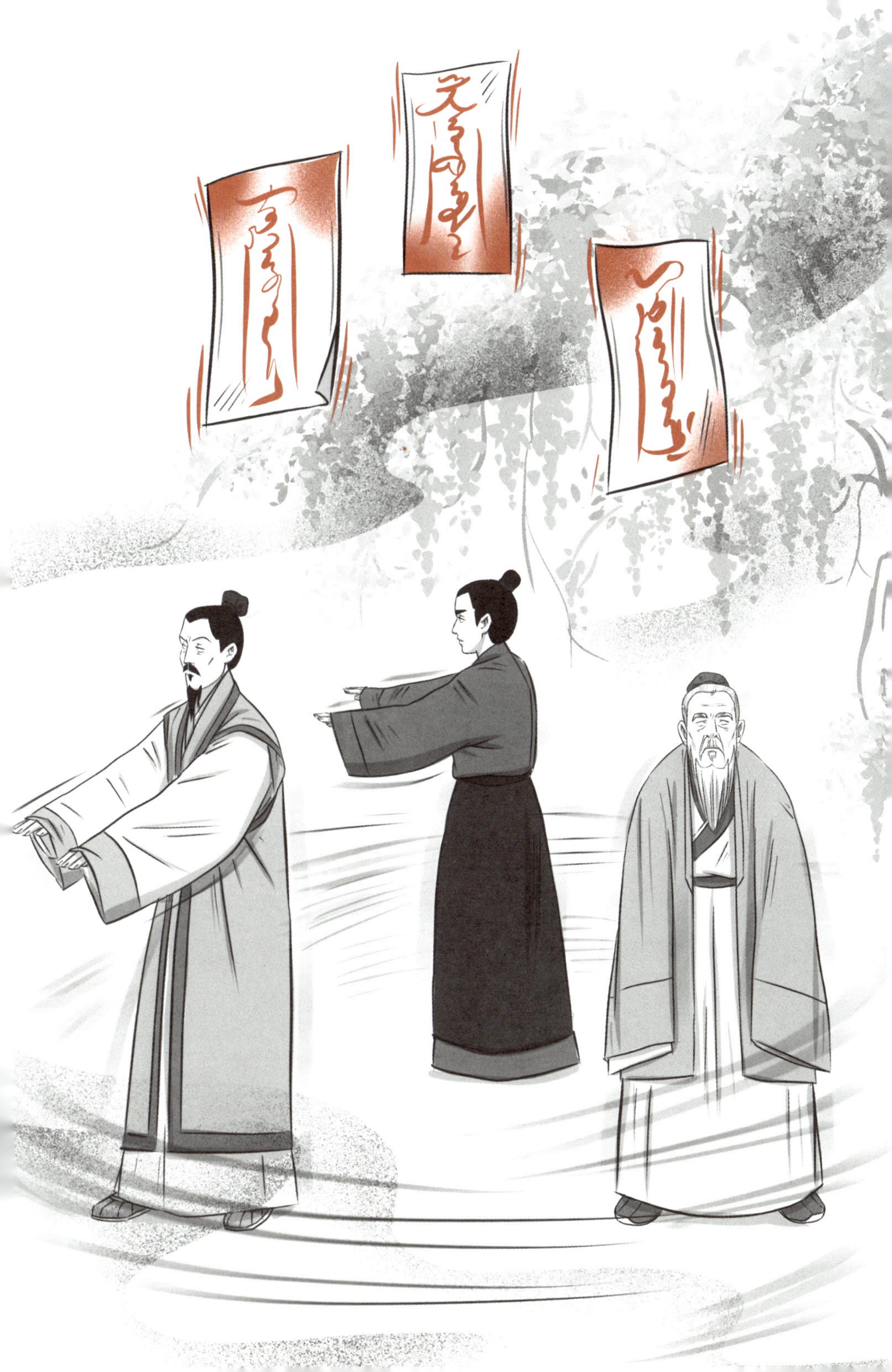

个人面对面说话一样，忽然摇手说"不是这样的"，忽然又瞪起眼睛说"你还是不理解吗？"，唠叨个不停，众人感到既惊讶又好笑。吕道士摇手制止了众人。等到酒会快结束的时候，吕道士又烧了三道符咒，三人失意地坐在那里一动也不动，过了一会儿才清醒过来，声称自己不知不觉就喝醉睡着了，为自己刚才的无礼向众人道歉。众人忍住笑，一时都散去了。吕道士说："这些都是小小的法术，不足称道。"

叶法善当年引导唐明皇进入月宫，用的就是这样的符咒，当时的人们误以为唐明皇是真的仙人，迂腐的儒生又认为是放肆之语，这些人都是井底之蛙啊。后来我在旅馆中听说，有人用符咒摄走了一位贵人的小妾的魂魄，小妾苏醒后登上车，回忆起当时的路径和门户，告诉贵人赶紧去抓捕这个人，结果此人已经逃跑了。这大概就是《周礼》所说的"禁止民间怪事"的原因吧。

复仇女

曲折的复仇之路

离我家三四十里的地方，有主人凌辱虐待他的仆人夫妇，夫妇被虐待而死之后，此人又纳了仆人的女儿为妾。此女子原本就聪明狡猾，为其主人经营饮食用度，每件事都办得称心如意。只要能够让主人欢快的事情，此女子都表现得亲昵异常，无所不至，人们都在私下议论，说她忘记了杀父杀母之仇。这个主人已经被深深地蛊惑，任何事情都听从此女子。于是此女子开始引导其主人过上奢华的生活，将其家产破费掉十分之七八，又对主人的骨肉进谗言，让其家门之内变得像敌人一样。然后又时时称说《水浒传》中宋江、柴进等事，称之为英雄，怂恿其主人与盗贼结交，最终主人因为杀人而被正法。

主人被正法的那一天，此女子没有为其丈夫哭泣，而是暗自带着酒，来到其父母的坟墓旁边，说道："你们总是让我做噩梦，心中满是怨言，就好像是要击打我，现在你们知道我的内心了吗？"人们这才知道她蓄积自己的志向是用来报仇的，说道："这位女子的所作所为，不要说人不能预测，就算是鬼神也不能预测啊，机虑真是深沉啊！"然而众人并不认为此女子阴险，《春秋》一书推原人的本心，这个仇原本就是不共戴天的。

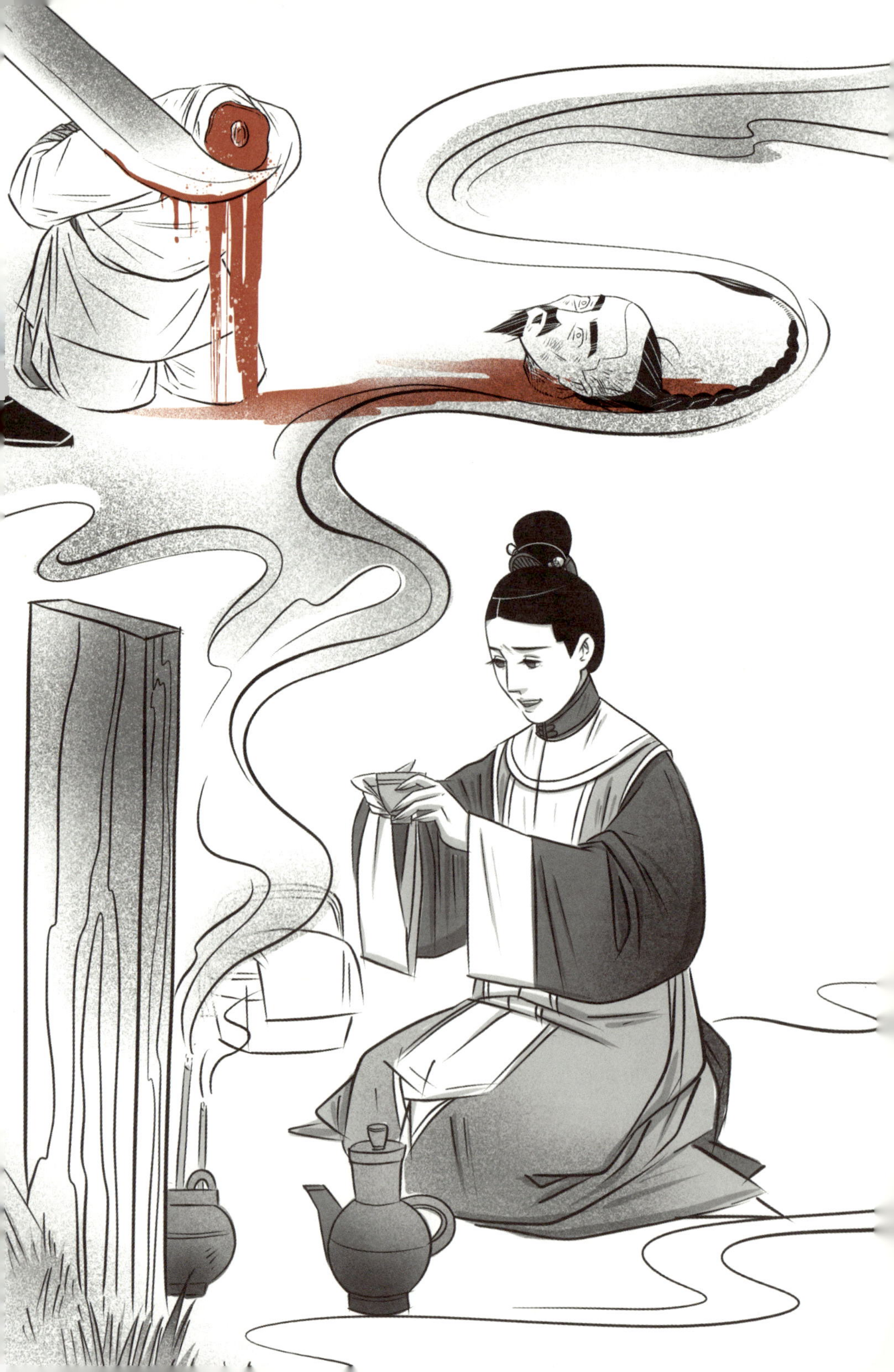

江宁书生

谗言之妇的惩罚

举人王金英曾经说：江宁有一位书生，他住在老家废弃的宅院中，在一个月夜，有个美丽的女子来到他的窗户旁，书生心里知道此人不是鬼魅就是狐女，但因为喜爱此女子的美貌，心里也没有感到害怕，便将此女喊入屋内，女子便也顺从了书生的意愿。但自始至终，此女没有说一句话，问她话，她也不回答，只是面带笑容而已。像这样的情况持续了一个月，书生也不知道其中的缘故。

一天，书生坚持询问其中的原因，女子拿出笔写下一行字："我原本是某位翰林的侍妾，不幸夭折。因为我生前太喜欢进谗言了，使这位翰林一家骨肉如同水火一样不能相容。阴间官吏谴责我，惩罚我做不能说话的鬼。我已经沉沦两百年了，你如果能为我写下十本《金刚经》，我凭借着佛的力量，就能够脱离苦海，那样我世世代代都会感念你的恩德。"

书生答应了她的乞求，《金刚经》写完的那一天，女子来到书生面前拜了两拜，又拿起笔写道："我凭借佛经忏悔，如今已脱离鬼的境界。但我的前生犯下了深重的罪孽，仅能带着罪孽投胎人间，还需要做三代的哑妇才能说话。"

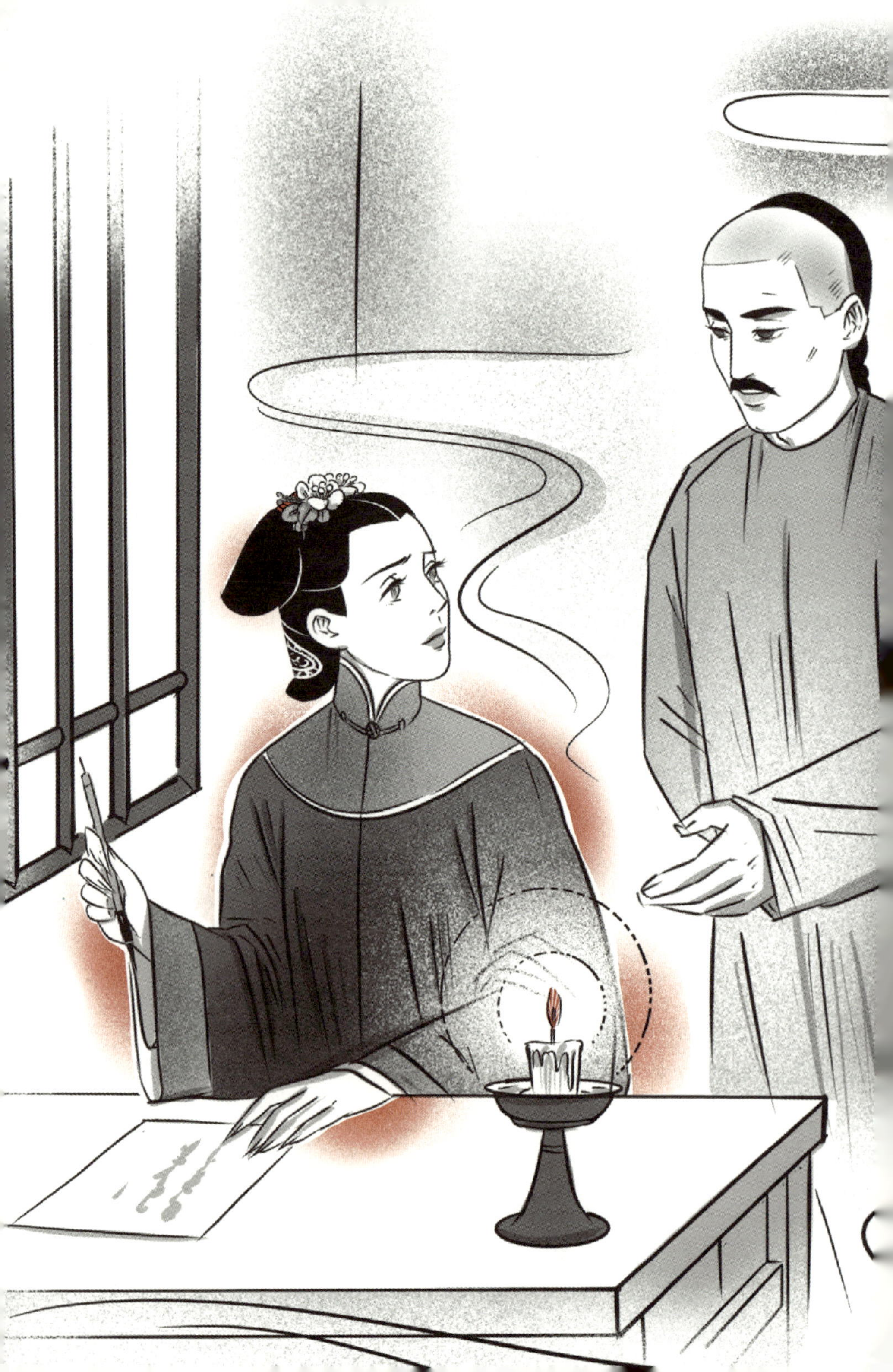

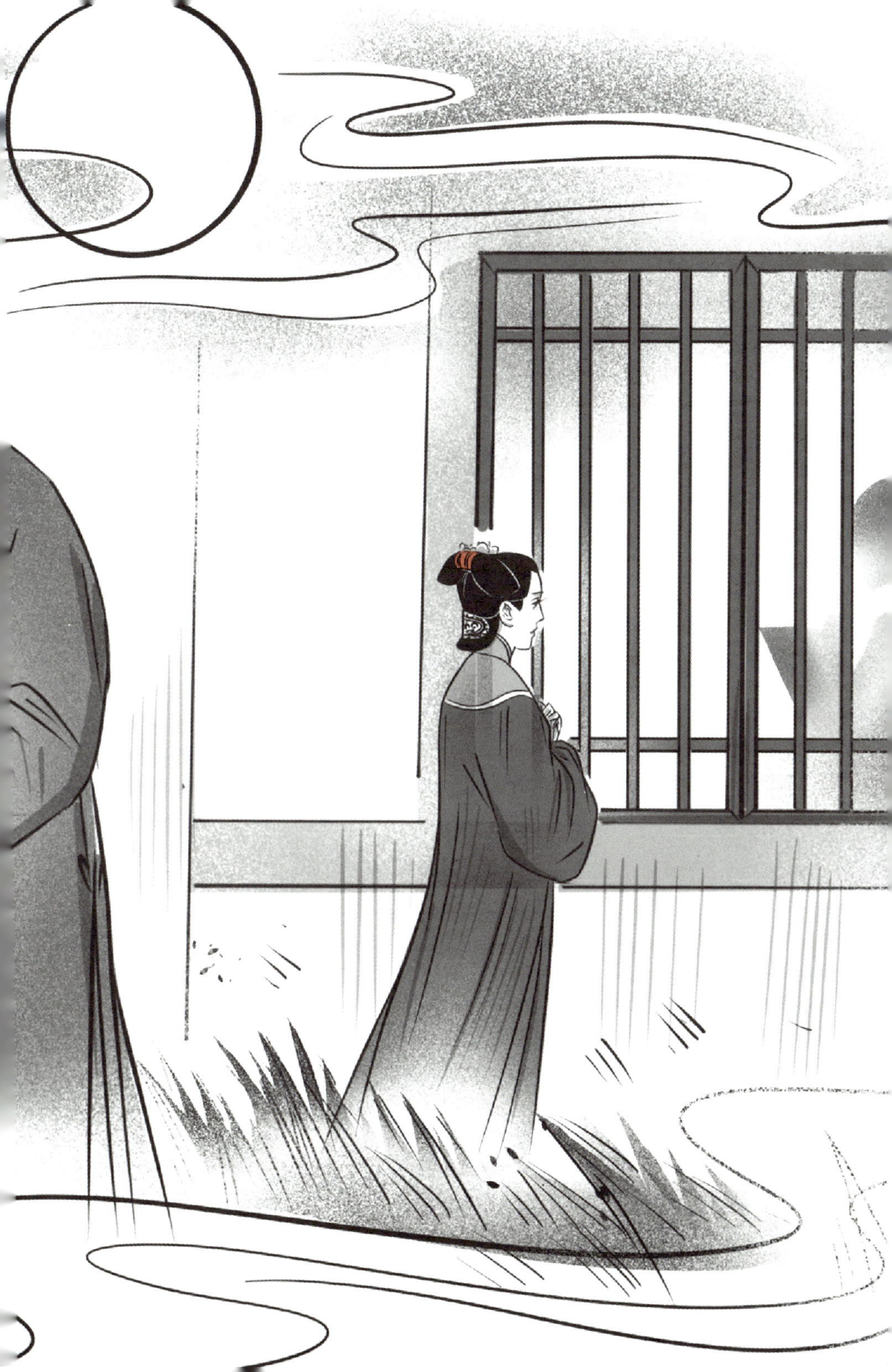

李太学妻

为妾鸣不平

我的曾伯祖光吉公,康熙初年在广州镇守,防备不测之事。他说过:有一位李太学的妻子,她经常虐待李太学的小妾,愤怒地扯下她的衣服鞭打她,几乎每天都是这样。李太学的家乡有一位老婆婆,她能够通往阴间,也就是大家所说的能够"走无常"的人。老婆婆规劝李太学的妻子,说道:"娘子,你与这个小妾有前生的冤仇,小妾因为要补偿你,她需要接受两百次的鞭打。如今,你的忌妒心太强了,鞭打她的次数超过了十倍,你反而负债了。更何况即便是良家妇女,官府在惩罚她的时候也不会扯去她的衣服,娘子你一定要使她形体裸露来羞辱她,只是让自己快意,但却冒犯了鬼神的忌讳。娘子你与我私交甚好,我刚才私下看到了阴间的官府文书,不敢不告诉你啊。"李太学的妻子说:"死老婆子胡言乱语,是想以替我消灾为借口来骗我的钱吗?"

刚好这个时候官府的事情出现了差错,恰逢王辅臣发动政变,叛乱的党羽到处都是,李太学死在兵乱中,他的小妾被官军中的副将韩公收留。韩公非常喜欢这个小妾的聪明伶俐,专宠其一身。韩公没有正室,因此家里的事都由小妾决定。李太学的妻子被乱贼掠走了,乱贼被消灭后,她又被官军俘虏,将其作为战利品赏给了将士,恰恰又将其分给了韩公。李太学的小妾于是将其作为奴婢收养,命令她跪在堂前,并对她说:"如果你能听从我的话，每天早晨起来，自己先跪在梳妆台前脱下衣服，并趴在地上受五次鞭打，然后再做家里的杂务，我就饶了你的命；否则的话，就算我杀了你，这事儿也不会被官府禁止，因为你是贼人的妻子，他们会将你的肉一寸一寸地割下来，把你的肉拿去喂狗喂猪。"

李太学的妻子很怕死，因此也失去了心智，连忙磕头，说愿意遵从命令。但小妾并不想让她那么快地死去，在鞭打她时并没有那么毒辣，只是让她感觉到痛楚就够了，过了一年多，李太学的妻子因为其他的病而死掉了。计算了一下她受到鞭打的次数，总数与小妾所受鞭打的次数大致相当。这个女人啊，真是顽固愚钝不知羞耻啊，冒犯了鬼神的忌讳，鬼神从而偷偷地夺去了她的魂魄。韩公也不隐瞒这件事，他拿这件事来阐明因果报应，所以人们知道其中的详细经过。韩公又说："这就像是明显地改变了二人的地位一样。"

明代晚期时，韩公曾经到襄阳、邓州一带旅游，和懂得道术的张鸳湖住在同一间房子里。张鸳湖深知这所住宅的主人之妻过分地虐待了主人的小妾，心中渐渐有所不平，说："道家有借形的法术，在修炼还没有成功时，血气就已然衰竭，在还没有到达还丹的境界时，需要借一个壮汉的躯干，趁他睡着的时候与他互换身体。我曾经学习了这个方法，现在姑且试一试。"第二天，主人的家里忽然听到正妻在小妾的房间中说话，小妾在正妻的房间说话。等她们出门的时候，才知道正妻的声音是小妾发出来的，小妾的声音是正妻发出来的。小妾获得的是正妻的身体，只是默默地坐在那里。正妻得到的是小妾的身体，心中很是不甘。二人相互吵了起来，亲戚族人也不能评判。二人将纠纷闹到官

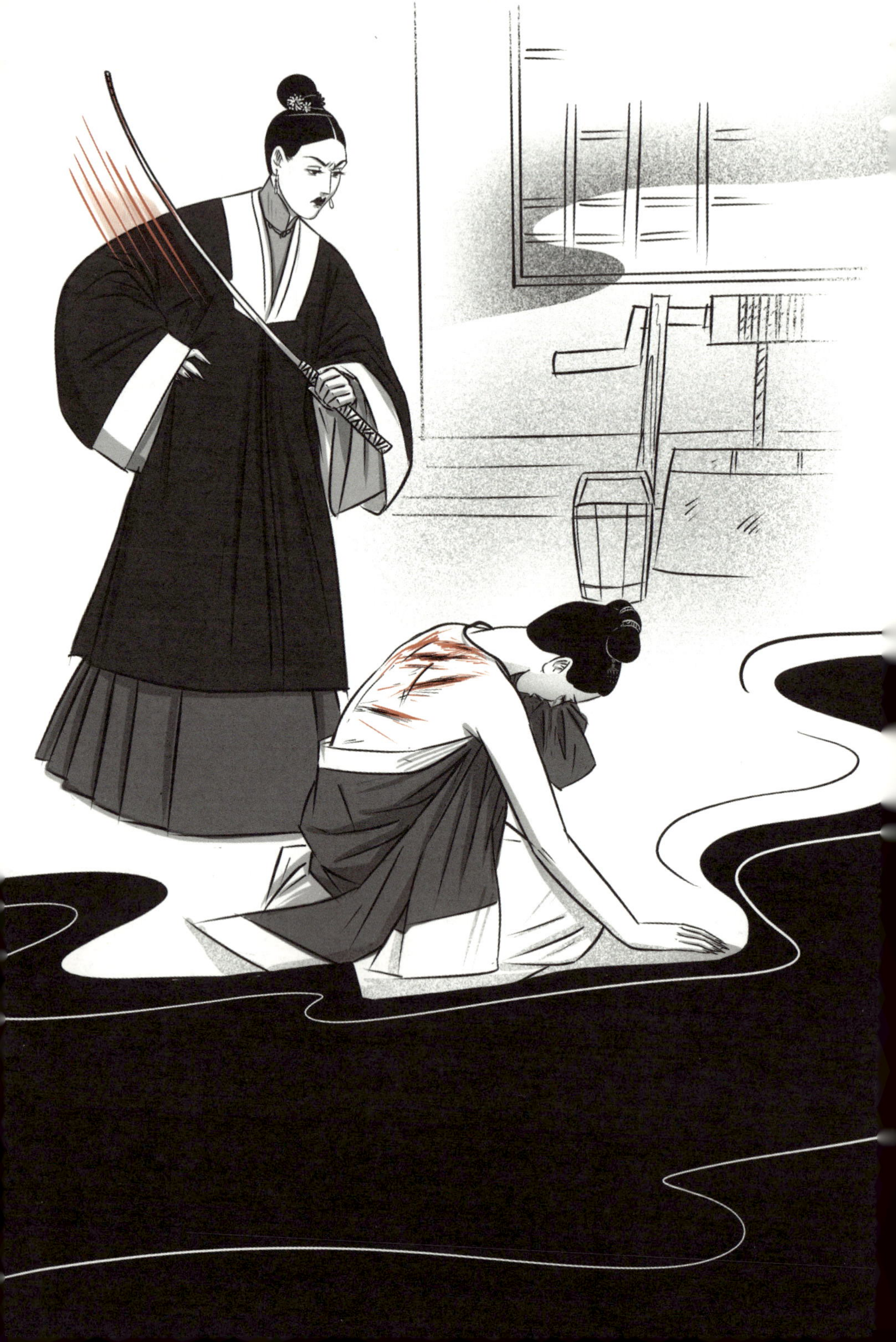

府，官府很生气，认为这是妖妄之事，鞭打了她们的丈夫，将其从官府中驱逐出来，众人也都无可奈何。但根据形体而论，正妻其实就是小妾。不在这个位置上，威严就不能得到施行，最后二人分家居住，直到终年。这件事情尤为奇怪。

二 格

附体鸣冤的鬼魂

乾隆庚午年间,官府的仓库丢失了玉器,人们勘查众多的苑囿时,苑囿的官长常明在回答时,忽然发出童子的声音,说道:"玉器不是我偷窃的,人却真的是我杀的,我就是被杀害的冤魂。"审问的官员大吃一惊,将案件移送到刑部。姚安公当时是江苏的司郎中,他和余文仪等人一同审理了此案。

鬼魂说:"我的名字叫二格,今年十四岁,家住在海淀,父亲叫李星望。前年的元宵节,常明带我去观灯,在夜深人静的时候,常明调戏我,我极力拒绝,并且说回家后要告诉我父亲,常明于是用衣带将我勒死,埋在了河岸下。我父亲怀疑常明把我藏起来了,于是向巡逻城市的官员控告,后来将常明抓了起来,但因为没有佐证,官府又商议说缉拿真正的凶手。我的魂魄经常跟从常明行走,但只要靠近他四五尺那么远,我就会觉得像烈焰一样灼热,不能够靠近他。后来这种灼热感逐渐减少,我可以靠近他到二三尺的距离,后来又靠近到一尺左右的距离,昨天一点儿都不觉得热了,我的魂魄才附在他的身上。"

二格又陈述说:刚才审讯的时候,他的魂魄也跟随着来到刑部。但二格的魂魄所指认的县衙大门其实是广西司。官府按照他所说的年月日,果然检索出了旧案。官府又问:"尸体在哪里?"附体的鬼魂说:"在河边第几棵柳树旁边。"官府挖掘之

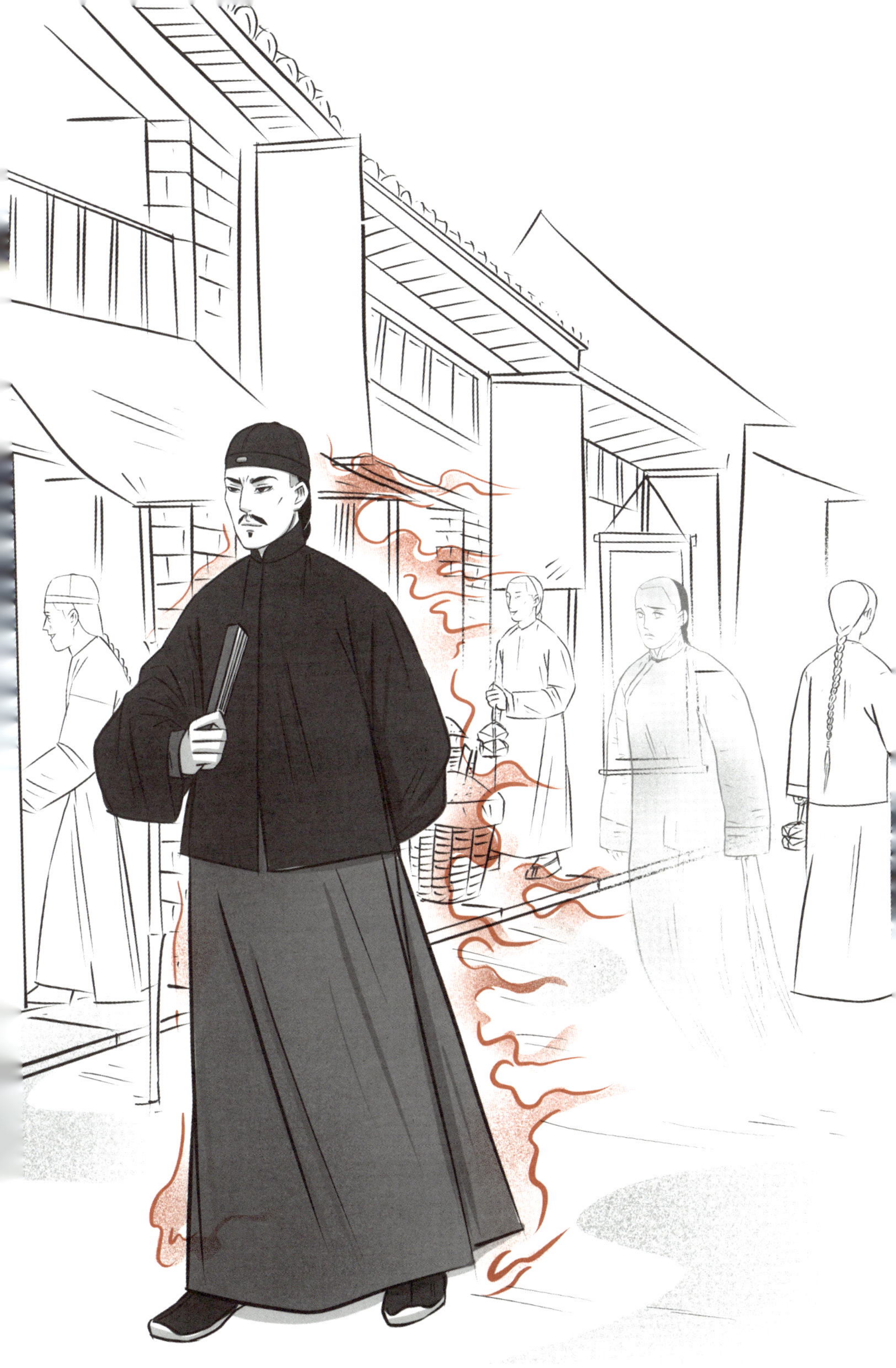

后也找到了，尸体还没有腐烂。官府喊来二格的父亲辨认，其父长哭一声，说道："这是我的儿子啊！"

这件事情虽然听起来虚幻缥缈，但验证的时候却都是真的，而且在审讯的时候喊"常明"的名字，附有鬼魂的躯体忽然如梦似醒，声音也是常明的声音；喊"二格"的名字，躯体又像昏醉了一样，声音变成了二格的声音。两种声音相互辩论了很多次之后，常明才最终伏罪。二格和他的父亲又家长里短地絮叨了很久，事情也都历历分明，案件也没有任何疑点了，最终以确实的案件上报，官府也按照法律定了常明的罪。

审判结果刚下达的时候，二格的魂魄非常高兴。他原本是卖糕点的，忽然高声地吆喝了一声"卖糕"，他的父亲哭泣道："我很久没有听到这种声音了，就像我儿子活着时候的声音。"父亲问他："儿子，你要到哪里去？"魂魄回答说："我也不知道，但我要走了。"从此以后，再问常明，常明已经不能再变出二格的声音了。

玉　马

物久则为妖

我的叔母高氏去世后被封为宜人，她父亲的名讳是"荣祉"，在山西陵川做县令。他有一件旧了的玉马，纹理材质不是很洁白，上面有血迹斑斑的痕迹。于是他用紫檀为玉马做了一个托盘底座，经常将其放置在几案之上。玉马前面的双脚本来是跪在地上又想抬起来的样子，有一天，玉马的左脚忽然伸出座位之外。高公大吃一惊，整个官署的同僚相互传视，都说："这个道理就算是程子、朱子也不能参透。"

有一个住在宾馆的客人说："大凡是个物件，时间久了就会成为妖怪。如果得到很多人的精气，也能够成妖。这个道理很容易说明白，没有什么值得奇怪的。"众人商议将玉马破坏掉，一时犹豫不决。第二天玉马的脚又收了回去，弯曲成之前的模样。高公说："这个物件是真的有智慧啊。"于是便将玉马投入炽热的火炉中，火炉中似乎发出微微的呦呦之声。之后也没有其他异常的事情，但高公的声势也逐渐微弱了。高氏宜人说："这个玉马在火中烧炼了三天，裂为两段，还能够看到玉马一半的身体。"

还有一件事，武清区王庆坨的曹氏，他家厅柱边忽然开了两朵牡丹，一朵紫色，一朵碧色，花瓣中的脉络就像金丝一样，花叶很茂盛，过了七八天牡丹花才凋落，花丛的根部从柱子中冒了出来,纹理相互连在一起,靠近柱子两寸旁的地方还是干枯的,两寸以上的地方才渐渐变青。我的先太夫人,是曹氏的外甥女,这是她小时候亲眼所见。大家都说这是祥瑞,外祖父雪峰先生说:"事物反常就表明有妖,又有什么祥瑞的呢?"曹氏家族之后也衰微了。

镜中之狐

被私心遮蔽的镜像

我的外祖父张雪峰先生生性高洁，书房中的书几、砚台非常精致严整，图画和史书的摆放也很庄重肃穆。书房平日里是上锁的，我外祖父来时才会打开。院中的花草树木一片葱郁，绿色的莓苔就好像地毯一样。童仆、奴婢如果不是奉了外祖父的命令，也不敢踏入一步。我的舅舅健亭公，在他十一二岁的时候，有次趁外祖父出门时，私自到庭院的大树下纳凉，听到屋内好像有人在行走，舅舅以为是外公提前回来了，于是屏住气息从窗户缝里偷窥，只见竹椅上坐着一个女子，漂亮的妆容就像是画中的人一样，椅子的对面有一个大镜子，大概有五尺那么高，镜中的影子却是一只狐狸。舅舅在那儿一动也不敢动，偷偷地观察这个狐女的行为。此狐女忽然在镜中看到了这个影子，于是急忙起来绕着镜子四周呵气，镜面变昏了，就像笼罩了一层雾气。过了很久，镜子上被呵的气也逐渐散去。再次观看镜中之影时，已经变成了一位美丽的女子。舅舅恐怕被狐女发现，于是蹑手蹑脚地逃了回来。

后来，舅舅把这件事告诉了姚安公。姚安公曾经为众多儿孙讲解《大学》中的"修身"这一章，就举了这个例子，说道："明亮的镜子空空如也，所以外物无所遁形，但如果被妖气所遮蔽，也会失去它原本的形状，更何况是有所私情，有所偏好

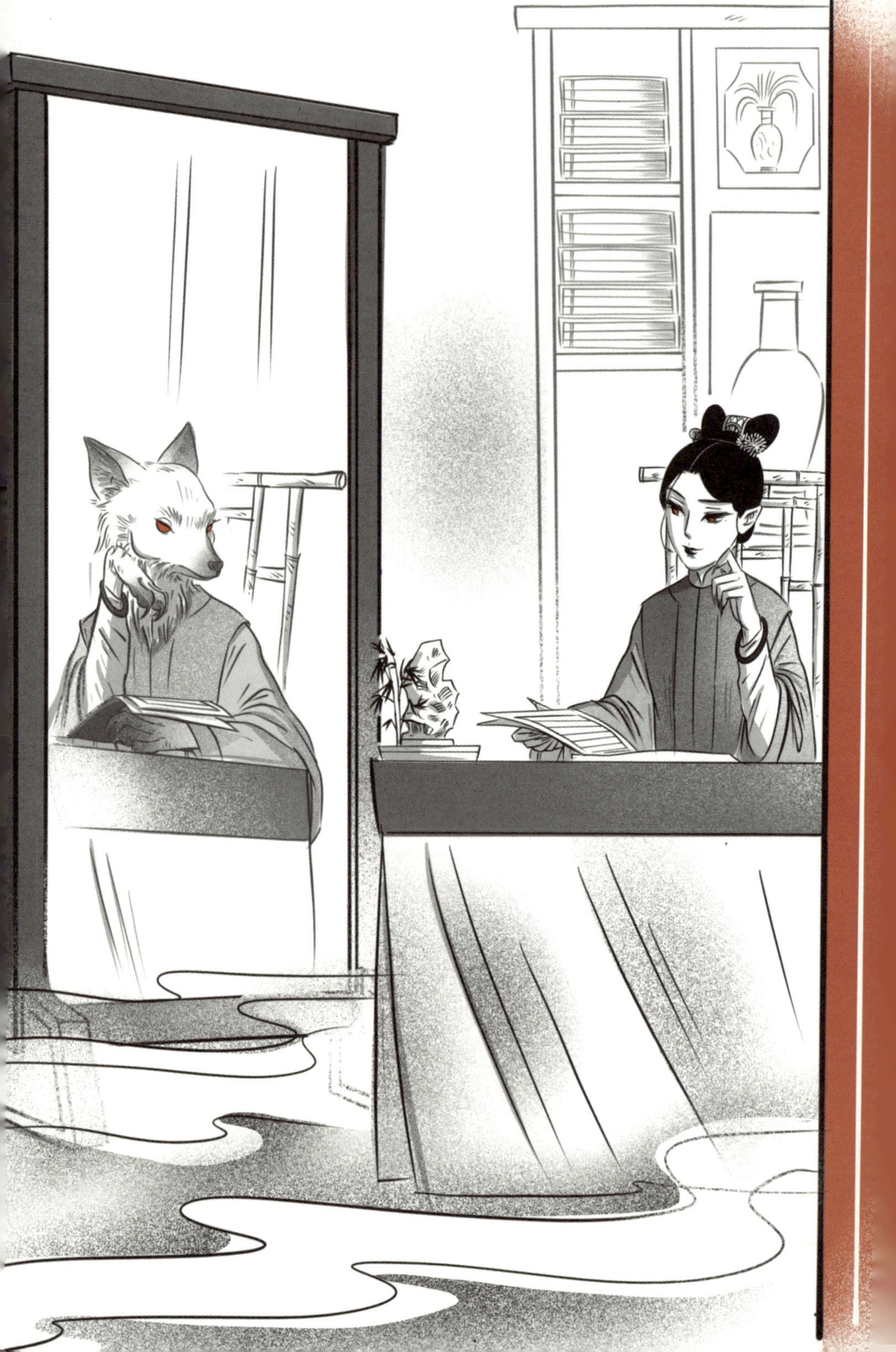

呢？"姚安公又说："不仅私情可以成为障碍，就算是公心，也可以成为障碍。有些正人君子，被小人趁机使用了激将法，就变得固执起来，和一些事情决裂，甚至变得颠倒是非。当年包公手下的官吏，假装舞弊弄权，而真正应该受杖刑的囚犯，反而没有受杖刑，这也就好比是被妖气遮蔽的明镜啊。所以想要'正心诚意'的话，就一定先要'格物致知'。"

许 方

鬼气的消失

许方是个屠夫，有天夜里他担着两坛酒走路，走累了，就在大树下休息。当时明月如昼，远远地听到呜呜的声音，有一个鬼从坟墓中走了出来，形态非常可怕。许方于是躲到大树的后面，拿着担子自我防卫。鬼来到酒坛子前，高兴得手舞足蹈，急忙将酒坛打开喝了起来，很快便将一坛酒喝完了，还准备打开第二坛酒，刚打开一半，已经醉倒在地上了。许方非常懊悔，而且这个鬼看来也没有其他的伎俩，就突然拿起担子去击打鬼，就好像打在虚空中一样。于是就连续痛击了好几下，鬼便渐渐倒在地上，化成了一团浓烟。许方害怕鬼还会变成其他模样，于是再一次捶打了它一百多次。浓烟渐渐平铺在地上，慢慢地散开了，痕迹就像淡淡的墨水一样，又像是轻轻的丝绸，烟雾在慢慢铺开时也渐渐变薄，最后什么都看不见了，大概是已经消散了。

在我看来，鬼就是人类剩余的气息。这些气息会逐渐地消失，所以《左传》中说："新鬼大，故鬼小。"世人所称的鬼，却没有听说年代在羲皇、轩辕之上的鬼，这是因为它们的气息已经消散殆尽了。酒是用来散气的，所以医生用酒来疏导血脉，用酒来发汗，以及用酒给驱寒的药做药引子。这个鬼只有仅存的一点儿气息，却用满满一大坛子的酒来散气，使得阳气鼓动，阴气被蒸发，所以它的气息消散殆尽也就合情合理了。这是因为它喝

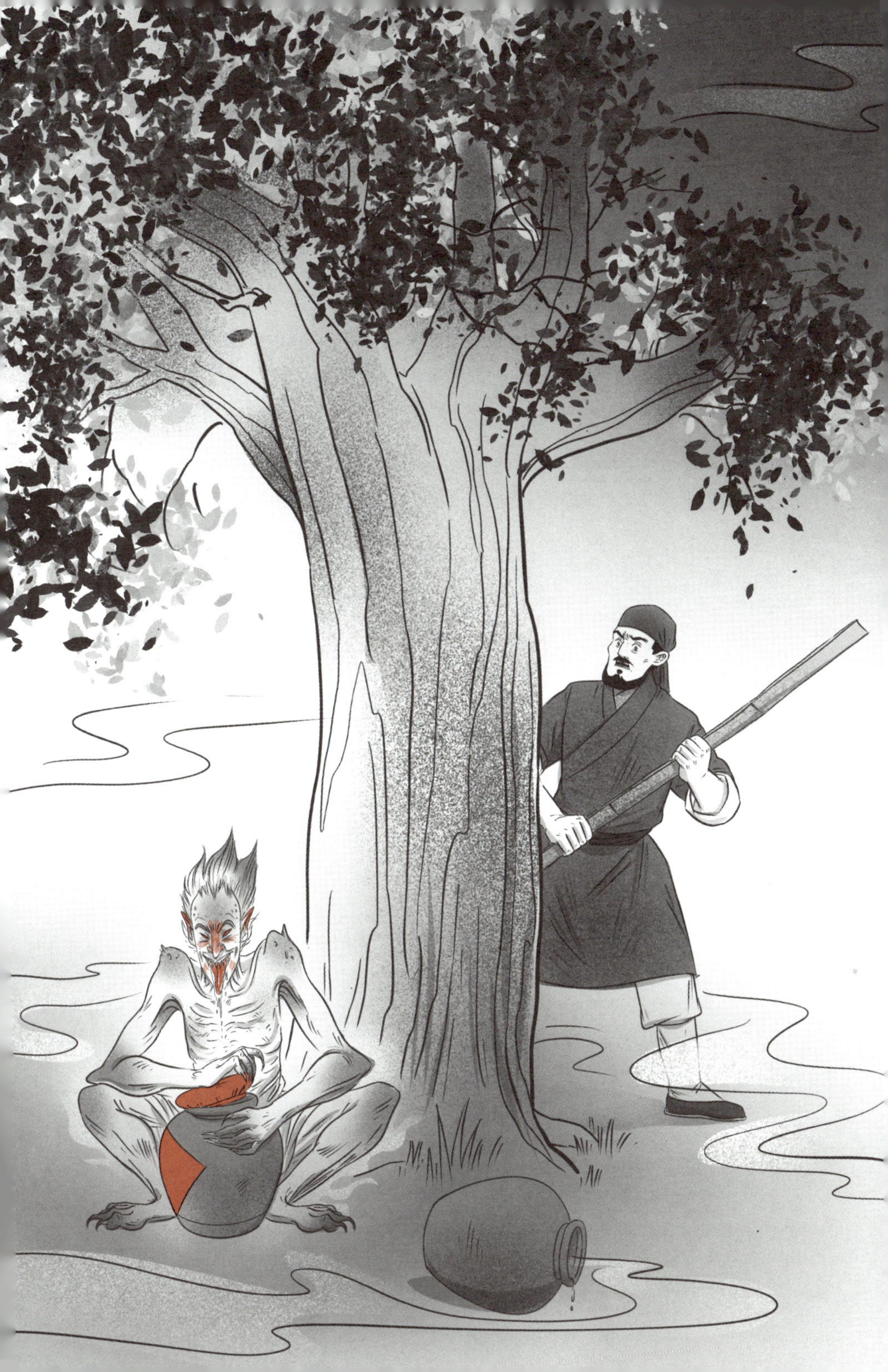

醉了,所以气息逐渐消散,而不是因为被担子捶打的。

听说这件事情之后,有劝诫饮酒的人说:"鬼是善于变化的,因为喝了酒,以至于倒在地上受人捶击。鬼本来是人类所害怕的,因为喝了酒,反而被人困住了。沉湎于酒的人,可要好好反思啊。"嗜酒的人却说:"鬼虽然没有形体,但是有知觉,它也未免有喜怒哀乐之情,如今喝醉了,浑浑沌沌地躺在地上,气息消散,归于乌有,返回到了真境。酒中的乐趣,没有比这个更深的了。佛教将涅槃看作极乐世界,世间蝇营狗苟的人又怎能知道呢?"这大概就是《庄子》所说的"此亦一是非,彼亦一是非"吧。

罗两峰

鬼都待在哪里

扬州的罗两峰，眼睛能够看到鬼，他说："只要有人的地方就有鬼。那些横死的厉鬼，多年沉没无闻的，大多都在幽深的房屋或是空荡荡的宅院中，这些都是不可靠近的。如果靠近，就会有危害。那些摇曳不定、来来往往的鬼，在中午之前，它们大都待在墙阴，因为此时阳气很盛；中午之后，阴气转盛，鬼就四散开来游行，它们可以不通过门户直接穿过墙壁。鬼遇到人时，就会在路边回避，这是因为它们害怕阳气。因此，鬼虽然到处都有，但不会对人产生危害。"

罗两峰又说："鬼所聚集的地方，大多是在人烟密集的场所，偏僻的旷野很少能见到鬼。鬼喜欢围绕着厨房的灶台，好像是想要靠近食物的气息。鬼还喜欢到厕所里去，不知道是什么原因，或许是因为厕所是人们不常去的地方吧。"罗两峰又画有《鬼趣图》，我很怀疑这是他自己臆想出来的，其中有一个鬼，它的头比身体大几十倍，显得特别虚幻、狂妄。但我之前听姚安公说："瑶泾的陈公曾在一个夏天的夜晚将窗户挂起，躺在床上纳凉。窗子有一丈多宽，忽然有一张巨大的脸向窗内窥视，脸的宽度与窗户相同，不知道它的身体在什么地方。于是陈公急忙拿出剑刺向它的左眼，巨大的脸部随之就消失了。对面窗户的一个老仆人也看见了，说这个怪物是从窗下的地面之中涌现出来的。

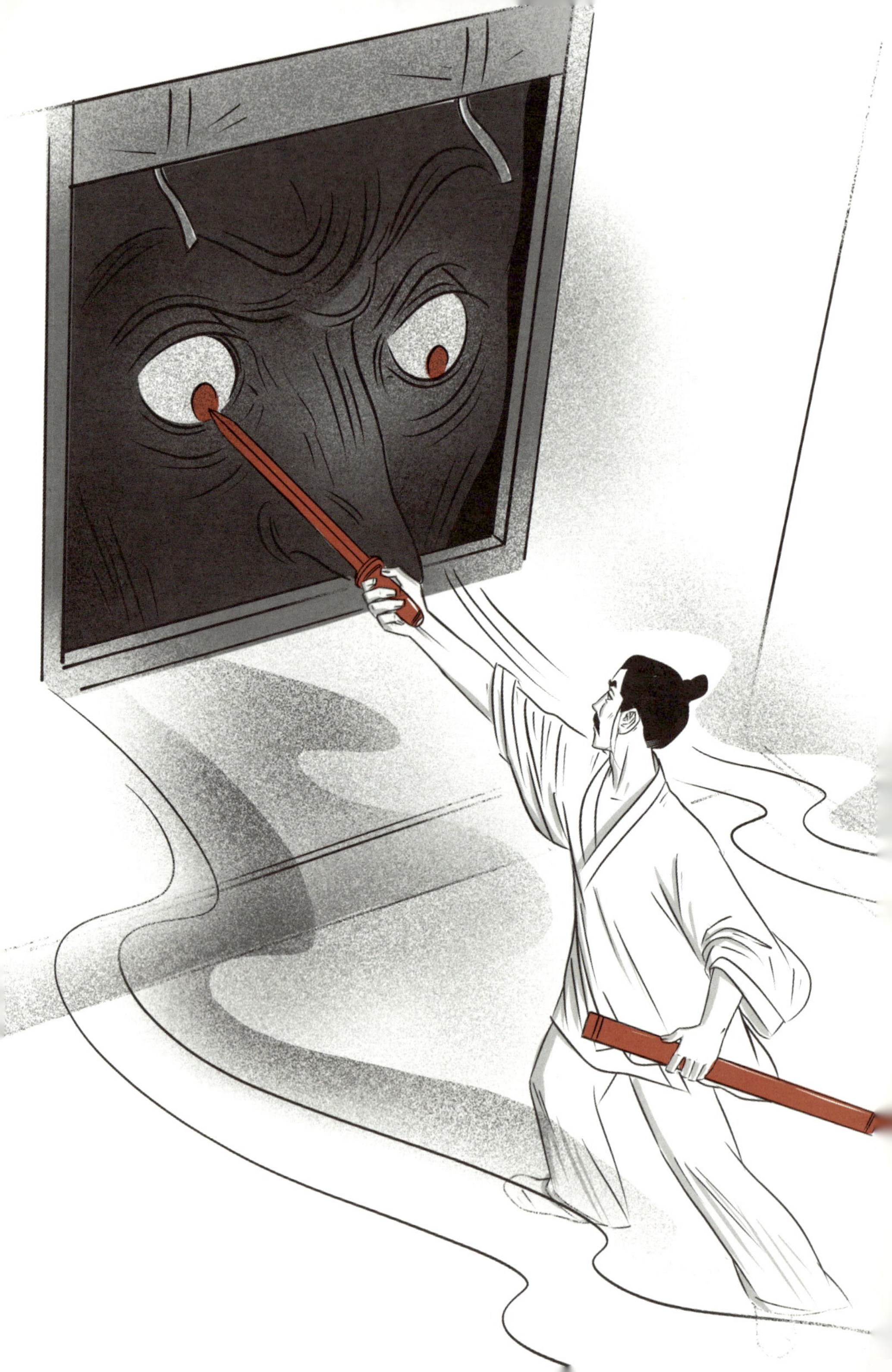

陈公在地面挖了一丈多深,因为什么都没发现,就停止了挖掘,看来果然有这种鬼啊!宇宙茫茫,难以究竟,我又要到什么地方去质问呢?"

肃宁塾师

满口仁义的假道学

我的族叔楘庵先生说过：肃宁有一位私塾先生，他讲授的是程朱理学。有一天，一个行脚僧在私塾外面乞食，木鱼敲得很响，从早晨到中午都没有停歇。私塾先生很厌烦，亲自出去呵斥僧人离开，而且说道："你们本身就是异端之人，那些愚民不过是受了你们的蛊惑罢了。我这个地方都是一些圣贤之辈，你又何必痴心妄想呢？"

僧人一边行礼，一边说道："佛教徒为衣食奔波，和儒生为了富贵奔波是一个样，都是失去了自己的根本，先生你又何必如此为难呢？"私塾先生很生气，用棍子击打僧人。僧人甩了甩衣袖，生气地说："这也太恶作剧了！"于是将自己的布袋扔在地上就离开了。私塾先生认为僧人肯定会再回来，结果到了晚上僧人也没来。私塾先生用手摸了摸，口袋里装的都是一些散钱。私塾弟子们都想把钱拿出来。私塾先生说："等僧人长时间不来之后再做打算吧，但也要把钱的数目清点明白，这样才有可能避免纷争。"

众人刚把袋子打开，就有一大群蜜蜂钻了出来，将私塾先生及其弟子的脸都螫肿了，他们号哭呼救。邻居们都很吃惊，前来询问。僧人这个时候推开门走了进来，说道："圣贤之人难道会图谋别人的钱财吗？"说完拿起他的布袋就离开了。僧人临走的时候，双手合十，向私塾先生行礼，并说道："我们这些异端之人偶然触怒了你们圣贤之辈，希望你原谅啊。"旁边围观的人都笑了起来。

有人说这是幻术，有人说这是因为私塾先生喜欢排斥佛教，见到僧人就去诋毁他们，僧人这才故意将蜜蜂放到布袋里戏弄他的。棨庵先生说："这件事是我亲眼所见，如果提前将很多蜜蜂放到袋子里的话，里面一定会有蠕动的现象，在布袋外面可以看到的，当时众人一点儿都没发现异常。说是僧人会幻术，这个可能更接近事实。"

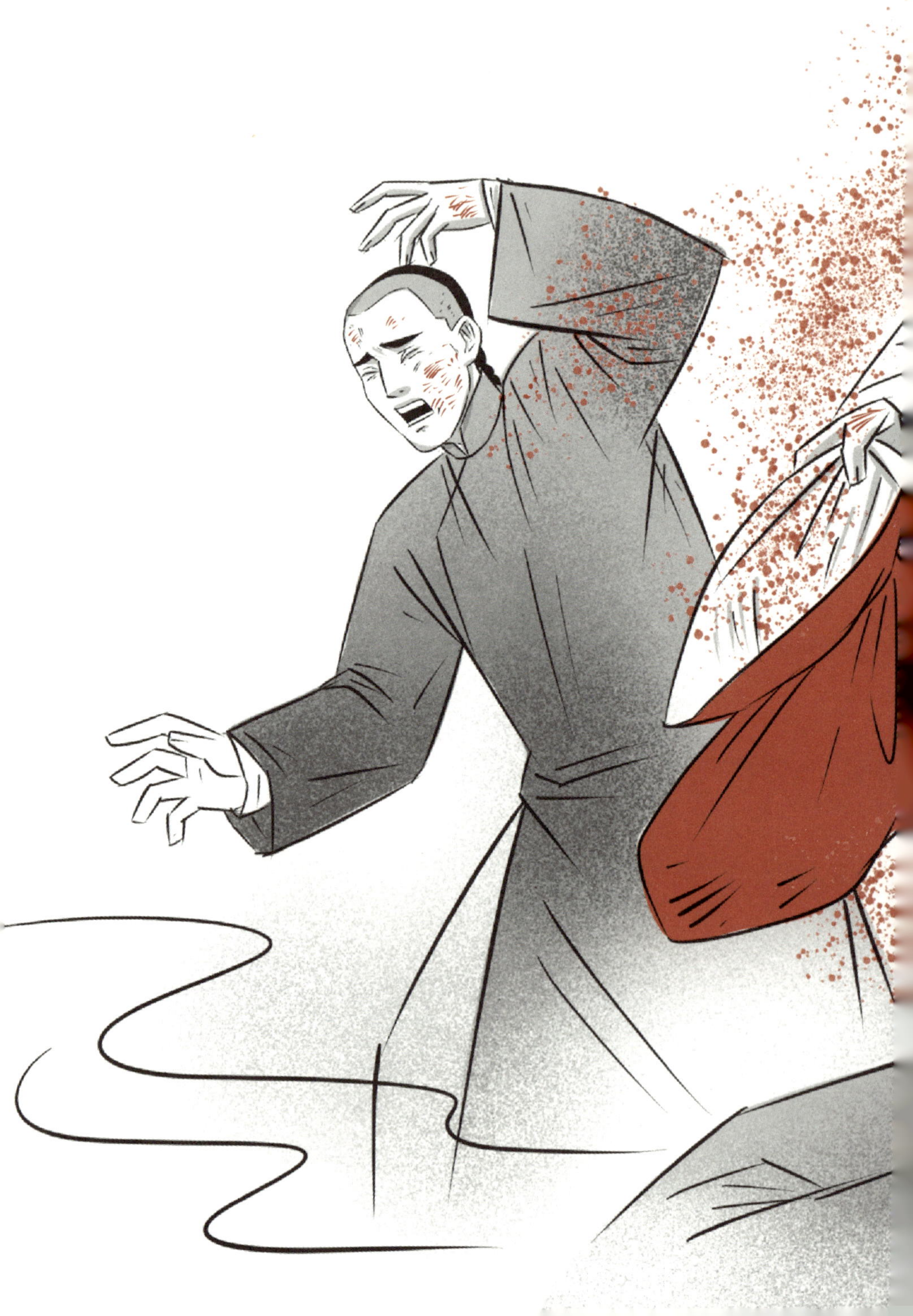

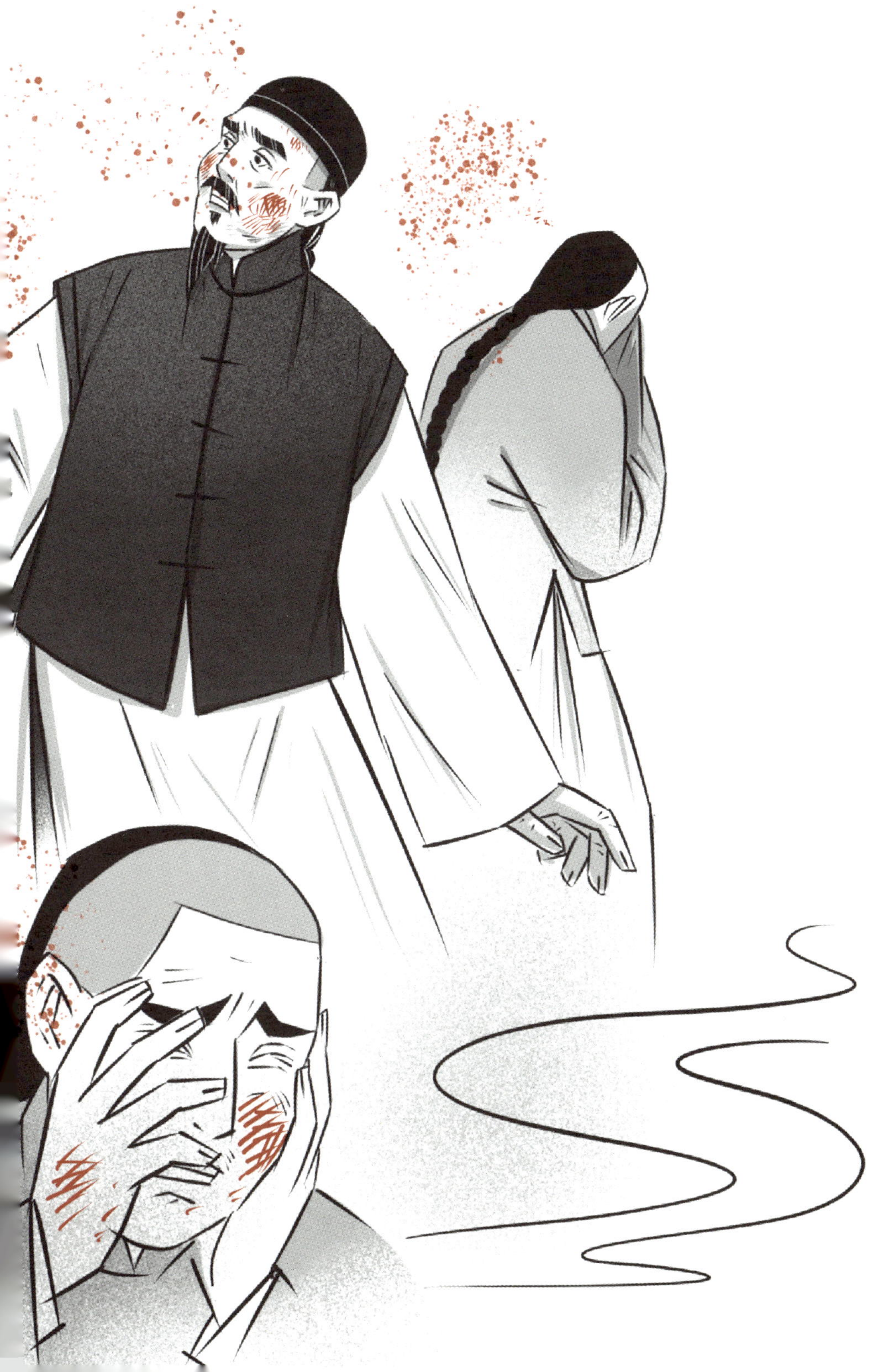

唐执玉

听信鬼话乱判案

总督唐公,名叫执玉,他曾经审理一桩杀人案,案件已经完结了。有一天夜里,他独自坐在灯烛下,忽然听到有轻微的哭泣声,这个声音好像逐渐向窗户靠近。唐公让小婢女出门察看,怪物"嗷"的一声扑倒在地上。唐公自己打开窗帘,只见一个鬼浑身是血跪在台阶上,唐公便厉声呵斥。鬼一边磕头一边说:"杀我的人是某某,县官却误判为某某。如果我的冤仇得不到洗雪,我就是死也不能瞑目。"唐公说:"我知道了。"鬼于是就离开了。

第二天,唐公亲自审问这个案件,众人所供说的死者生前的衣着穿戴与自己昨晚所见相吻合,心中便更加坚信,于是就按鬼说的话,将杀人犯改为某某。审问犯人的官员申诉辩解了很多次,唐公则始终认为南山可以移动,但此桩案件不可以更改。唐公的幕僚怀疑有其他的缘故,于是试探着询问了一下,唐公这才说出事件的原委,但幕僚也无可奈何。

一天傍晚,唐公的幕僚请见,问道:"鬼从何处来?"唐公回答:"从台阶上走下来的。"幕僚又问:"鬼从什么地方走的?"唐公答道:"忽然翻过墙头就走了。"幕僚说:"但凡是个鬼,都是只有形状而没有实体的,它们离开的时候,应该忽然隐身,不应该翻越墙头离开。"于是众人到墙头边巡视,虽然墙

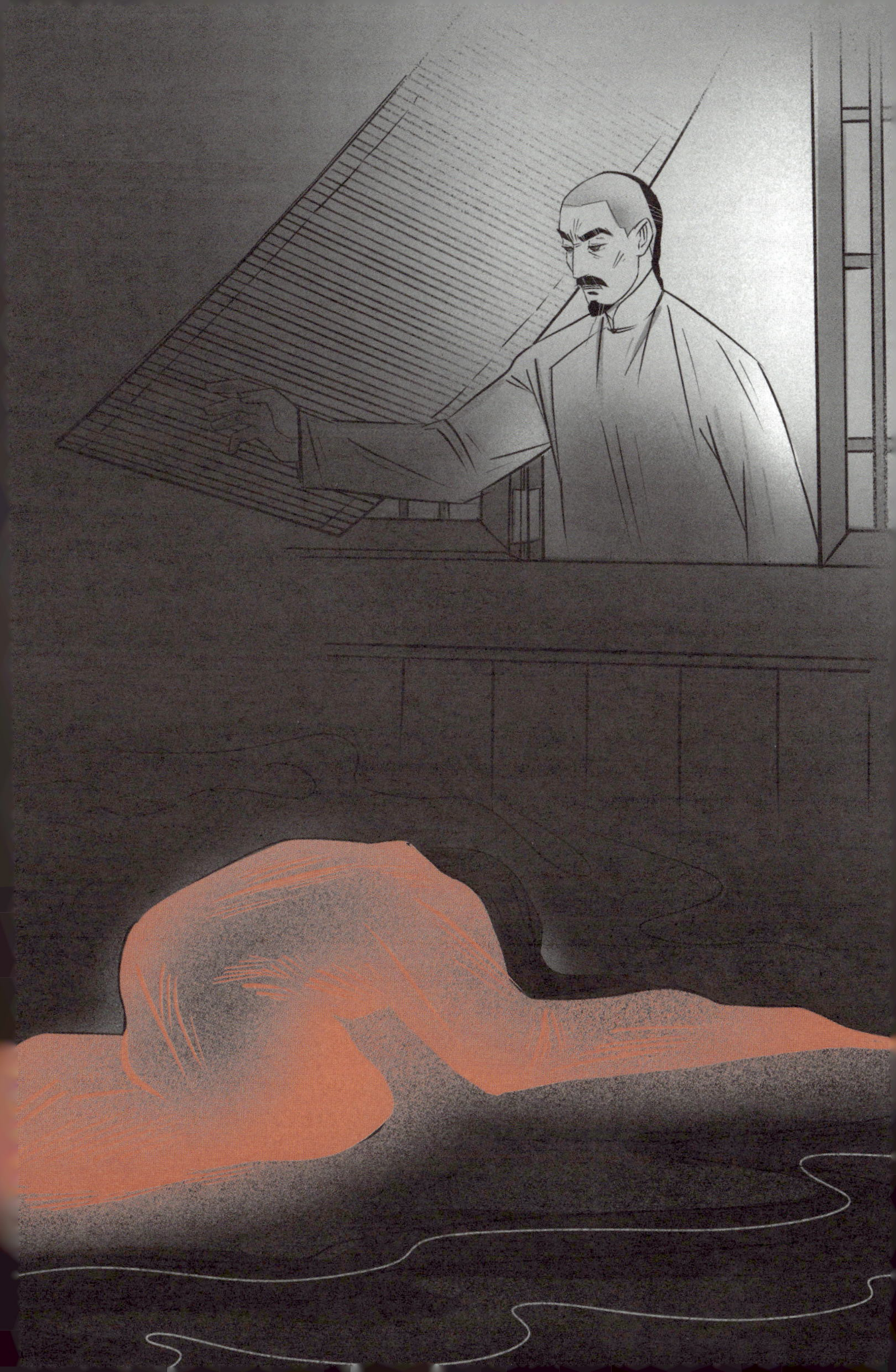

上的瓦片没有碎裂,但当时正是新雨过后,好几重的屋顶上都隐隐有泥迹,一直延伸到外墙之下。幕僚指着泥迹对唐公说:"这一定是死囚犯贿赂了身手矫捷的盗贼干的事。"唐公沉思了很久才恍然大悟,仍将案件归于原判。唐公对这件事情讳莫如深,也没有深究下去。

景城破寺

自导自演酿悲剧

景城的南边有座破败的寺庙，周围都没有人居住，只有一个僧人带着两个弟子在那里供奉香火，三人看起来都是蠢蠢的，像是村子里的庸人一样，看到人之后也不会作揖行礼，但他们特别地狡诈。

他们偷偷地买来松脂，将其炼成粉末，夜里用纸将松末卷起来点燃，然后将松末撒在空中，火焰四射。人们看到之后就赶快去询问原因，此时师父和弟子关上了门，在那里酣睡，都说不知道。他们又偷偷地买来戏场上的佛衣，制作出菩萨、罗汉的形状，在月夜时分，有时将它们立在屋脊上，有时将它们放在寺门的大树下，若隐若现，人们看到后又过来询问原因，三人还是说不知道。有人便将所见的情况告诉三人，三人将双手合十，说："佛在西天，到这个破败的寺庙干什么呢？官府正在禁止白莲教，我与你们无冤无仇的，你们为何要造此言论来祸害我呢？"人们却更加相信这是真佛现身，前来参拜的人就更多了。然而寺庙却越来越破落，他们也不肯修葺，不肯增添一块瓦片一根椽子，并且说道："这个地方的人喜欢制造流言蜚语，总是说有什么怪异之事。"三人一再地表现出庄严的态度，而迷惑众人的好事之徒反而更加有了借口。过了十多年，师徒三人慢慢地也都变富了。之后，忽然有盗贼夜袭了他们的房间，师徒三人都被拷打而死，所有的物品也都被抢走了。官府前来察看布囊、筐箧中所遗留的东西，找到了松脂、戏服等，这才明白三人的奸诈，这是明代崇祯末年的事情。

　　我的高祖厚斋公说："这个僧人用不蛊惑人的方式来蛊惑人，也算是巧妙至极了，但蛊惑众人所得到的东西，恰恰伤害了自己，即便称之为愚蠢至极，也是可以的。"

红柳娃

乌鲁木齐的小人国

乌鲁木齐深山中的牧马人,经常能够看到大约一尺高的小人儿,男女老少全都有。在红柳吐花的时候,他们就会将柳条盘成一个小圈戴在头上,成群结队地跳舞,发出呦呦的声音,就像是作曲一样。有些小人走到牧马人的帐篷中偷东西吃,被人抓到后,他们就跪在地上哭泣。如果把他们绑缚起来,他们就会不食而死;如果把他们放掉,刚开始的时候还不敢直接就走,每走几尺远就会回头。如果追赶并呵斥他们,他们仍然会跪下来哭泣。当走到离人较远的地方,觉得追不上他们时,他们才会迅速地翻越山涧逃走,但人们却始终找不到他们的巢穴。

这些小人儿既不是木头怪,也不是山兽,大概是《山海经》中的"僬侥"。因为他们的体形和小孩儿差不多,人们又不知道他们的名字,而且小人喜欢头戴红柳,所以将其称为"红柳娃"。

邱县的县丞天锦,在巡视牧场的时候曾经抓到了一个小人儿,将他晒干带了回来,仔细地观察小人儿的胡须、眉毛、头发,却和人类并没有区别,我才知道《山海经》中所谓的"靖人"是确实存在的。有极小之物,必然有极大之物,因此《列子》中所说的"龙伯之国",肯定也是存在的。

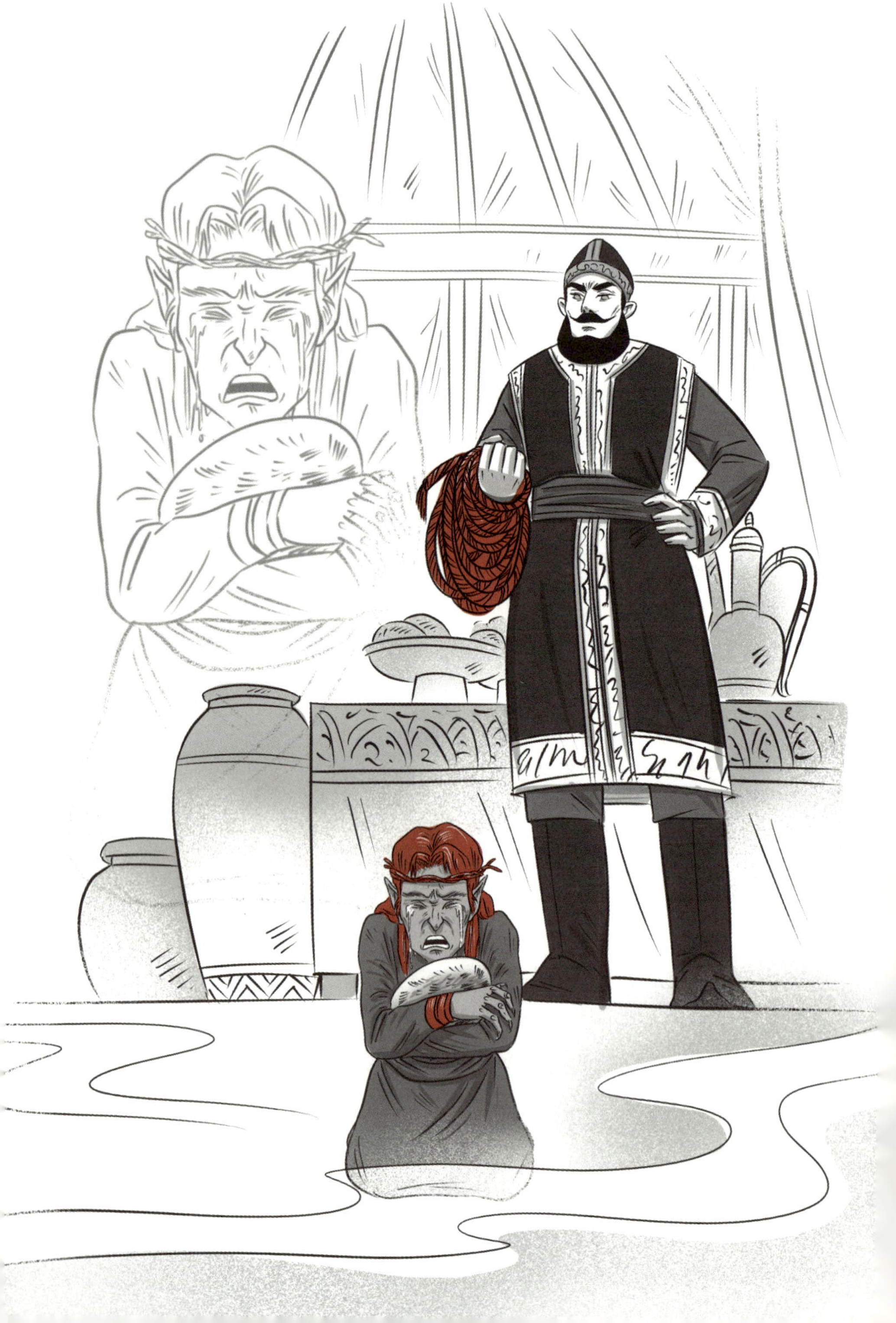

明季书生

借寓言而讲经学

何励庵先生说，相传有一个明代末年的书生，他独自行走在灌木丛中，却听到一阵书声琅琅。他很奇怪，旷野中怎么会有这种情况呢？经过一番找寻，发现一个老翁坐在坟墓中间，旁边有十几只狐狸蹲坐在那里看书。老人见到书生后起来迎接他，众多的狐狸也捧着书像人一样地站了起来。书生心想，他们既然知书，就肯定不会祸害自己，于是和老人相互揖让，席地而坐。

书生问老人读书是为了什么，老人说："我们这些人读书都是为了修仙。狐狸求仙的途径无非两条：一种方法是采集精气，礼拜北斗星，渐渐地就能通灵变化，然后逐渐积累，修成正果，这是由妖而求仙。但有时会误入歪门邪道，就会触犯天条，这虽然是条捷径，但是很危险。另一种方法是先将形体修炼为人，在修成人形之后，就要锻炼内丹，这是由人而成仙。即便吐纳、导引的功课并非一朝一夕之功，但只要长久坚持，自然就能圆满，这条途径虽然遥远，可相对安稳。但是形体不会自己改变，是随着内心的改变而改变的，所以要先读圣贤之书，明白三纲五常的道理，内心变化后形体也就变化了。"

书生将他们的书借来观看，全是《论语》《孝经》《孟子》之类，但是只有经文而没有注文。书生问："经文没有解释，又怎么能讲得通呢？"老翁说："我们这些人读书，只是为了求得

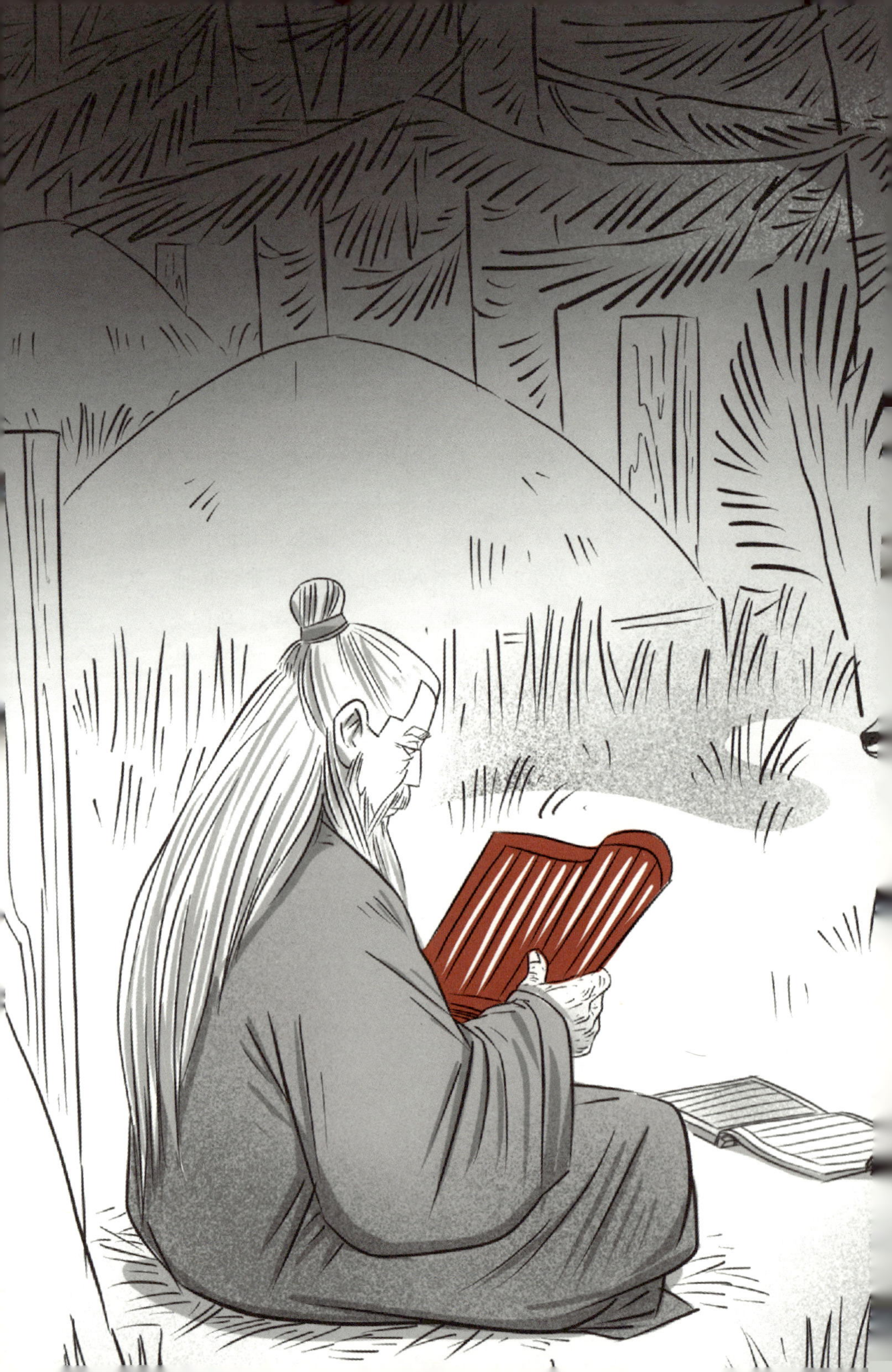

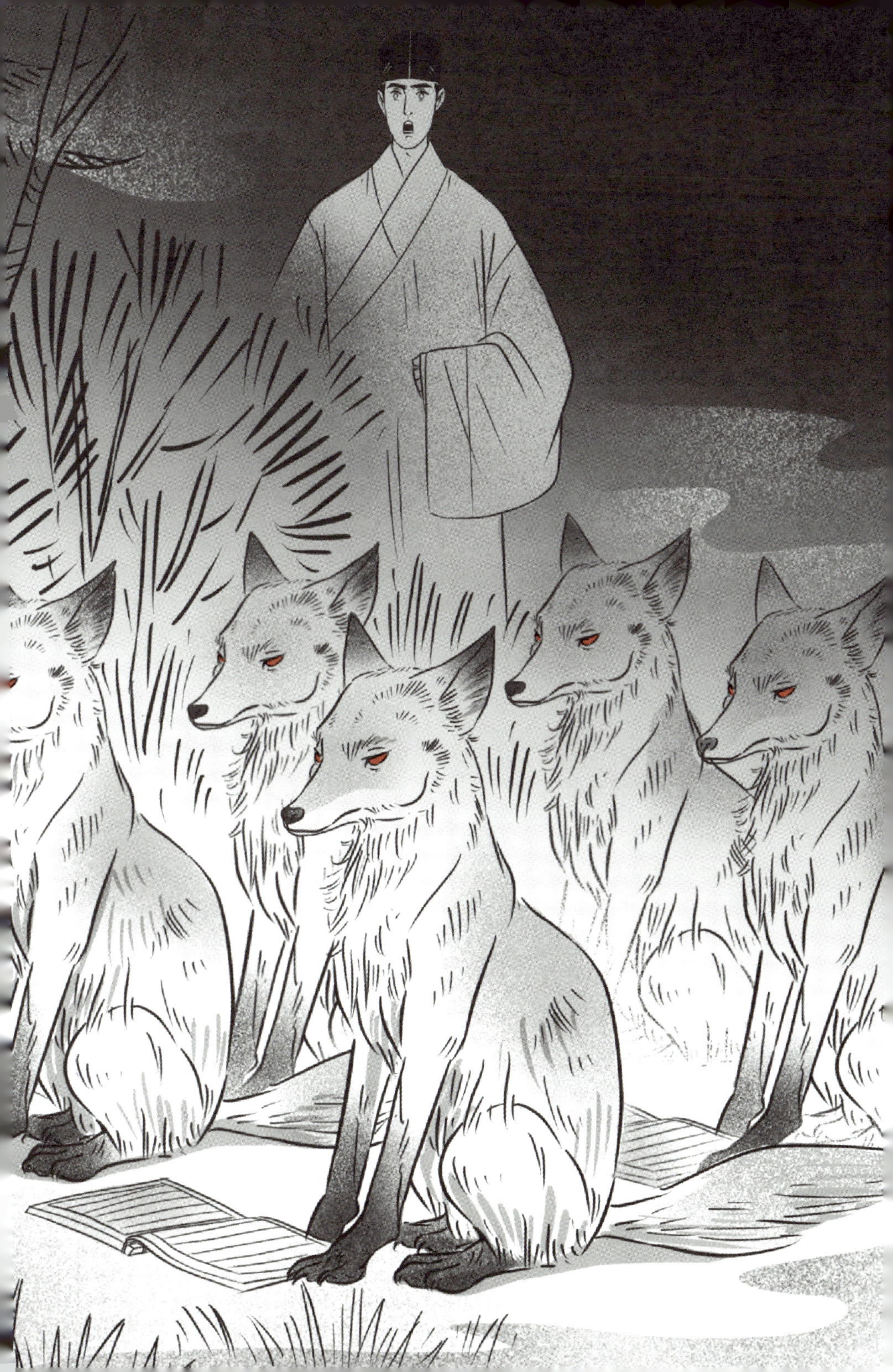

道理。圣贤的语言原本就不艰深,是口口相传的,只要将其中训诂疏通一下,就可以知道书中的旨意,为什么还需要注释呢?"书生很奇怪为什么老人会有如此乖僻的言论,心中茫然,不知如何回应,只是姑且地问老人年寿几何。老人说:"我都记不得了。我只记得当初我学习经文的时候,还没有雕版刻书。"书生又问:"您既然经历了很多朝代,那么世上的事情有没有什么异同呢?"老人说:"世事也大都相差不远,唐代以前的读书人只是被称为'儒者'。北宋之后,总是听说某某是'圣贤',也就这点儿小小的差别。"书生不懂老人说的话,作了一揖就和老人告别了。后来书生又在路上碰到了这个老人,想与其交谈,老人掉头就离开了。

  我觉得这大概是何励庵先生的寓言,先生曾经说:"用讲经的方式来求取科第,文章就会支离敷衍,文辞越优美,经文就越是荒芜;用讲经的途径来树立门户,导致辩驳纷纭,解说越是详细,经文就越是荒芜。"这些话和墓间老人的话非常吻合。励庵先生又说:"凡是巧妙的技术,其中都必定有不稳的地方,如果每一步都走得很踏实,就算有小的跌倒,最终也不至于伤到大腿扭伤脚。"其言论与墓间老人所说的修仙途径,也是一样的道理。

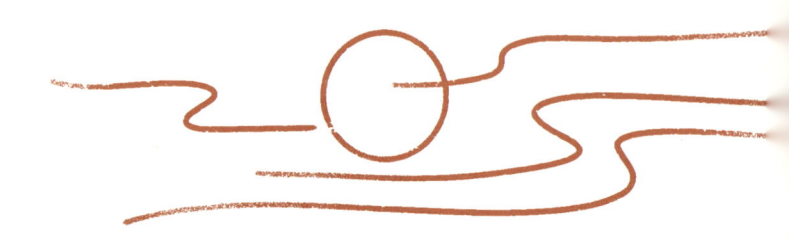

瞽者卫氏

井中盲人获救记

离我家十多里的地方,有一个盲人姓卫,在戊午年的除夕,他挨个到之前经常去的人家弹唱,人们也都给了他食物。他自己背着食物走回去,半路失足掉到了一口枯井中。他掉到了枯井之中,而人家又都在家里守岁,道路上没有行人,他喊得口都干了,也没有人回应。幸好井底气温较暖,而他又有一些饵饼可以充饥,口渴了的话就啃一些水果,因此竟然好几天都没有死。后来又刚好碰到一个叫王以胜的屠夫赶着猪回家,距这口枯井大概有半里路,忽然拴猪的绳子断了,猪在田野里狂奔,也掉到了枯井里,屠夫用钩子将猪钩出来的时候才发现了他,而他此时已经奄奄一息了。枯井并不在屠夫应走的路线上,这大概是天意使然了。

我的哥哥晴湖向他询问井下的情况,他说:"当时我万念俱空,心如死灰,只是想着家里还有老母亲卧病在床,她还在等待我这个瞎儿子来赡养。此时我自己也是无可奈何,恐怕只有饿死,不觉内心肝脾一阵酸楚,难以忍受。"我的哥哥说:"如果不是存有这个念头,王以胜拴猪的绳子肯定不会断。"

秋谷先生

借鬼魅而谈诗艺

益都的李词畹说道，秋谷先生在南方游玩的时候曾经借住在一户人家的园亭之中。有一天夜晚躺下之后，他准备作一首诗，正在沉思的时候，听到窗外有人在说话："先生您还没有睡吗？我醉心于清词丽句已经十多年了。今天很幸运您下榻此间卧室，虽然我私下里听您谈论已经有一个多月了，最终还是遗憾于不能向您质疑、问难，我考虑到您仓促之间或许会移居其他地方，我就不能一尽我心中所怀，这就会成为我一生的遗憾，所以我才不辞唐突，希望隔着窗户能听到您高妙的谈论，先生您能不能不要拒绝我啊？"

秋谷先生问："你是谁？"对方答道："我住在幽深的场馆，一重又一重的门在夜间紧闭，所以肯定不是人迹所能到的地方。先生您心神平和旷达，想来也不会害怕，也不必深究。"秋谷先生问道："为何不到屋里来面对面交谈？"对方答道："先生您胸襟广阔，我也疲倦于繁文缛节，只要在精神上能够交往，又何必一定要在形骸之内呢？"秋谷先生于是每日都与此人应酬对答，此人在经学的六义方面造诣颇深。

像这样过了几个晚上之后，秋谷先生一次偶然乘着醉意，戏问道："听了您的议论，既不是神仙，也不是鬼狐，难道是懂得吟诗的山中木客吗？"说完之后，四周一片寂静。秋谷先生从窗

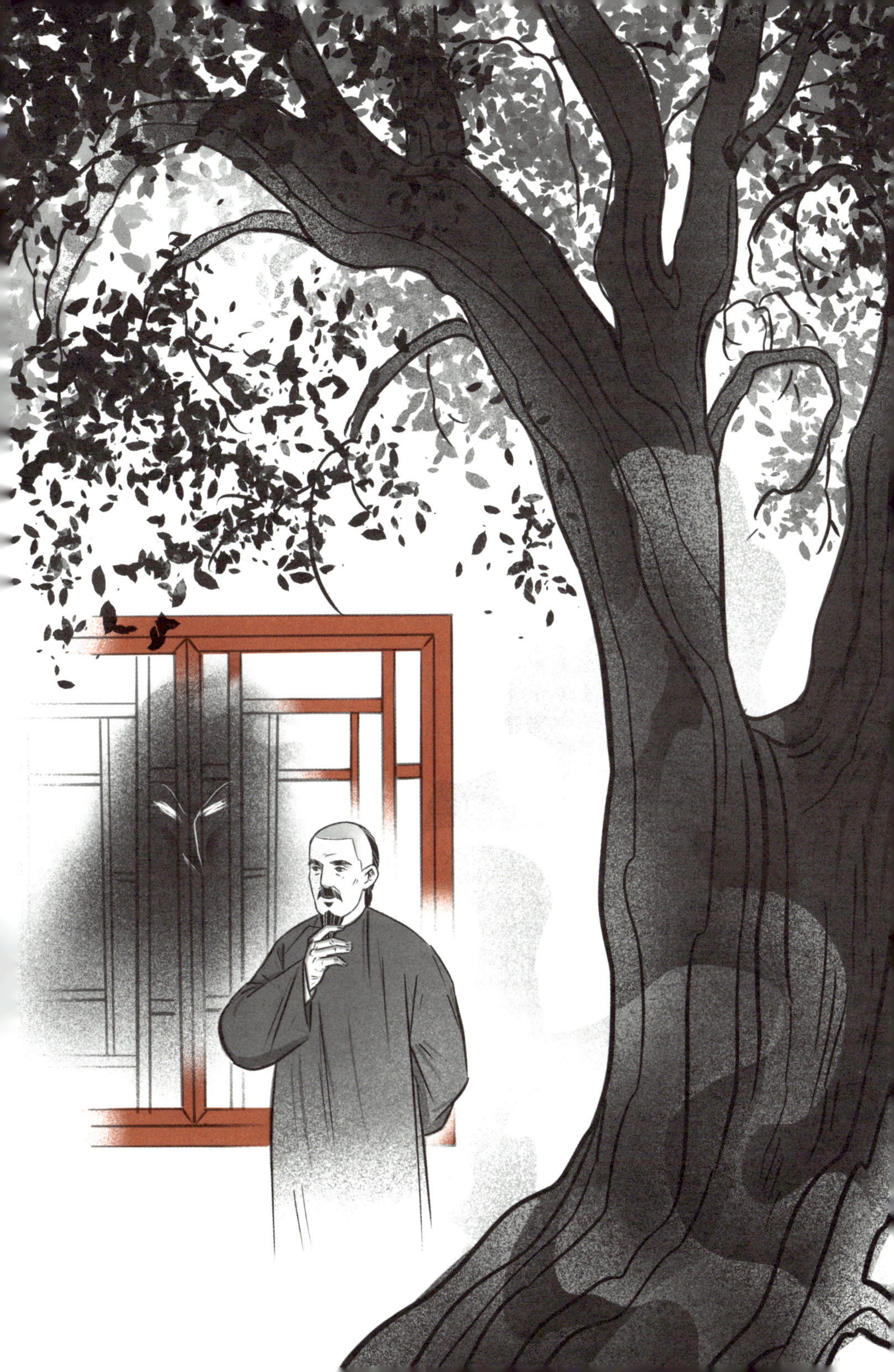

间的小缝隙向外一看，只见残月微明，有一个蓬松的身影从水亭的一角掠过。园子中有一棵参天的老树，这大概就是树木成精之后的鬼魅了。

李词畹又说道：秋谷先生与鬼魅谈话时，有人在旁边窃听。鬼魅评论了王士禛的诗："其诗就像山水名胜，奇树幽草，但没有一寸的土地来种植五谷；就像是雕刻的栏杆，曲折的亭榭、池塘、馆舍风景宜人，但没有一间寝室可以躲避风雨；就像鼎、彝、罍、洗，色彩斑斓地堆在几案之上，却没有釜、甑这些炊具来蒸煮食物；就像是织满花纹的锦绣，如同出自仙女的机杼，但没有裘、葛来抵御寒暑；就好像歌女的舞裙和扇子，如同十二金钗一样美丽，但没有主妇为家中提供食膳；就好像梁园和金谷园，高朋满座，但没有良师益友进行规劝。"秋谷先生听后击节称叹。鬼魅又评论道："明代末年的诗，夹杂了很多平庸的声音，所以王士禛用'清新'一格来挽救；近代人的诗又过于虚浮，所以王士禛又用'刻露'一格来挽救。这是形势导致的，在道理上没有偏也没有胜。所以在我看来，这两派诗风应当相互调剂，相辅相成，合之则双美，离之则两伤。"秋谷先生听了之后颇有不平之感。

聂　氏

等待升天的吊死鬼

　　何励庵先生说道,他有个姓聂的朋友前往西山上坟,回来的时候已是天寒日暮,因为害怕遇到老虎,所以竭尽全力往前走,望见山腰有一座破庙,急急忙忙地跑了进去。当时天色已然漆黑,聂氏听到墙角有人说:"此间并非人境,施主可速速离去。"聂氏心里知道这是一位僧人,就问道:"师父,您为何一个人在暗地里坐着?"对方回答道:"出家人不打诳语,我其实是一个吊死鬼,我待在这里是为了找一个代替我的人。"聂氏听罢毛骨悚然,过了一会儿又说道:"与其死在老虎的口中,还不如死在鬼的手里,我要和师父您一起住在这里。"

　　吊死鬼说道:"你不走也行,但人鬼殊途,你受不了阴气的侵袭,我受不了阳气的锻炼,这样我们都会局促不安。我们各占一个墙角,不要相互靠近就可以了。"聂氏询问找人替代是什么意思,吊死鬼说:"上天有好生之德,不想让人自杀。如果是忠臣尽节而死,烈妇为保全贞节而死,这些虽然是死于非命,却也和寿终正寝无异,是不必找人替代的;而那些情形急迫,穷途末路,再也找不到求生之路的人,上天只是怜悯他们情非得已罢了,也会给他们轮回的机会,并核算他们平生所作所为,按照其生前的善恶来承受与之相符的报应,也不需要找人替代;如果有一线生机,而因为不能忍受一点儿小的愤怒,或者是借这件事让

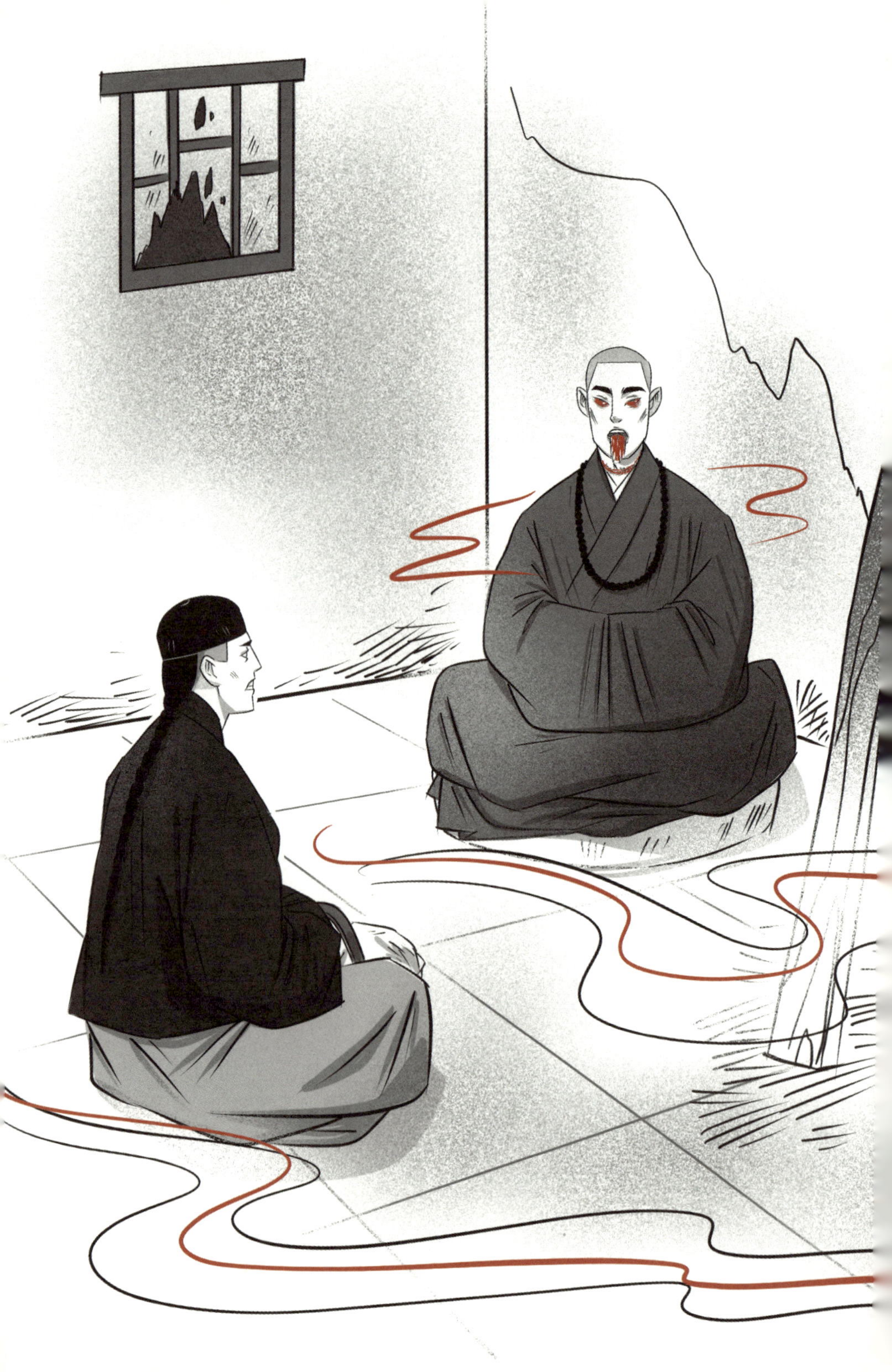

他人受连累，发泄自己心中的戾气，轻率地上吊自杀，这就大大地违背了天地的好生之德，所以必须让他们找一个替代者以示惩罚，所以这些吊死鬼动不动就要沉沦在地狱几百年。"

聂氏又问道："不是可以诱惑他人来替代你吗？"吊死鬼说："我不忍心这样做。那些上吊自杀的人中，为节义而死的，灵魂从头顶上升，死亡的过程也很快；那些因为愤怒妒忌而死的，灵魂在心脏之下不会下降，死得也慢。在还没有死亡的那一瞬间，全身的脉络倒涌，浑身肌肤好像都要一寸寸地裂开，就好像身上的肉被一刀一刀地割下来一样；胸中、肠胃之中好像被烈火焚烧一样难以忍受，像这样过了十几刻钟，形体和精神才会分离。每当我回想起这番苦楚，看到上吊的人我都要劝他们回去，又怎肯引诱他们上吊呢？"聂氏说："师父您心中存有这样的念头，肯定会升天的。"吊死鬼说："这不是我敢奢望的，我只有一心念佛，希望能够得到忏悔罢了。"

过了一会儿，天快要亮了。当聂氏再次向吊死鬼询问时，对方已经不再回答了，聂氏仔细观察了一番，但什么也没看到。之后聂氏每次来上坟的时候，必定会携带饮食、纸钱来庙中祭祀，此时左右就会有旋风围绕。过了一年，旋风就再也不来了，大概是这个吊死鬼因为心存一丝善念，已经从鬼魅之中解脱了吧。

雷击案

揭露伪造的雷击现场

雍正壬子年间，六月的一个夜晚雷鸣电闪，大雨如注。献县城的西边有个村民被雷电击中了，县令明晟前往查验，之后便批准装殓了。过了半个多月，忽然拘捕了一个人，并审讯道："你买火药干什么？"此人回答道："用来射鸟。"明晟反驳道："用火枪来射麻雀的话，买的火药很少，不过几钱而已，最多也就一二两，这就足够一天所消耗的了。你却买了二三十斤火药，意欲何为？"此人答道："是为了准备多日之需。"明晟又加以诘难，问道："你买火药还没有一个月，所用的量只不过一二斤，剩下的火药你贮存在哪里了？"此人答不上来，用了刑之后，果然破获奸情，同时将奸妇也一同抓捕。

有人问明晟："你怎么知道是这个人干的？"明晟说："如果没有几十斤的火药，是不可能伪造雷击的，要制作火药就必须要有硫黄。现在正值盛夏，并不是过年过节放鞭炮的时候，买硫黄的人少得可以数过来，我暗地里派人到市场上调查谁买的硫黄最多，大家都说是某个匠人。我又暗中调查这个匠人将火药卖给了谁，大家都说是某某，就是通过这种方法知道的。"大家又问："您又怎么知道雷击是假的呢？"明晟说："雷电击人是从上而下的，地面不会裂开。有时雷电毁坏了屋子，也是自上而下的。而现场屋子上的苫草、屋梁都飞了起来，土坑的表面也被

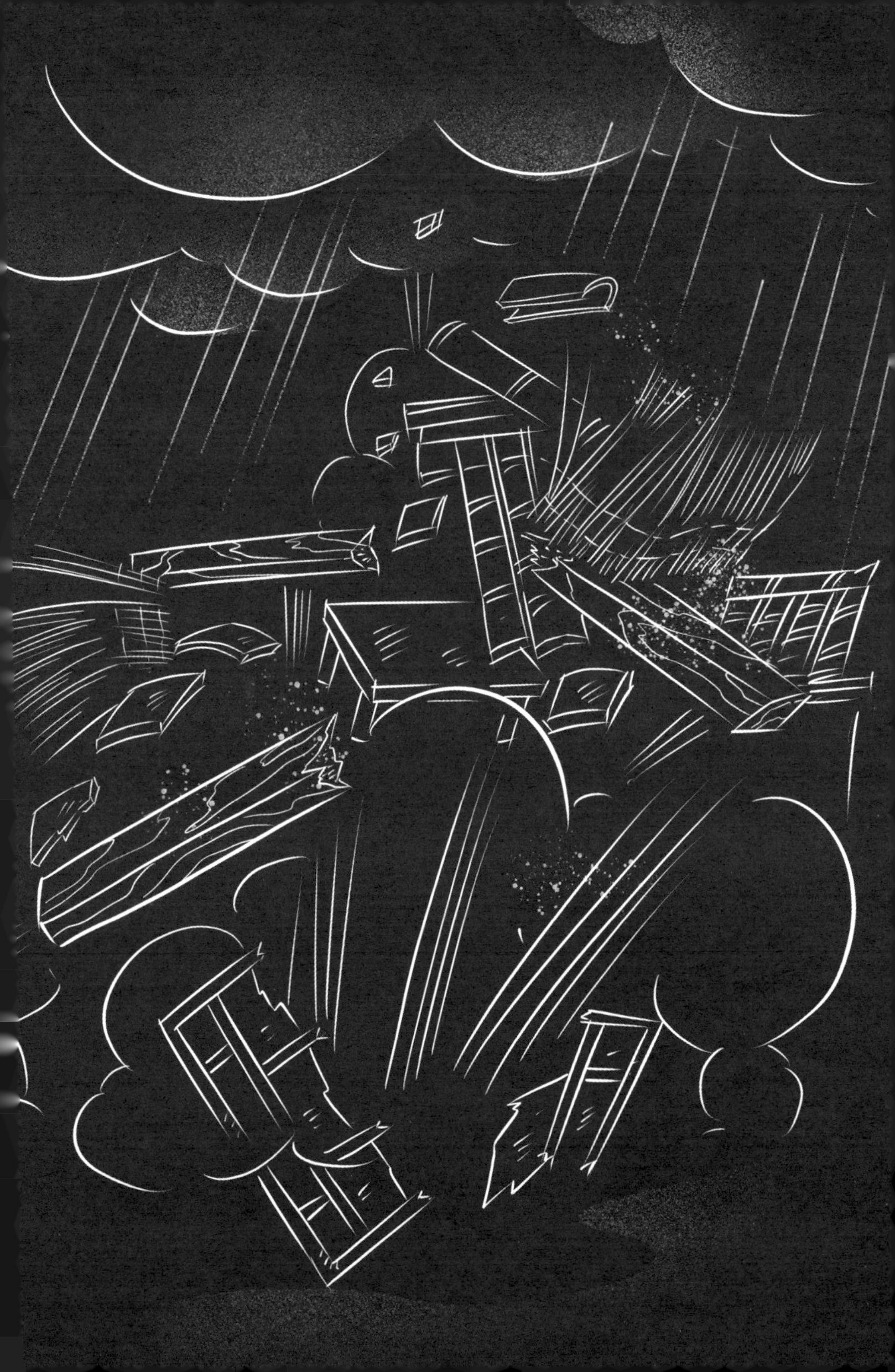

掀起，我就知道了火是从下而起的。而且这个地方距离县城只有五六里路，雷电是相同的，这天夜里雷电虽然迅疾、暴烈，但都是盘旋围绕在云层中的，没有向下雷击的现象，因此我知道雷击现场是伪造的。当时这个妇女先回了娘家，难以审问究竟，所以必须要先把这个人抓起来，之后这个妇女才可以审问。"这个县令真可谓是明察秋毫啊！

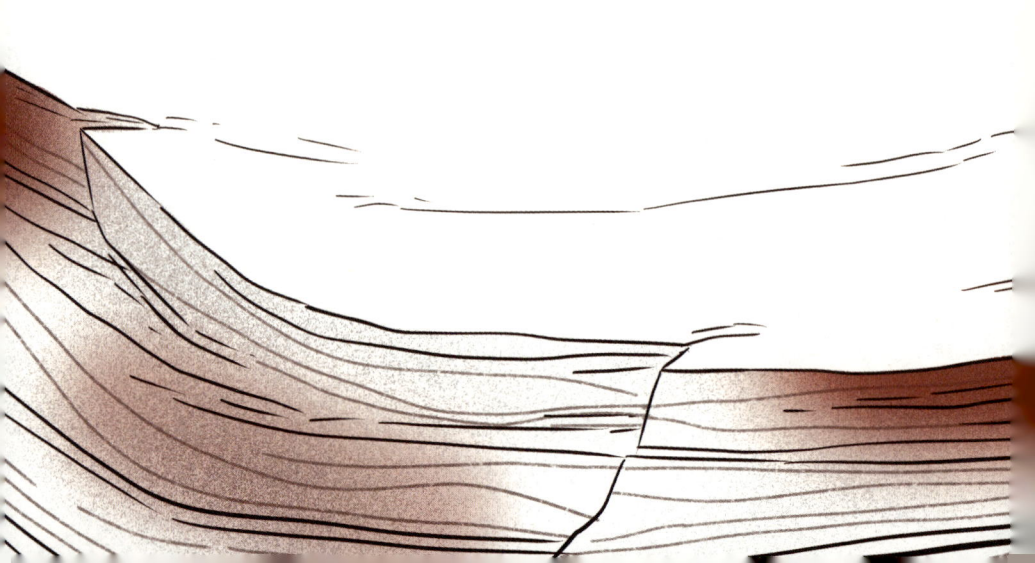

山西商

忘恩负义的商人被戏弄

有一个山西的商人居住在京城信成客的寓所，他的衣服、仆人、车马都很华丽，而且他自己也说会根据往年之例捐款。有一天，一个贫穷的老头子前来拜访，他的仆人不肯进去通报，老人自己在门口等着，才见到这个商人。商人的态度非常冷淡，一盏茶之后就再也没有关心的话了。老人慢慢地显示出求助的意向，商人不高兴地说："这个时候我的捐款数额都还凑不足，怎会有多余的力量来帮助你呢？"

老人心中愤愤不平，于是对众人详细地说道："这个山西商人之前很穷，十多年间都是依靠我这个老头儿才能生活。我又帮助了他一百两金银，让他去从事商贩之事，这才逐渐变富裕。如今我罢官了，流落四方，听说这个商人来了，我太高兴了，就像是重新获得了生命一样。我也没有其他的奢望，只是希望能够得到我之前资助他的数额，稍稍地偿还我之前的负债，让我能够回到故乡，死在故乡也就满足了。"说罢，老人不停地在那啜泣。山西的商人也好像没听到一样。

忽然，有一个与商人同住一间房的江西人，自称姓杨，他向山西商人揖拜之后，询问道："这个老头儿说得可信吗？"山西商人面部不太自然地说："确实有这回事，只是我力量微薄，不能报答啊。"杨氏说："你都是快要做官的人了，不会担心没有借钱的地方。假如有人肯借给你一百两金银,让你一年之后再偿还,不收取你分毫的利息,你肯将这些钱拿去报答老人吗?"山西商人勉强地说:"我很愿意啊。"杨氏说:"你只要将借约写好,我这里就有一百两金银。"山西商人迫于公论,不得已写下了借约。杨氏收下借约,打开自己的破箱子,拿出一百两金银付给山西商人,商人不情愿地将钱送给老人。杨氏又摆下酒席,留老人和商人饮酒。老人非常开心,而商人只是草草饮了几杯酒就离开了。老人表达感谢之后就离开了,杨氏过了几天也搬走了,从此也就没有了彼此的消息。

后来,商人在点检自己的钱箱时发现少了一百两金银,箱子上的封条却是原封不动的,没有办法去审问任何人。商人一件狐皮大衣的半个胳膊也丢了,箱子中留有一张典当的票据,票据上的面值是两千钱,大约等同于杨氏所置办的酒席的花费。人们这才知道杨氏原本就是有法术的人,姑且用这种方式来戏弄商人,客舍中的人都偷偷地拍手称快。商人因为惭愧沮丧也搬走了,不知去了哪里。

武邑公

沦为高头讲章的程朱理学

　　武邑的某人，与他的亲戚朋友在佛寺的藏经阁前面赏花。面前的土地最为宽阔，但阁楼上时常有奇怪的事发生。到了夜晚，众人便不敢坐在阁楼下。这个人平生以道学为己任，内心很平静，不相信有此等事。

　　有一次，这个人酒酣耳热之时，大谈特谈张载《西铭》中"万物一体"的道理，满座的听众都听得入了迷，不知不觉就到了深夜。忽然听到阁楼上有严厉的声音批评道："现在正是饥饿和瘟疫流行的时候，有很多老百姓都死了，你是乡里的官宦人家，既然不去思量着提倡义举，施舍粥饭和药材，那么关起门来睡大觉，也不失为一个男子汉。你却在这里虚谈高论，讲什么'民胞物与'。不知就算是讲到天亮，这些大道理是可以用来做餐饭呢，还是可以用来做药材呢？我姑且扔一块砖头击打你，看你还讲不讲'邪不胜正'的道理！"

　　忽然便有一块城墙的砖头飞了下来，声音就好比霹雳一样，众人的杯盘、几案全都被击碎了，这个人也仓皇逃跑，说道："这个妖怪之所以成为妖怪，大概就是他不相信程朱理学吧。"

郝媪

女巫的骗人把戏

有个姓郝的老婆婆,她是女巫,在村妇之中自然算是狡诈的一类人,我年幼的时候在沧州我姑母吕氏的家里见到过她。她自称有狐狸的神灵附身,关于别人的吉凶善恶,包括家里琐事,全都一一知道,所以信奉她的人非常多。其实她是广泛地散布了她的信徒,结交一些奴婢和老太婆,让她们代替自己刺探别人的隐私,以此来行骗。

曾经有一个孕妇问郝氏,自己所生是男是女,郝氏许她是男孩儿,之后生的却是女孩儿,孕妇就责问郝氏为什么神灵的话也不灵验了。郝氏瞪着眼睛说:"你本来应该生男孩儿的,在某年某月,你的母家给了你二十个饼,你只拿出六个来供养你的公婆,将剩下的十四个藏起来自己吃了,阴间为了责备你的不孝,将你的男孩儿转换成了女孩儿,你难道还没有醒悟吗?"孕妇不知道这件事情是郝氏之前探听到的,于是惊恐地服罪。郝氏往往就是靠这种方式来遮掩自己的邪说。

有一天,郝氏正在焚香召唤神灵,忽然端坐在那里大声说道:"我才是真正的狐神,我们这些人虽然和人类杂处,其实是在各自服食灵气、修炼形体,又岂肯与乡村里的老太婆为伍,去干预别人家里的琐事呢?这个老婆婆的阴谋层出不穷,打着我们的名号,凭借妖妄的法术来行骗敛财,所以今天我真的附在她身

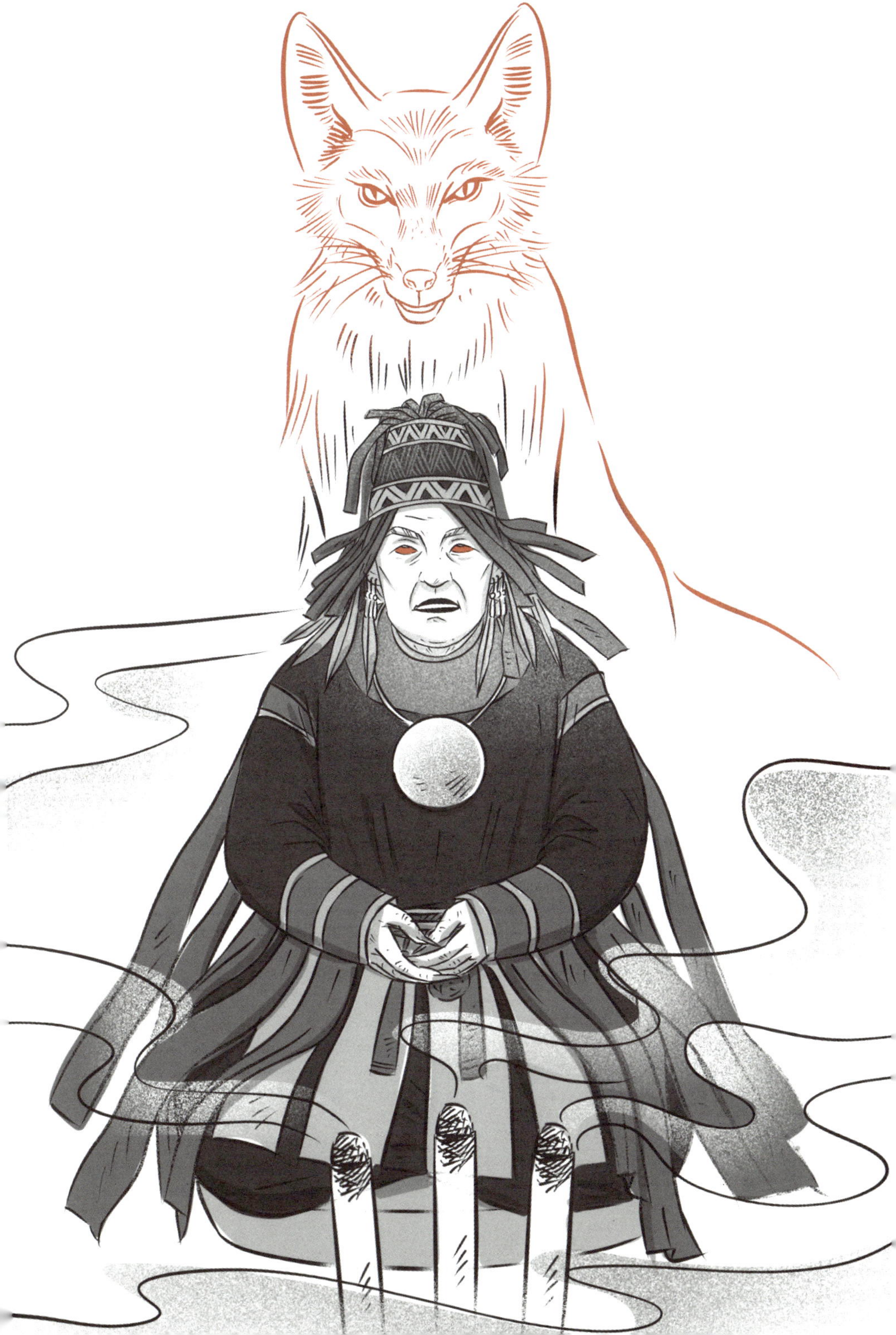

上，让你们都知道她的奸诈。"于是一条一条地数落着郝氏隐藏的罪恶，而且将她的党羽一一说出来。说完之后，郝氏突然像从梦中醒来一样，狼狈地逃跑了，后来就不知所终了。

张　福

断案不能仅看状子

　　张福，是杜林镇上的人，靠贩卖东西为生。一天他和乡里的土豪争路，土豪将他推到了石桥下。当时河水结了冰，冰棱就像刀刃一样锋利，张福的颅骨被刺破了，奄奄一息。乡里的小官之前就是土豪家中的差役，土豪于是赶忙将此事禀报了官府，官府贪图土豪家的财物，这个案子审理得很急。张福让他的母亲私下里传话给土豪，说："你就算偿了我的命，对我来说又有什么用呢？如果你能为我赡养老人，抚养孩子，我就趁着一口气还没绝的时候，到官府说是我自己失足掉到河里的。"土豪答应了此事。张福粗略地认识几个字，尚且能够忍着疼痛写下状子。因为张福的状子言之凿凿，官吏也没有办法。张福死了之后，土豪竟然违背了约定。张福的母亲屡次到官府控告，最终都因为有张福的状子在，而不能使其母申冤。这个土豪有一次喝醉了走夜路，因为马蹄失足掉到桥下淹死了，人们都说这是张福在报复。

　　我的先人姚安公说："断案是真的很难啊，而命案更是难上加难。有顶替杀人凶手的，心甘情愿地替人去死；有因为收了贿赂而选择和解的，便心甘情愿地出卖了他的亲人。像这些情况，在仓促之间已经难以审问清楚了。至于被杀之人，如果他们亲笔写下状子，说并非这个人所杀，这样就算是皋陶来断案，也不能判真凶的罪啊！如果这个土豪不是因为负约而被鬼魂所报复，他最终就凭借钱财免去了杀人的罪过。案情千变万化，什么情况不会发生呢？判案的人难道可以根据常理轻率地做出决断吗？"

王德安

自鸣钟被当成鬼

　　肃宁有个老儒生叫王德安，他是康熙丙戌年间的进士，我的先人姚安生曾经受业于王氏。他曾在夏日路过友人的家中，非常喜爱友人清爽的园亭，打算在这里住上一晚，友人以夜间有鬼为由，推辞了此事。王氏就举了一件他亲眼所见的事，说道："江南的岑氏曾经借住在沧州张蝶的家里，张氏家的墙壁上张贴着钟馗的画像，高度差不多和人一样，画像前又放着一个自鸣钟，岑氏喝得大醉，就睡着了，完全没有看到这些。夜半酒醒的时候，月明如昼，岑氏听到机械轮齿咯咯转动的声音时，已经非常诧异了，忽然又看到钟馗的画像，还以为是个奇特的鬼，就拿起桌子上的砚台向上扔了过去，于是听到'砰'的一声巨响，声音大得简直要把窗户都震掉了。张家的童仆们推开门前来察看情况，只见岑氏满身墨汁，头和脸都染黑了，画像前的钟和玉瓶、瓷器等全都破碎了。听到这个故事的人没有一个不被笑倒的。但你们动不动就说见到了鬼，都是这些人自己胆怯罢了，鬼到底在哪里呢？"

　　王氏的话刚说出口，就听到墙角有个声音回应道："鬼就在这里，夜里就去拜访你，希望你不要用砚台打我呀。"王氏默然地走了出去，后来便将这件事举出来告诉他的门生，说道："鬼没有白天和人对话的道理，这一定是狐怪。我的德行恐怕还不能胜过妖怪，所以我才选择了躲避。"王氏大概是个终身持无鬼论的人了。

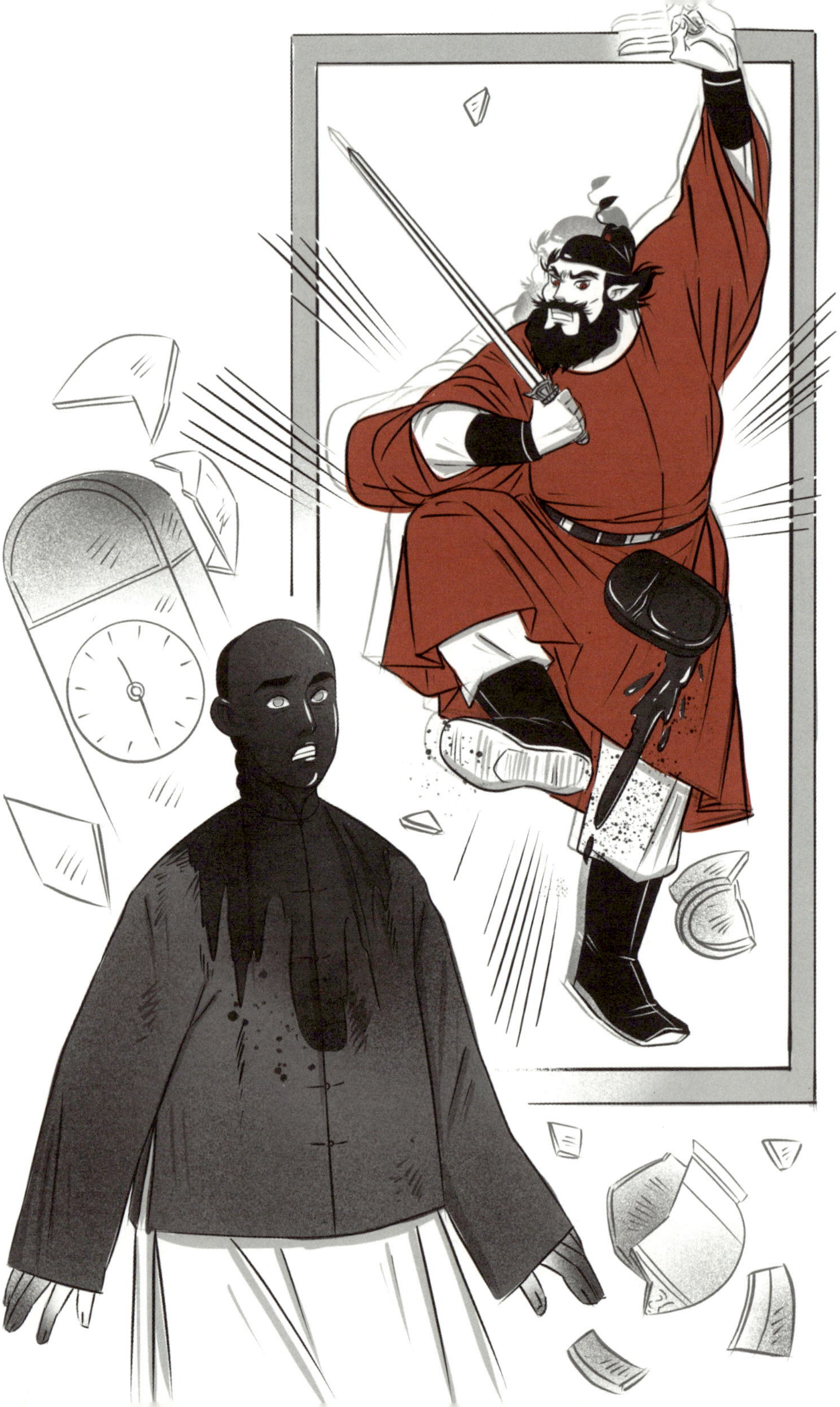

毕 四

群狐夜战

我的三叔仪南公，他有个健壮的仆人叫毕四。毕四善于打猎，能拉开强弓，经常到田野中捕捉鹌鹑。捕捉鹌鹑一般都是在夜晚，先将秸秆插在地上，做成庄稼地的样子，在秸秆上面铺上网，然后用牛角做成管子，吹出的声音像鹌鹑的叫声一样吸引它们。在鹌鹑集中之后，先微微地惊动，让它们一个一个地到秸秆中躲避，然后大声地惊动，让它们成群地突然飞起，这样就会全部撞到网上。在吹奏管子的时候，会发出凄咽的声音，往往会误将鬼魅引过来。所以一定要筑起圆形的草屋来自卫，同时要携带兵器防备。

一天，在一个月明之夜，毕四看到一位老人前来作礼，说道："我是狐狸，我的儿孙和北村的狐狸结了仇，全族的人都在械斗。北村的狐狸擒拿了我的一个女儿，每次打仗的时候都会将我的女儿反绑，将其驱赶出来以侮辱我；我们也擒拿了他们的一个小妾，像他们对待我女儿那样报复他们。由此双方的仇怨结得更深，双方约定今晚在此决战。听说你是侠义之士，希望你能助我一臂之力，我没齿也难忘你的恩德。手拿铁尺的是他们的人，手中拿刀的是我们的人。"

毕四本来就好事，很痛快地跟着老人前去，偷偷藏在树丛中。交战之后，双方的狐狸都在浴血奋战，甚至是贴身肉搏。毕

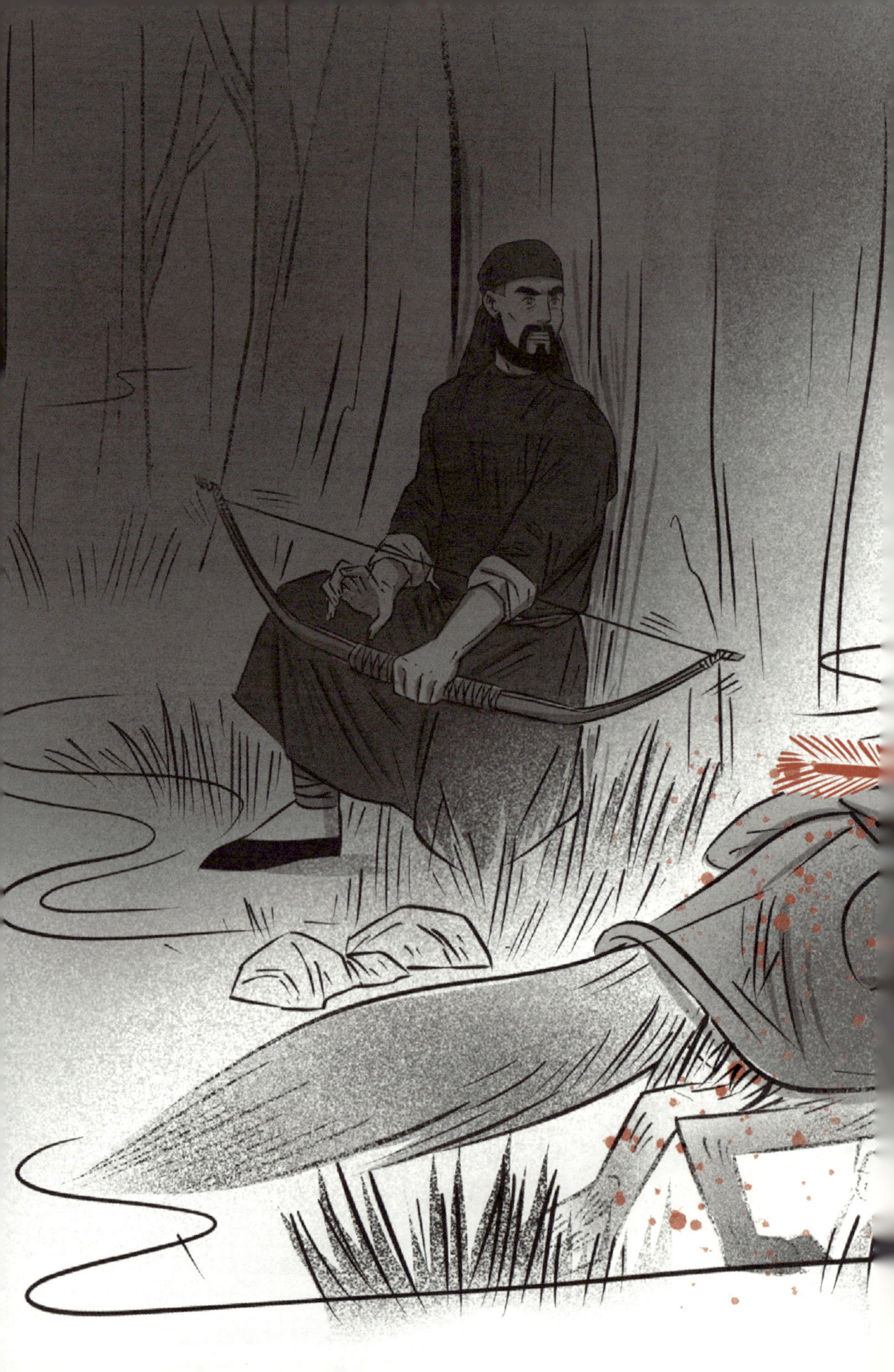

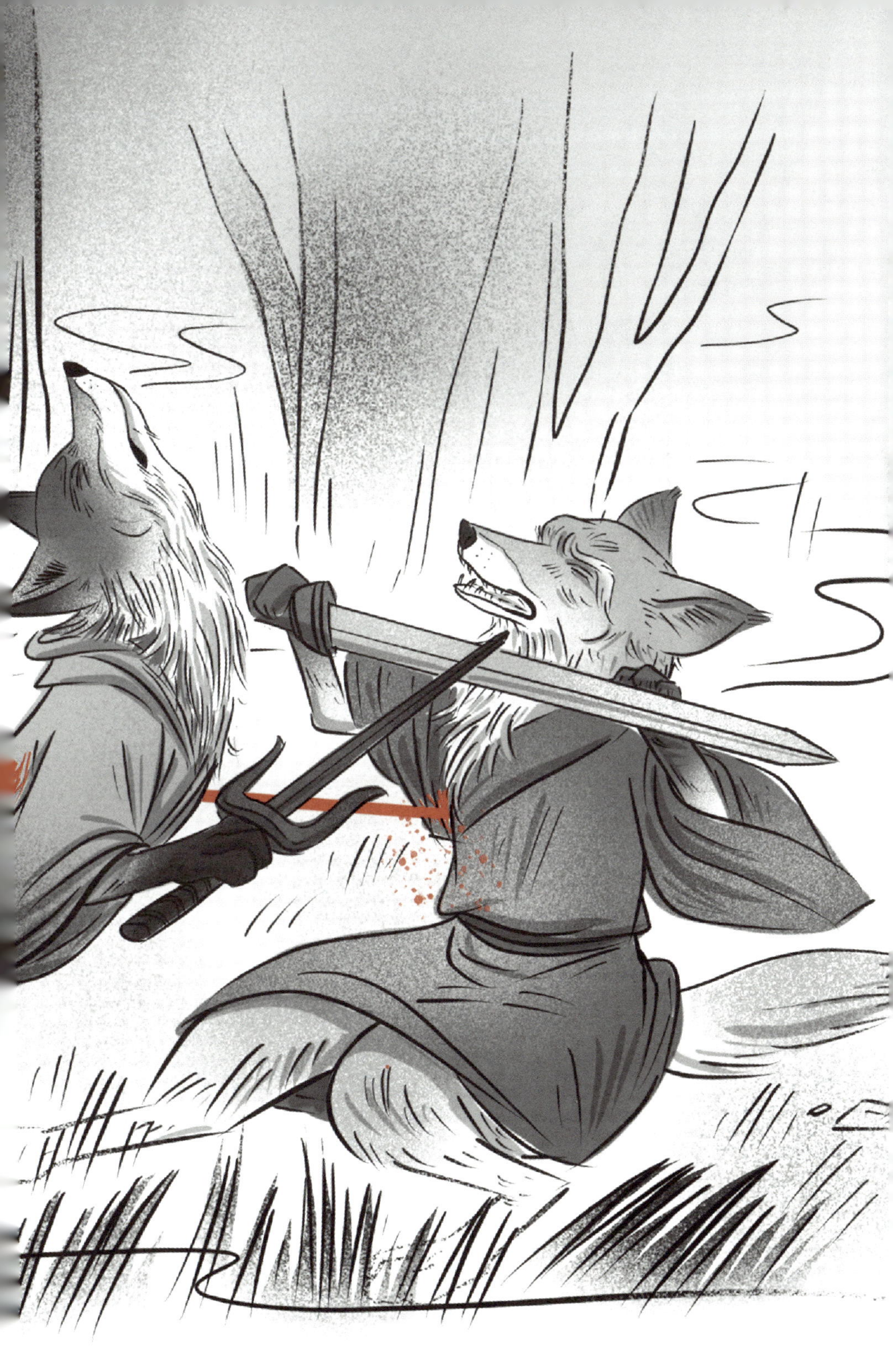

四看清楚了之后，控制好弓弦，向北村的狐狸射了一箭，没想到弓箭的穿透力太强，从这个狐狸的肚子穿了过去，一并将老人的腋下射穿，两人都死于箭下。两村的狐狸赶紧来争夺尸体，抛弃了各自的俘虏逃走了。毕四解开这两个被绑缚的狐狸，并且告诉它们："向你们的家族传话，两家的胜败大致相当，可以解除仇怨了。"

之前，北边的村子每晚都能听到战斗的声音，从此以后就寂静了下来。这件事情和李冰的事情较为相似，但李冰与蜀江的江神战斗是为了抵御灾害，而两村狐狸为了发泄自己的私愤，缠斗不已，最终两败俱伤，难道这也是不可以停止的事吗？

曹　妇

孝敬婆婆可以消灾

有一个租户的妻子姓曹，凶悍异常，动不动就对着风雨和鬼神詈骂。乡邻之间，如果一言不合，她就卷起袖子，露出胳膊，拿着两根捣衣棍，愤怒地跳着，就像母老虎一样。有一天，曹氏乘着阴雨天去偷别人家的麦子，忽然起了暴风雨，巨大的冰雹就像鹅蛋一样，将曹氏击倒在地。忽然风又将一个能装五斗粮食的笆斗卷起来，恰好落在曹氏的头顶上，这样曹氏才免于被冰雹砸死。

难道是上天也害怕她的蛮横吗？有人说："这个女人虽然很粗暴，但对她的婆婆很好，每当她和别人争论的时候，只要婆婆呵斥她，她就会俯首听从。就算婆婆打她的脸，她也会跪着接受，那么她在遇到危难时能够不死，也就有其理由了。孔子说：'大孝，这是天经地义的。'难道不是这样吗？"

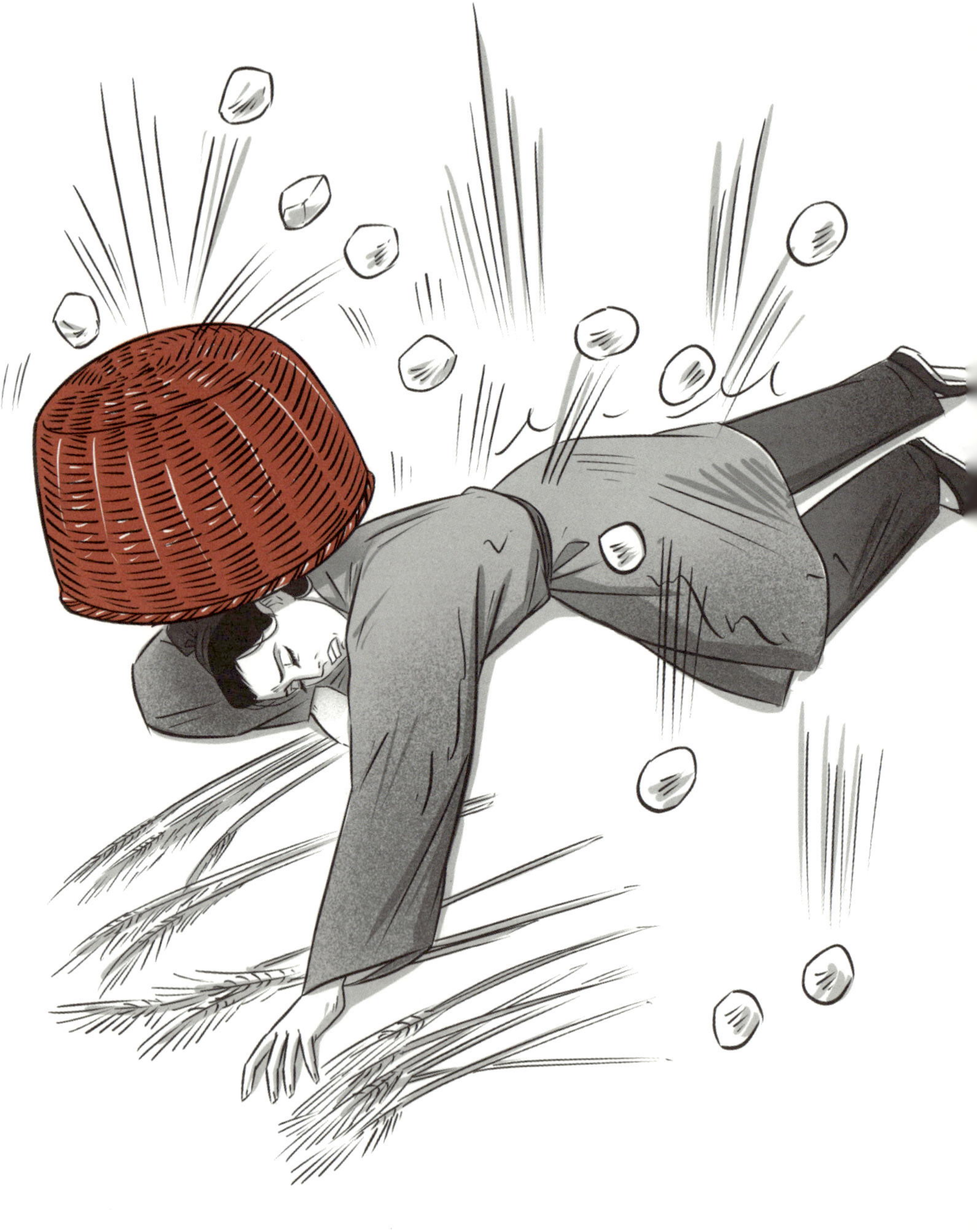

双塔村

古人对待疑案的态度

献县城的东边有个双塔村，有两个年老的僧人共同住在一个庵里。一天晚上有两个道士前来借宿，僧人刚开始没有答应。道士说："佛家、道家虽然是两个教派，但在出家这件事情上却是一样的。禅师啊，你的见识为什么不能再宽广一些呢？"僧人于是将道士留了下来。到了第二天晚上，庵门没有打开，人们前来呼喊也没有回应。邻居翻过墙头一看，四个人都不见了，但僧人的房间里一件物品都没有丢失，道士行囊中藏着的几十两金银也俱在。人们都很吃惊，将此事禀报了官府。县令粟千钟前来查验此事，一个牧童说村南边十几里的地方，一口枯井中似乎有死人。县令连忙骑马赶去验视，发现四具尸体重叠在那里，然而全身都没有伤口。

粟公说："一件物品都没丢失，肯定不是盗窃案；四个人都到了衰老的年纪，肯定也不是奸情；四人邂逅，而且留宿在一起，肯定没有仇恨；身上没有一寸的伤口，肯定不是杀人灭口。四个人为何同时死去，四具尸体为何全都移走了，门锁了起来也没打开，尸体为什么会在很远的井中，这些事情为什么都出于情理之外呢？我只能够审问人，但不能审问鬼。审问人的话，已经没有什么好审问的了，只能用疑案来结案了。"于是粟公直接将案情禀报了上官，上官也没有办法来诘难他，最终听从了粟公的观点。应山县的明晟是一个精明的县令,他曾经说:"我刚到献县的时候就听说了此案,思考了很多年也没有得到答案。遇到这样的事情,应当用不理解的方法来对待,一旦自作聪明,就会有很多不吻合的地方。人们都说粟公昏聩,而我佩服的正是他的昏聩。"

张氏妇

听狱之难

宁津县的苏子庚曾经说：丁卯年的夏天，一个姓张的妇人和她的婆婆一同在田间割麦子，刚把麦子聚拢起来，就有一阵很大的旋风从西边刮来，将麦子吹散了。张氏很愤怒，将手中的镰刀扔向旋风，空中便洒下几滴血滴在地上。正准备检查丢失的东西时，张氏突然靠在树边，像是昏然沉醉一样，她的魂魄被人绑到一座供奉神灵的祠堂里。神灵怒叱道："悍妇，你胆敢伤害我的官吏，快快承受杖刑！"张氏的性情向来刚强，大声抗议道："我们是贫苦人家，种了几亩的麦子，就靠这个来活命呢。烈日之中，我和婆婆辛苦地收割，刚割完麦子，却被一阵怪风给吹散了，我以为是什么邪恶的鬼魅，所以就把镰刀扔了过去，没想到伤害了大王您的使者。但阴间使者来往，自有他们的官路，为什么要横冲直撞，经过农民的田地而伤害他们的麦子呢？我因为这件事承受杖刑，实在是不甘心。"神灵低下头，说："她的话简单却有道理，可以放了她。"张氏醒来后，旋风再一次到来，将吹散的麦子又卷在一起。

说这件事的时候，吴桥的王仁趾说："也不知道这个神是何方神灵，不包庇自己的属下，可以称之为正直了。但这个神灵先听信了下属的诉词，让这个妇人差点受到杖刑，如果称之为聪明，就不太合适了。"景州的戈荔田说："妇人诉说自己的冤

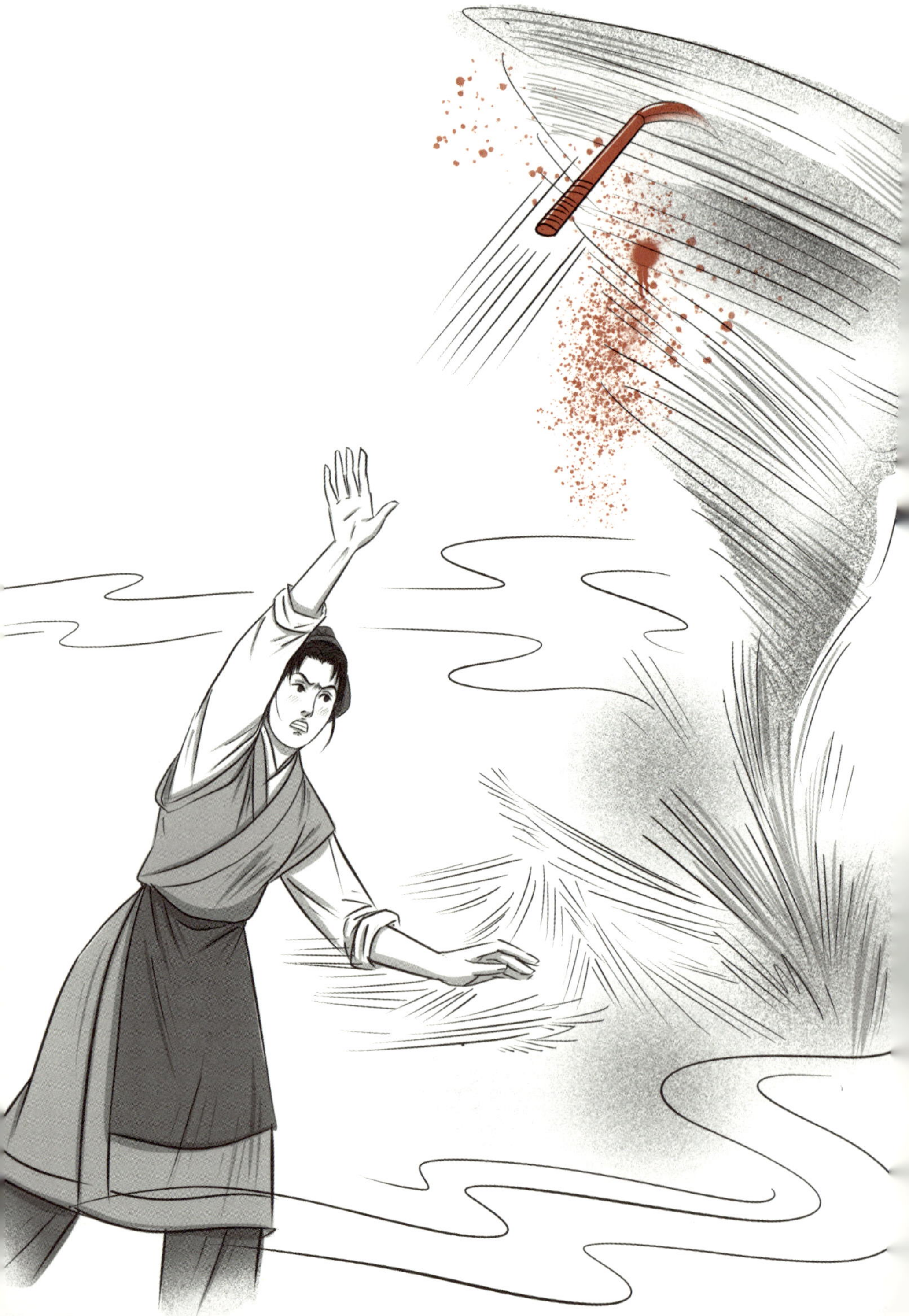

屈，而神灵随即便能明察，也可以称之为聪明。如果诉讼的人哀哀可怜，判案的人又昏聩，你还有什么好说的呢？"苏子庚说："王仁趾真是无时无刻地责备人，戈荔田说的话是对的。"

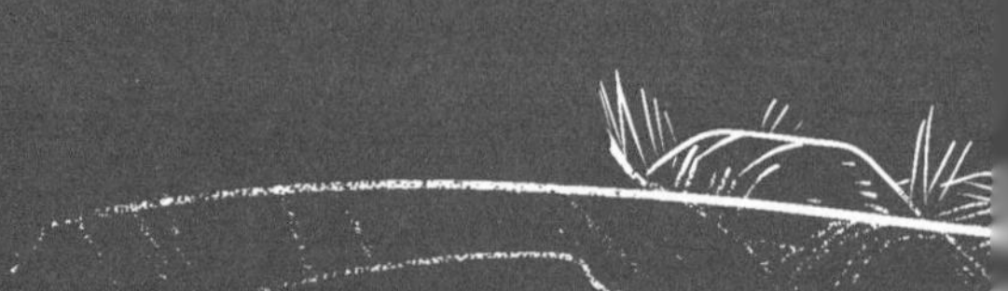

阅微草堂笔记 一

如是我闻

史松涛

偷盗之事不可为

太常史松涛曾经说,他在刚开始做户部主事的时候住在安南营,和一个寡妇做邻居。一天晚上,强盗进入了寡妇的家,已经将墙壁打穿了。强盗却大呼:"有鬼!"狼狈地翻墙逃跑了,到现在也不知道究竟看到了什么。难道是神灵也哀怜寡妇的孤独,在暗地里帮助她吗?

还有一件事,一天前辈戈东长先生吃过饭,正坐在台阶下欣赏菊花,突然听到有个声音在大喊:"有贼!"这个呜呜的声音很低沉,就像牛在大盆中鸣叫,全家人都感到很怪异,过了一会儿,这个声音又不停地呼喊。仔细一听,这个声音在长廊下的炉坑之内,家人急忙找来巡逻的人,打开炉坑一看,黑暗之中果然有个人昂起头跪在那里。此贼自己供述道:"之前两天的晚上,我趁着天暗,尾随众人进来了,躲在土坑下面,希望在夜深的时候出来偷窃,没想到在二更天的时候下起了微雨,你家夫人命人将两大瓮腌渍的蔬菜放在土坑的板子上,于是我就出不来了。我当时还希望等天晴的时候,这两大瓮蔬菜能够被移走,没想到过了两天还是没移走,我饥不可忍,心想出来后被抓住,罪罚不过是承受杖刑,不出来的话就要做饿死鬼了,所以才会自己喊有贼。"这件事情非常奇怪,但确实也是情理中的必然。我把它记录下来,也足以供大家一笑了。

观心室

唯有内心不可欺

于道光曾经说，有个读书人夜晚路过一座岳王庙，红色的庙门紧紧地关着，但是有人从庙中走了出来，这个读书人便知道此人是神灵，顶礼膜拜之后，称之为"上圣"。此人拉着读书人的胳膊，说道："我不是尊贵的神灵，只是右台司镜的小官吏，到这里来送文书的。"读书人问道："'司镜'是什么意思，是佛教所说的'业镜'吗？"

此人答道："意思大致相近，但却是另一件事情。业镜所照射的，只是一个人行事的善与恶罢了，至于心中的微妙难明，真情假意千变万化、升起灭亡没有定准，这些情况往往难以猜测，幽深邃密，无迹可寻。他们外貌是正人君子，内心却是鬼魅一般。他们隐藏起来，没有露出原形，所以业镜照射不到。在宋代之后，这种骗术越来越巧妙，相互遮蔽掩饰，以至于终其一生都没有失败过，所以天界在议论之后，将业镜移往左台，去照射那些真正的小人；在右台增加了心镜，去照射那些伪君子。光芒对射之下，内心就清楚明白了。有些人的内心执拗，有些人则显得偏激，有些人内心像漆一样黑，有些像钩子一样弯曲，有些像粪土垒的墙一样脏乱，有些像泥渣一样混浊，有些像城府一样有千重万重，有些像脉络一样左右盘曲贯穿，有些像荆棘一样有刺，有些像刀剑一样尖锐，有些像蜂虿一样有毒，有些像虎狼一样凶恶，有些显现出儒生冠盖的影子，有些展现出金银的气息，甚至还有一些隐隐约约地展现秘密游戏图像的，然后回头再看一下他们的外形，却都是一些道貌岸然之徒。内心像明珠一样圆润晶莹、像水晶一样清澈的人，千百人之中也没有一个。大致就像是这样，我站在镜子旁边将他们记下来，每三个月一次送给岳王，以便确定他们的罪孽和福报。总体来看，名声越高，对他的责罚就越严；骗人的技术越巧妙，对他的惩罚就越重。《春秋》记载了二百四十年间的事情，在表达痛恨恶人恶事方面不一而足，只有雷震伯夷庙这件事，特意地书写出来，表示对展氏的谴责，因为他的罪恶是隐藏起来的。你要记住这件事啊。"

这个读书人向司镜的官吏行礼，表示受教了，回去之后就请于道光为他题写匾额，将其屋室命名为"观心"二字。

裘文达

寻找前来替代的鬼

　　裘文达说他在做詹事官的时候，那一天是他值班，在五鼓天快亮的时候前往圆明园，中途看到路旁有一棵高大的柳树，下面被灯火围绕，好像是有什么其他的缘故。走过去一看，有一个士兵在柳树上面上吊了，众人将士兵解下来，抢救了半天士兵才醒过来。士兵自己说，他路过此处暂时休息，看到路旁的小房间里有一盏灯火，一个少妇坐在窗户下招呼他，他钻进窗子刚一低头，脖子已经被挂住了，大概是吊死鬼变身，想找一个替代者。这种事情经常发生，但这个鬼却能变出房屋，又设下绳索，也就太奇怪了。

　　还有一件事，在先农坛的西北边、文昌阁的南边（文昌阁俗称为高庙），有积水汇集在一起。往往也有溺死的鬼诱人前往。我十三四岁的时候，看到一个人无缘无故地下了水，半个身体已经淹没了，众人在躁乱之中将其往上拉，他才勉强地回来。呆呆地坐了很久，才渐渐醒来，众人问他有什么苦难而选择投水自杀，他说："我没有什么苦难事，只是口渴了，看到了一间茶水店，我就赶快跑过去想讨杯水喝，我还记得店门口挂了一块匾额，板子是粉色的，字是青色的，上面写着'对瀛馆'。"这个茶馆的命名很有文义，是谁命名的，又是谁题写的呢？这个鬼就更奇怪了。

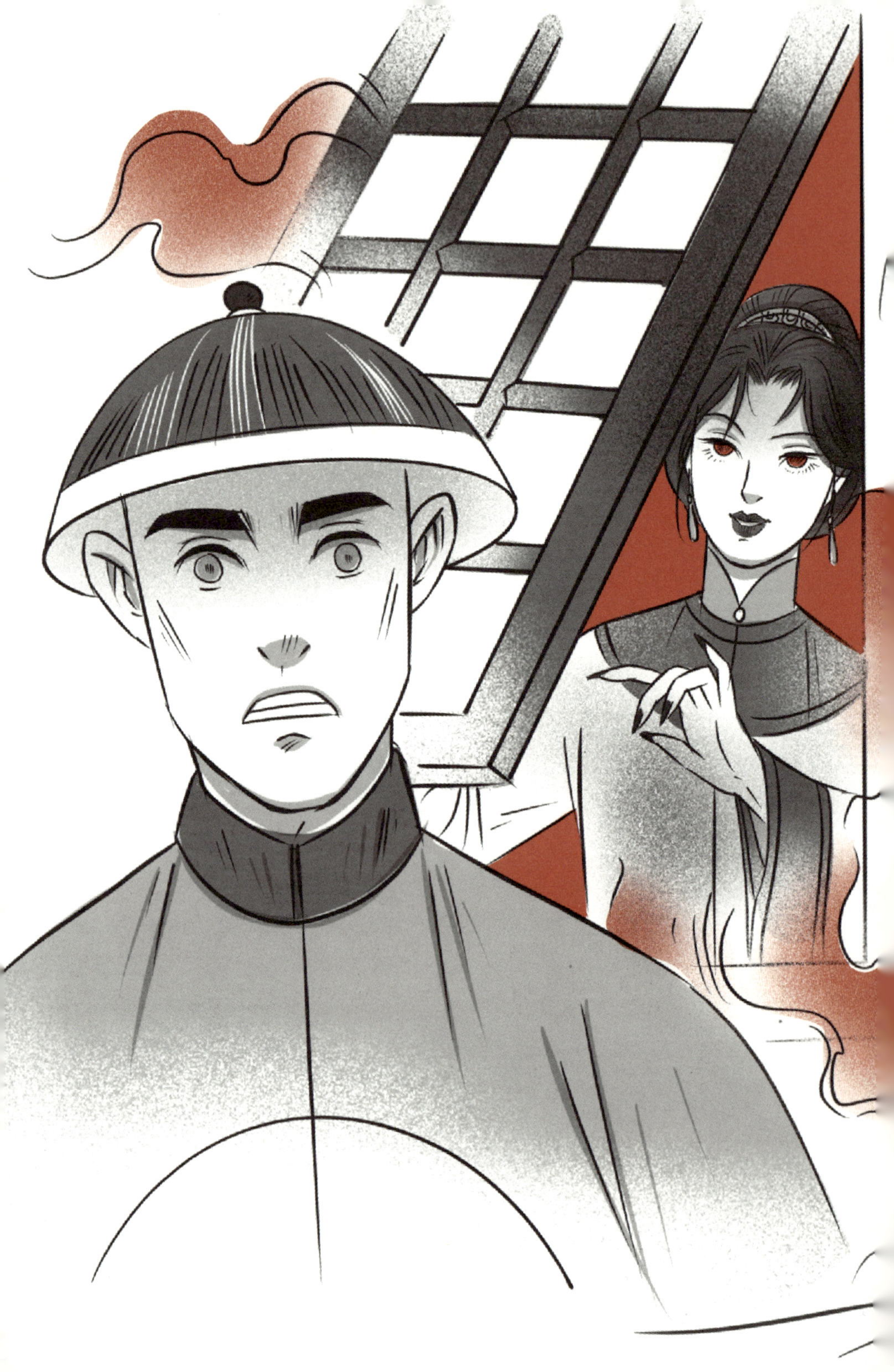

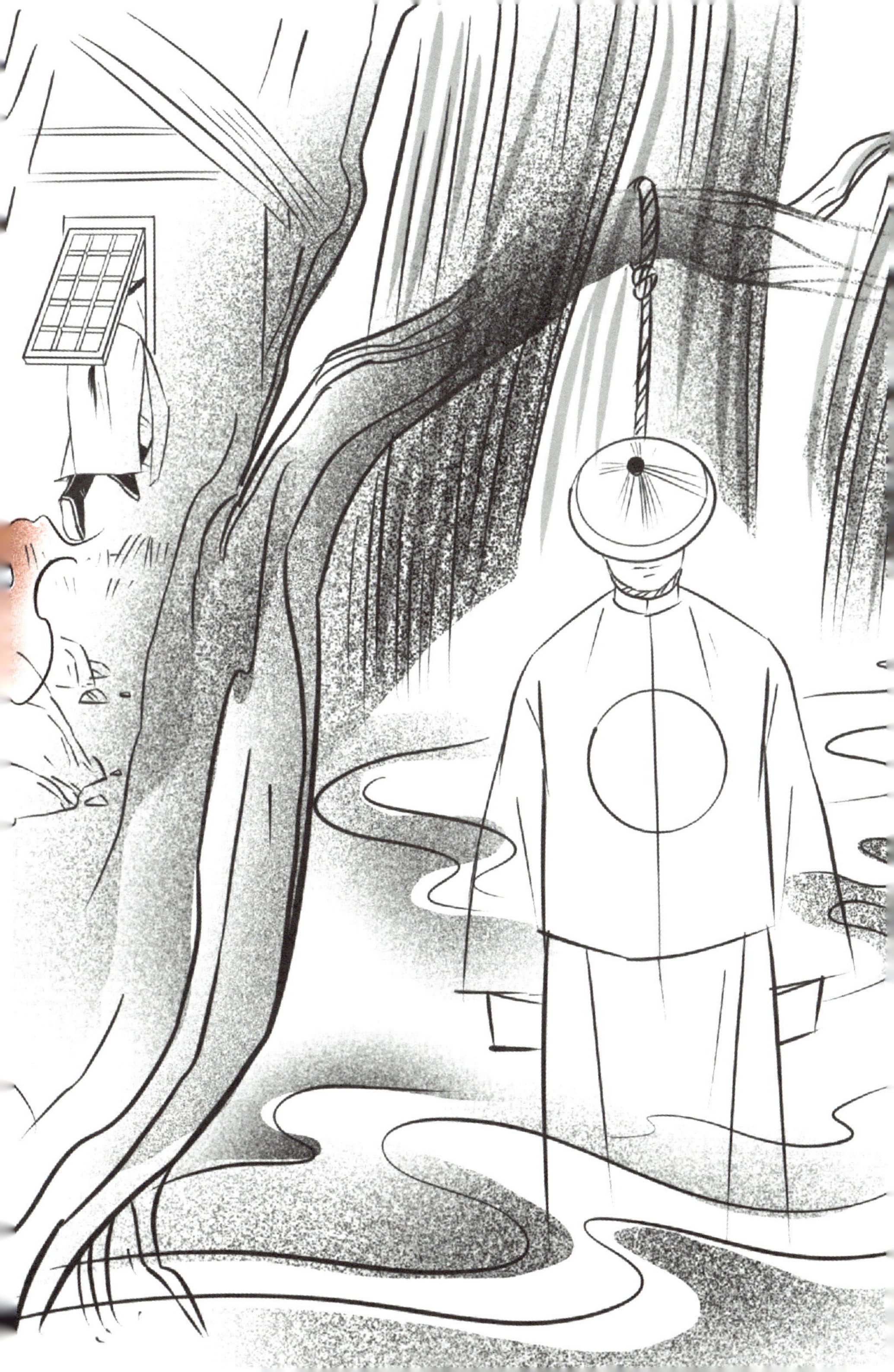

王玉

狐与人的冤冤相报

我的外祖父张雪峰家里有个奴仆叫王玉，他很擅长射箭。他曾经携带着食盐的租税从新河返回，路上遇到了三个盗贼。王玉射了三支箭就把盗贼全都射倒在地，然后朝每个盗贼脸上吐了一口唾沫就放他们走了。

有一天夜里，王玉拿着弓箭在行走，看到一只黑色的狐狸像人一样站立着，正在向着月亮礼拜。王玉拉满弓射了一箭，随即便射中了狐狸。王玉回到家的时候便得了严重的寒热病。当天晚上在房屋周围便听到哭声："我自己对着月亮礼拜，以此来修炼我的形体，于你有什么妨害呢？你无缘无故地杀了我，我一定要报复你。你的阳寿未尽，但我会向阴间地府去诉讼。"

过了几天，王玉的窗棂上突然有一阵声响。王玉吃惊地询问，听到窗外有人说话："王玉，我告诉你：我昨天到地府起诉了你，阴间的官吏翻看了材料，我才知道你在前世的时候负有冤屈，到官府申诉，我当时是判官，包庇他人，中饱私囊，使得你虽然有理却无法申诉，你心中抑郁，羞愧难当，于是自杀了，而我投胎之后变成了狐狸，这一箭就是你对我的报复。如此因果分明，我不怨你。只是当时我违背良心，平白无故地拷打了你，你还要再鞭打我一百多次，这是我欠你的。如果你向天发愿，让我免去这次偿还，我在阴间就可以销案了，这就是你对我来生足够

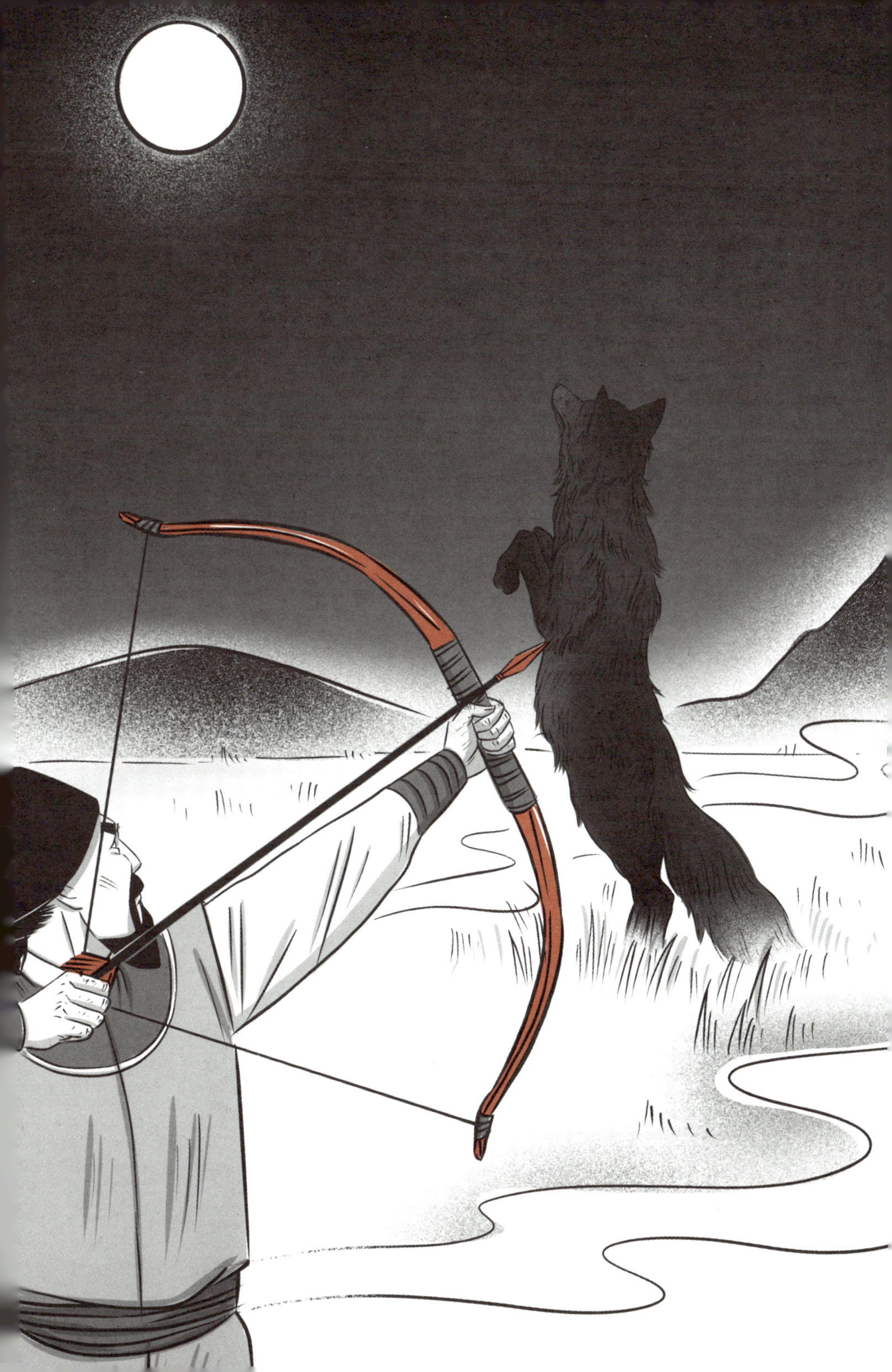

多的赏赐了。"说完,王玉又好像听到了磕头声。王玉呵斥道:"今生的债尚且不清楚,谁又能够去索要前生的债呢?你这个妖鬼赶快离开,不要打扰我睡觉。"于是周围就安静下来了。

　　世上的人看到有些人做坏事没有报应,动不动就怀疑神灵没有根据,哪里知道冥冥之中,却有这些曲折的过往呢?

长臂鬼

伤了自尊心的鬼

我的老仆人刘琪,他说自己的妻弟曾经在一个晚上独自睡在房间里,床榻在北边的窗户下,半夜的时候他感觉有人在用手摸门栓,就怀疑是盗贼,惊起之后仔细一看,原来是怪物的手臂从南边的窗户伸进来,大概有一丈多长。刘琪的妻弟本来就有胆量,急忙去抓这只手臂。忽然又有一只手臂破窗而入,直接扇到他的脸上。他痛不可忍,正准备回手抵挡,抓住了的手臂已经挣脱,随即听到窗外大声说道:"你现在怕了吗?"

刘琪的妻弟这才想起来,昨晚在树林下纳凉的时候,他向同辈们声称自己不怕鬼。鬼何必一定要让人害怕呢?能够使人害怕的话,鬼又有什么光荣呢?因为一句话的原因,寻衅滋事,一定要胜利,这个鬼真可谓多事了。文达公裘氏曾经说过:"让别人害怕我,不如让别人尊敬我。尊敬是发自人的本心的,不可强求。"可惜啊,这个鬼没有听到这句话。

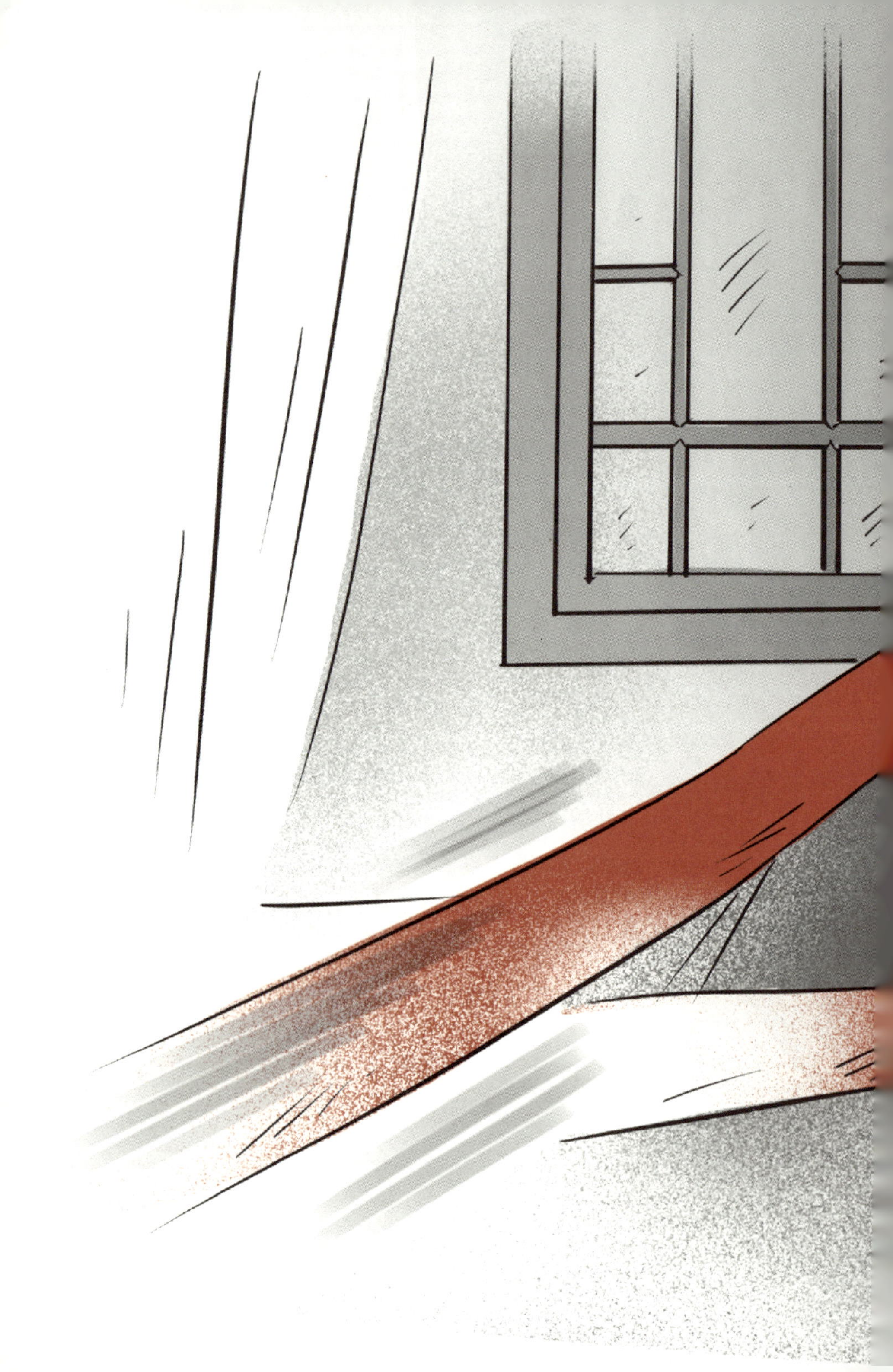

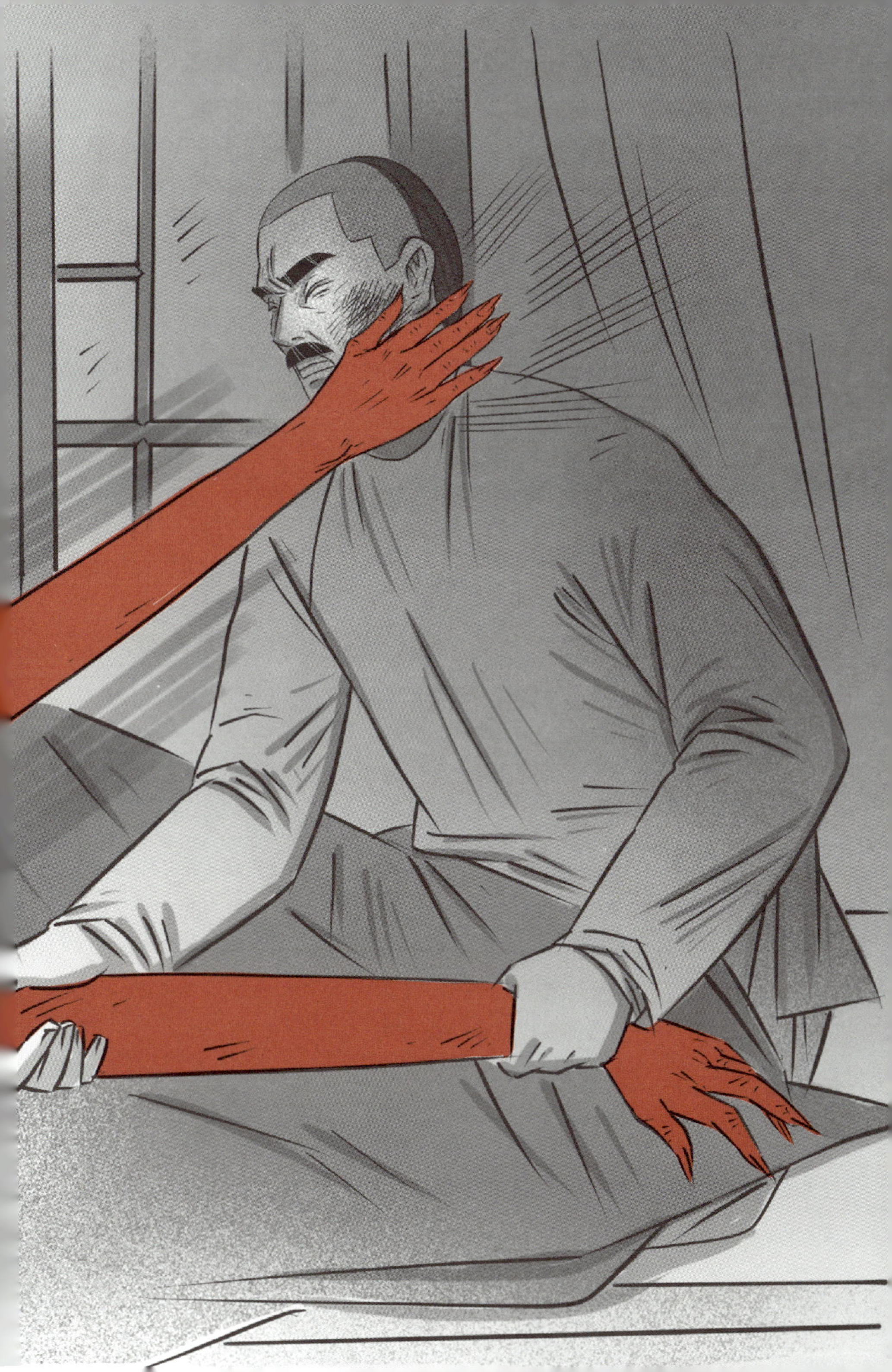

多疑御史

天下本无事，庸人自扰之

雍正甲寅年间，我跟着姚安公刚来到京城，听说有一位御史生性多疑。他起初租了永光寺的一座宅院，地方很空旷，担心会有盗贼。夜里派遣几个家奴，轮番地拿着铃铛巡逻，仍然觉得防备松懈。即便是严寒酷暑，他也一定会亲自拿着蜡烛巡逻，他和家奴都被折腾得难以承受。之后，他又租了西河沿岸的一座宅院，所处的位置鳞次栉比，但他又担心发生火灾，每个屋子里都放着一个大水缸，到了夜晚时又让仆人拿着铃铛巡逻，跟在永乐寺的时候一样，仆人苦不堪言。

后来，他还租了虎坊桥东边的一座宅院，和我只隔了几户人家，此人觉得屋子过于幽深，又怀疑有鬼，先是请僧人诵经，放火焰，敲鼓击钹，叮叮哐哐闹了好几天，说是超度鬼魂，然后请道士来设坛，又是画符，又是念咒，叮叮哐哐又闹了好几天，说是驱赶狐怪。这座宅院本来没有什么怪异之处，从此以后，却是鬼魅大作，朝院子里扔砖扔瓦，偷盗家里的器物，每一夜都不得安宁。奴婢仆人也都狼狈为奸，损失的钱财不计其数。

人们都议论说，妖是由人产生的。此人住了还没一年，又在绳匠胡同租了一座住宅。他住进去之后，我就得不到与他相关的消息了，不知道他又将怎样折腾呢？姚安公说："天下本无事，庸人自扰之。"说的大概就是这位御史吧？

李又聃

吃了鸭子遭祸殃

李又聃先生曾经说：雍正末年的时候，忽然有一夜东光城之内，每一家的狗都叫了起来，此起彼伏的，就像潮水涌来一样。人们都很吃惊，出来一看，只见月光下有一个人披着及腰的长发，身穿衰衣，系着麻绳做的带子，手中拿着一个巨大的袋子，里面传出成百上千的鹅鸭的声音，此人直挺挺地站立在别人家的屋脊上，过了很久又去了另一家。

第二天，凡是这个人站立的地方，都会有两三只鹅鸭从屋檐上掉下来，有人将鹅鸭烹煮后吃了，味道与家里养的并没有差别，不知道为何有如此怪事。之后凡是得到鹅鸭的家里，都有死丧的事情发生，人们这才知道是凶煞在那天偶然出现。之前，我的外舅马周箓的家里，那天夜里也得到了两只鸭子，这一年他在逆县城做同知官的弟弟庚长公去世了，李又聃先生说的话确实不荒谬啊！

回想从古至今，遭遇死亡的人数就像恒河里的沙子一样多，为什么唯独要在这个夜晚显示征兆呢？在显示征兆的时候全都是通过扔下鹅鸭体现的，这又有什么特殊的含义呢？鬼神之事，有些是可以知道的，有些就不得而知了，在这种情况下，存而不论就可以了。

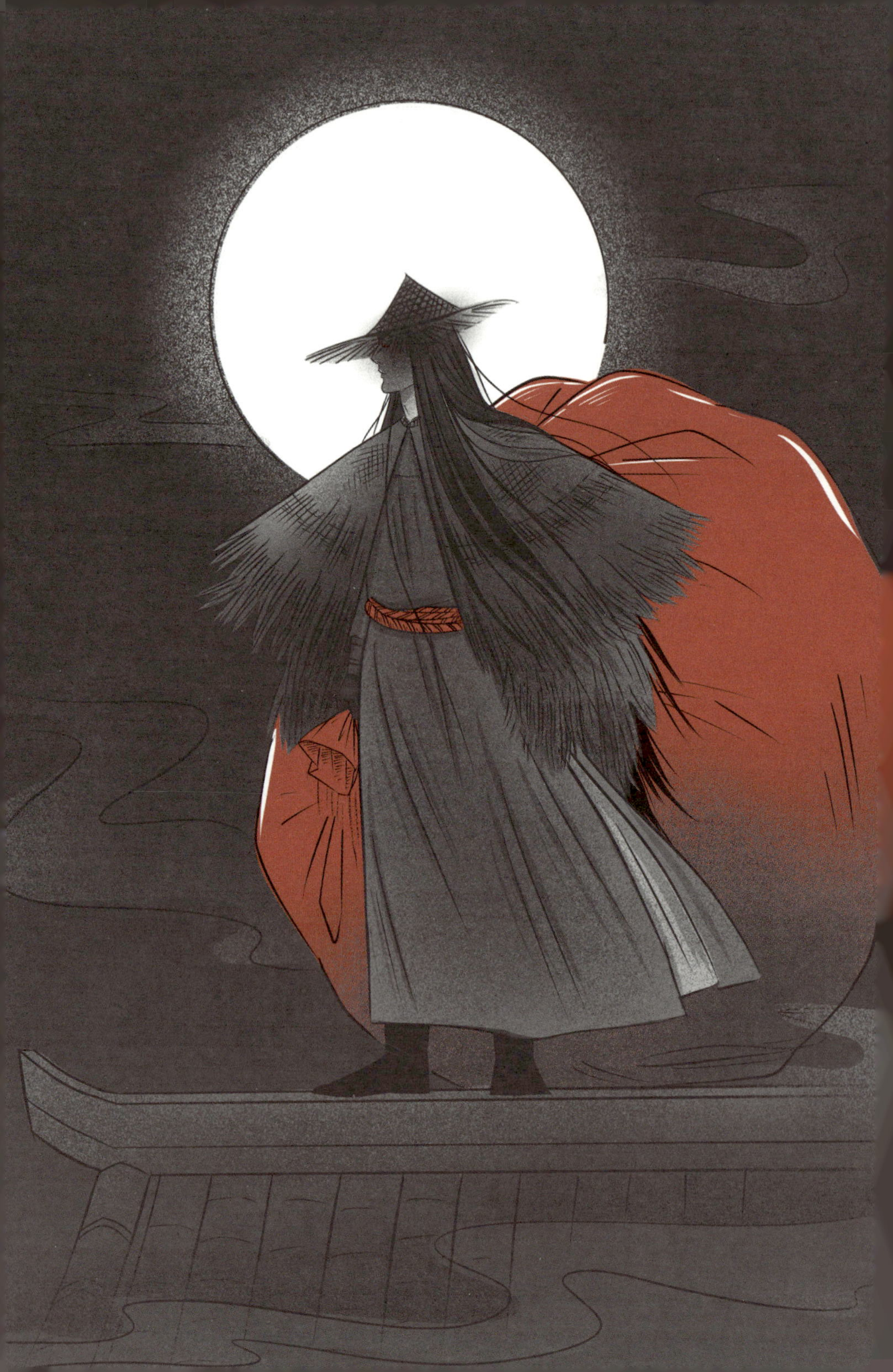

王昆霞

鬼的留恋与盘桓

道士王昆霞曾经说：当年他在嘉禾游玩的时候，正是秋高气爽的时节，于是就在湖边散散步，渐渐地远离了人群。偶然遇到一处官宦人家废弃的园子，里面长满了竹子和树木，寂无人声。王氏在其中徘徊徜徉，不知不觉大白天地就在园子里睡着了，梦到一个穿着古代衣冠的人向他长长地揖拜，此人说道："在寂寞的荒林里，很少碰到嘉宾，既然见到了君子，实在是满足了我平生的愿望啊，希望你不要因为我是异物而嫌弃我。"

王氏心知此人是鬼，就盘问他从哪里来的，鬼说："我是耒阳的张湜，字元季，流落在此地，死了之后被葬在异乡，因为喜爱这里的风土，就不想再返回故乡了。这座园林前后变换了十个主人，我仍然在此留恋，不忍离开。"

王氏问道："人们都贪生怕死，为何唯独你喜欢过鬼的生活呢？"鬼说："生死虽然有区别，但性情是不会改变的，境界也不会改变。人能见到山川风月，鬼也能够见到；人类有登高吟咏的事，鬼也会有。鬼怎么就不如人呢？而且幽深险阻中的好风光，人类所不能到达的，鬼却可以凭借游魂去游览这些寂寥的境界，人类所看不到的风景，鬼可以在夜晚欣赏。而且，有时人还不如鬼。那些贪生怕死的人，因为心中充满嗜欲，又将妻子儿女挂在心上，一旦让他们舍弃这些，进入冥冥茫昧的境界，就好比高官在退休之后到林泉之中生活一样，是不可能不感到悲伤的。他们却不知道原本住在林泉的人，耕田而食，凿井而饮，过着恬淡相安的生活，心中本来就没有悲伤啊！"

王氏又问道："六道轮回之中，每一件事都有他的掌管者，你是通过什么方式让自己终得自由的呢？"鬼说道："求生的人就像求官一样，只能听从别人的命令。不求生的话，就像逃避名声一样，可以从心所欲。如果不求的话，神灵也会强迫你。"王氏又问道："你的心胸寄托既然如此高远，想必吟咏的诗篇会有很多吧？"鬼答道："兴致来的时候，有时会得到一联或是一句，多数情况下不能写完一整篇。诗境过去了，我就忘了，也不再去追忆，偶然记起可以供贤人评论欣赏的只有三五首而已。"于是鬼朗诵道："残照下空山，溟色苍然合。"王氏击节称叹。鬼又吟道："黄叶……"刚说完两个字，忽然听到一阵嘈杂的叫声，王氏猛然醒来，原来是渔夫们划着船桨相互呼唤的声音。王氏再一次倚靠着手杖闭上眼睛，已经无法入梦了。

赤城老翁

老人论神仙

冯巨源在赤城县做教官的时候说过：赤城山中有一个老翁，相传是元代时候的人。冯巨源前去拜见，称之为"仙人"。老翁说："我不是仙人，只是会吐纳导引之术而不死罢了。"冯氏询问老翁的法术，老翁说："大致无外乎丹经所言，但又不是丹经所能完全包括的。丹经中的分寸节度极其微妙渺茫，如果没有口诀真传，仅仅是按照书上的方法来运用，就像拿着棋谱去下棋一样，肯定是败局；就像拘束于药方去治病，病情肯定很危险。其间的缓急先后，稍微有一点儿失调，有时会凝结成痈疽，有些会滞留为拘挛，甚至使精气混乱，神不守舍，最终导致癫痫。真正得到方法的人，也仅能使人变得强壮。强壮到了极点之后，必定会有决裂崩溃的危险，就好比用不正当的方式来理财，并非不能暴富，但绝对没有长久享用的道理。您不要被这些东西迷惑了啊。"

冯氏又问："怎样通过服食药物来延长寿命呢？"老翁说道："药是用来治疗疾病、调补气血的，不是用来养生的。方士所吃的，不过是些草木和金石，草木不能不腐烂掉，金石不能不被消化。这些东西自己都不能存留，怎么能够借助它们剩余的气息来长生不老呢？"

冯氏又问："成仙的人果真可以不死吗？"老翁答道："神

仙是不死的，但也可以时不时地死去。有生就有死，这是事物的常理。炼气、存神，这些都是逆流而上的做法，坚持不懈地逆流而上，气息和精神都会聚集；如果逆流的力气减少了，气息消散后，精神也就消散了，消散后人就死了。就好像有很多钱财的人家，如果勤俭节约，就可以长久富裕；如果不勤俭，就会逐渐贫穷，再加上奢侈放荡的生活，很快就变得贫困。那些做神仙的人，也要兢兢业业，唯恐不能自我保全才行，而不是说内丹一旦炼成就永远不坏了。"

冯巨源想拜老翁为师，执弟子之礼。老翁说："你与仙道无缘，为何要白白地荒废本业呢，不如就此收手吧。"冯巨源很失落，就返回了。景州的戈鲁斋为我述说了此事，称老翁的言论都很笃实，不像方士那样炫人耳目，迷惑众人。

东城猎者

终胜之道

老儒刘挺生说过：东城有一个猎人，在他半夜睡醒的时候，听到窗纸上淅淅作响，过了一会儿又听到窗下有声音，于是披起衣服呵斥是谁。忽然听到有人回答道："我是鬼，有事求你，你不要害怕。"猎人问是何事，鬼说："狐狸与鬼自古以来就不住在一起，狐狸自己的窟穴都是建造在没有鬼的坟墓里。我的墓在村子北边三里左右，狐狸趁我外出，聚集了它们的部落将其占领，反而驱赶我，不让我进入。我想与它们争斗，但我原本是个文人，肯定打不赢；我又打算向土地神诉讼，即便是幸运地申诉了，它们最终还是会报复我，所以还是打不赢。只有等你们在打猎时，或许能够绕上半里的路，多次前往此地，它们肯定会害怕，就搬走了。但是，你们假如真的有所收获的话，不要一次性将其歼灭，这样就会将此事泄露，它们又会怨我。"猎人按照这个鬼说的话去做了，之后就梦到此鬼前来道谢。

鸠占鹊巢，这样的事理原本很清楚，但自己的力量战胜不了，只能躲避而不与其争论；力量足以战胜时，又要做长远打算，深思熟虑，不肯将力量用完。不求侥幸战胜，也不求过当的胜利，这大概就是最终的胜利吧。孱弱的人在遇到强暴的人时，能够像这个鬼一样，就可以了。

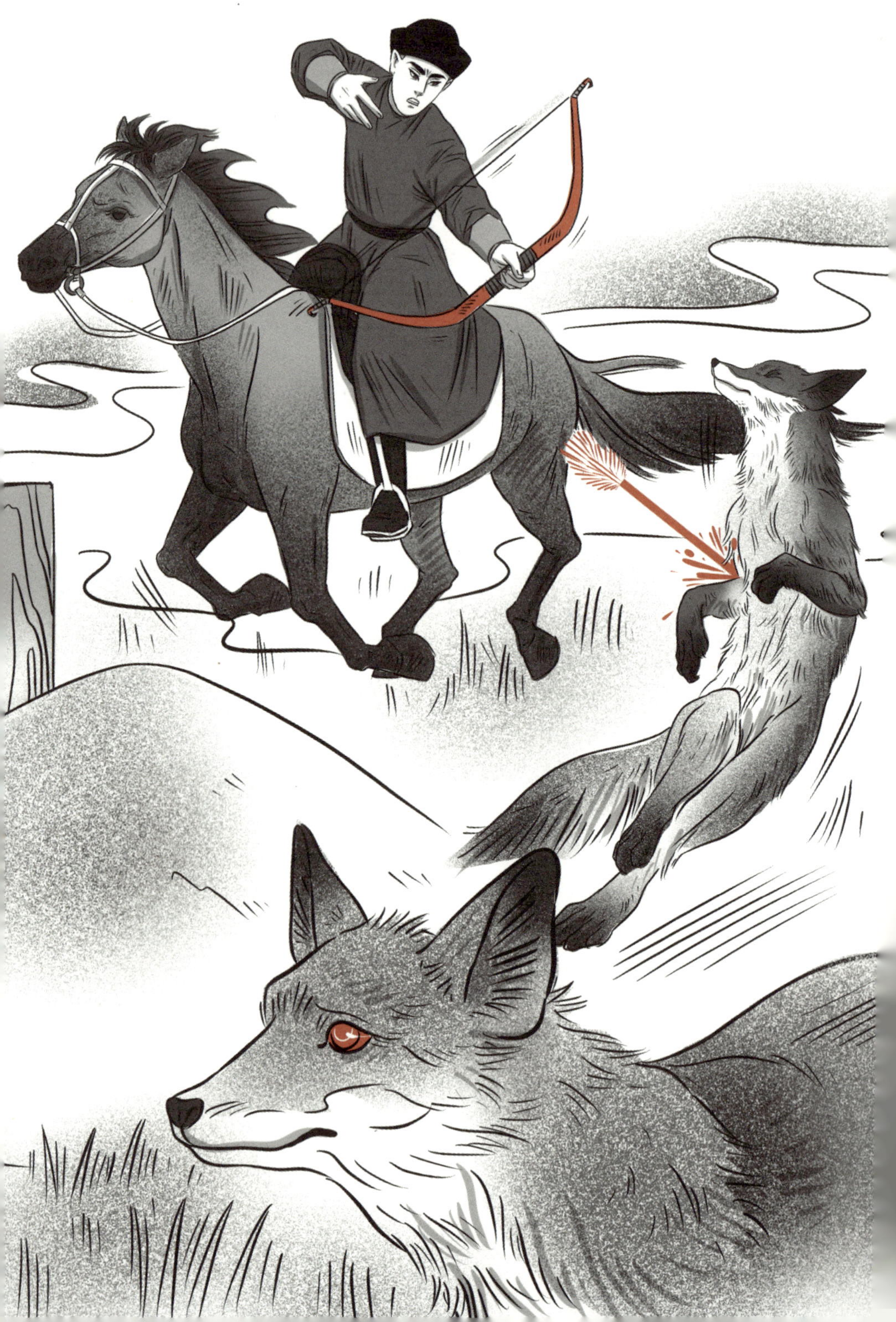

故家子

治家须平心

有一个老朋友的儿子，占卜的说他日后必定大富大贵，看相的也这么说，但此人到年老的时候也只做了个六品官。有一天这个老人求签，问自己命运为何如此坎坷，仙人说道："占卜的没说错，看相的也没错。因为你母亲太偏爱你，你的官禄才会被削减至此。"老人向仙人礼拜之后，又问道："偏爱是人之常情，但为何至于削减官禄呢？"仙人又说："《仪礼》中说'继母如母'，那么在看待前妻的儿子时，就如同自己的亲儿子。庶子为嫡母服了三年丧，也应该把庶子看作嫡子。但人性险恶，自己设置了界限，亲生的和不是亲生的，如同水火不容。一旦有了私心，就会产生万般心机，小的方面体现在饮食起居上，大的方面体现在钱财家产上，无一例外都是亲生的占据丰厚资产，不是亲生的只能得到一些微薄的资产，这就已经冒犯了造物者的禁忌。甚至有离间骨肉进谗言的，暗地里使阴招的，骂人欺凌人的，不遵纪守法，让那些遭受毒害的人忍气吞声，让旁观者咬牙切齿，而自己却还在不停地声称这是亲生儿子所应当享受的。这么的话，使得鬼神怒视，祖先怨恨，如果不让其儿子遭受祸难，又何以见得天道公平呢？而且一个人能享受的东西是固定的，这个地方多了，那个地方就会少，这是自然而然的道理。如果在家庭之内强行地增加一部分，那么在仕途上就会暗地里减少，你是因为从你兄弟身上获的利太多了。《左传》中说'事物不可能两头都大',你又为何因为仕途坎坷而愤愤不平呢?"此人听后心生畏惧,就退下了。

后来亲戚中有人听说了这件事,一个妇人说:"这个仙人也是胡说。前妻的儿子凭借自己的年长,没有不侵吞他弟弟财产的;庶出的儿子,因为他的母亲受宠爱,没有不欺负他哥哥的。如果没有母亲为他们撑腰,他们岂不是都变成鱼肉了吗?"姚安公说:"虽然这话出自妒妇之口,但也不能说没有这个道理。世间的情状千变万化,治家的人平心处之,也就可以了。"

姜三莽

想捉鬼卖钱却遇不到鬼

姚安公从他的曾祖润安公那里听说过：景城有个叫姜三莽的人，他很勇敢，但是憨憨的。一天他听说宋定伯把鬼卖了，还得到了一笔钱，便很高兴地说道："我今天才知道鬼也可以抓起来，如果每天晚上抓一个鬼，朝它吐口唾沫，让它变成羊，早上牵到集市上卖给屠夫，就足够一天的酒肉钱了。"

于是姜氏每天夜里拿着棍子、绳子，就像猎人等待狐狸、兔子一样，偷偷地隐藏在坟墓之间，却始终都没有遇到鬼。即便是姜三莽假装喝醉，躺在那些经常说是有鬼的地方来引诱鬼，也是静悄悄的，什么也没看见。一天晚上，姜氏隔着树林，看见一阵磷火跳跃着朝他奔来。姜氏还没走到大门口的时候，磷火就像星星一样散开了，姜氏只好懊恼地返回了。像这样过了一个多月，因为抓不到鬼，姜氏便也停止了抓鬼的行动。

大概鬼在戏侮人的时候，总是趁人害怕时才行动。姜三莽确信鬼是可以被抓住的，心中已经看不起鬼了，他的气焰足以将鬼震慑住，所以鬼反而躲避他。

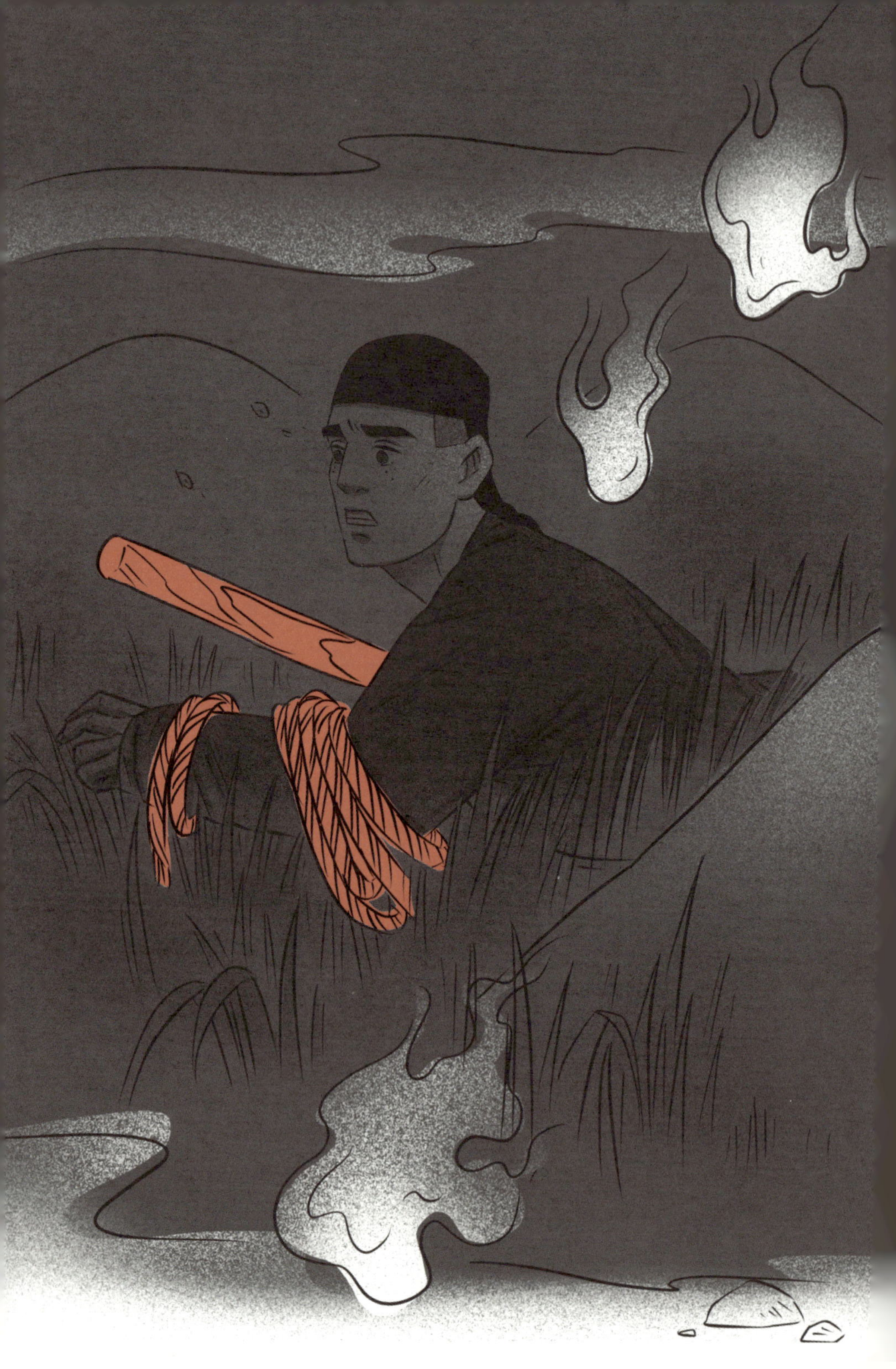

张　媼

恶虎食人有分辨

我的先母张氏曾经雇用了一个姓张的老婆婆为自己做饭,老婆婆是房山县人氏,住在西山深处。老婆婆说她的家乡有个极为贫穷的人,离开家乡到外面找吃的,此人从来没有外出过,才走了半天就迷路了。他来到一条石头小路,山路崎岖,天空阴沉,不知道要向哪儿走,只好先坐在一棵枯树下,等天亮起来之后再辨别方向。

忽然一个人从树林中走了出来,后面跟着三四个人,他们身材高大,面目狰狞,与普通人有区别,这个穷人心里知道他们不是山里的精灵,就是鬼魅。自己也无法隐蔽躲藏,于是走向前去叩拜,哭泣着诉说自己的苦难。树林中的这个人也起了恻隐之心,说道:"你不要害怕,我不会伤害你。我是神虎,现在要为众多的老虎分配食物,等老虎吃了人以后,你捡起被吃的人的衣服,就可以活下来了。"于是此人便将穷人引到一个地方,然后长啸一声,众多老虎从四面八方聚集过来,此人举起手臂在指挥,语言唧哳,难以分辨。过了一会儿,老虎都散去了,只有一只老虎留了下来,趴在草丛之间。很快便有一个挑着担子的人路过树林,老虎准备扑上去搏击,但忽然又退到一旁避开了。一会儿又来了一个妇女,老虎便扑上去将其吃掉了。

树林中的这个人将妇女的衣带捡起来,得到了一些金钱,把

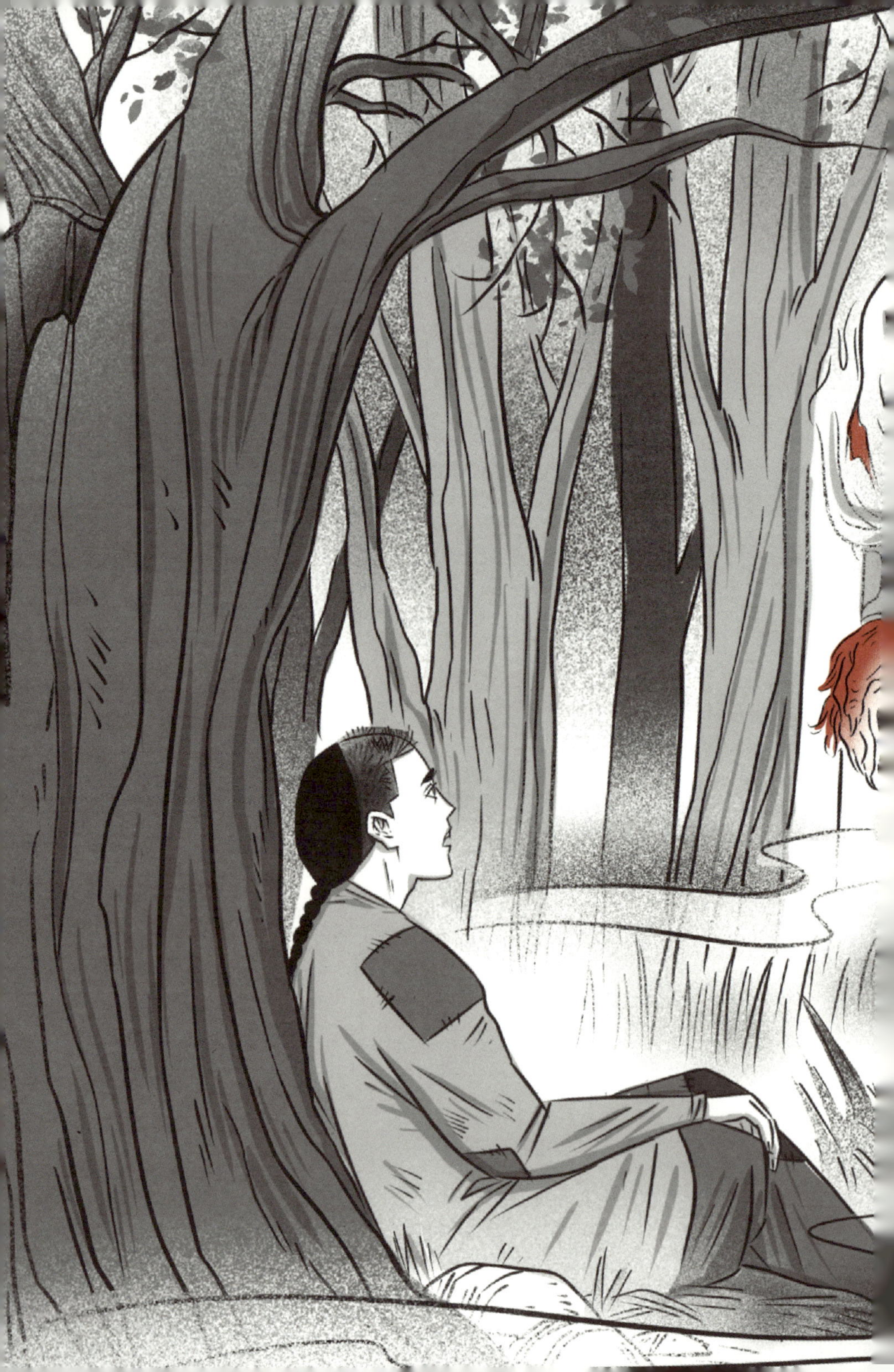

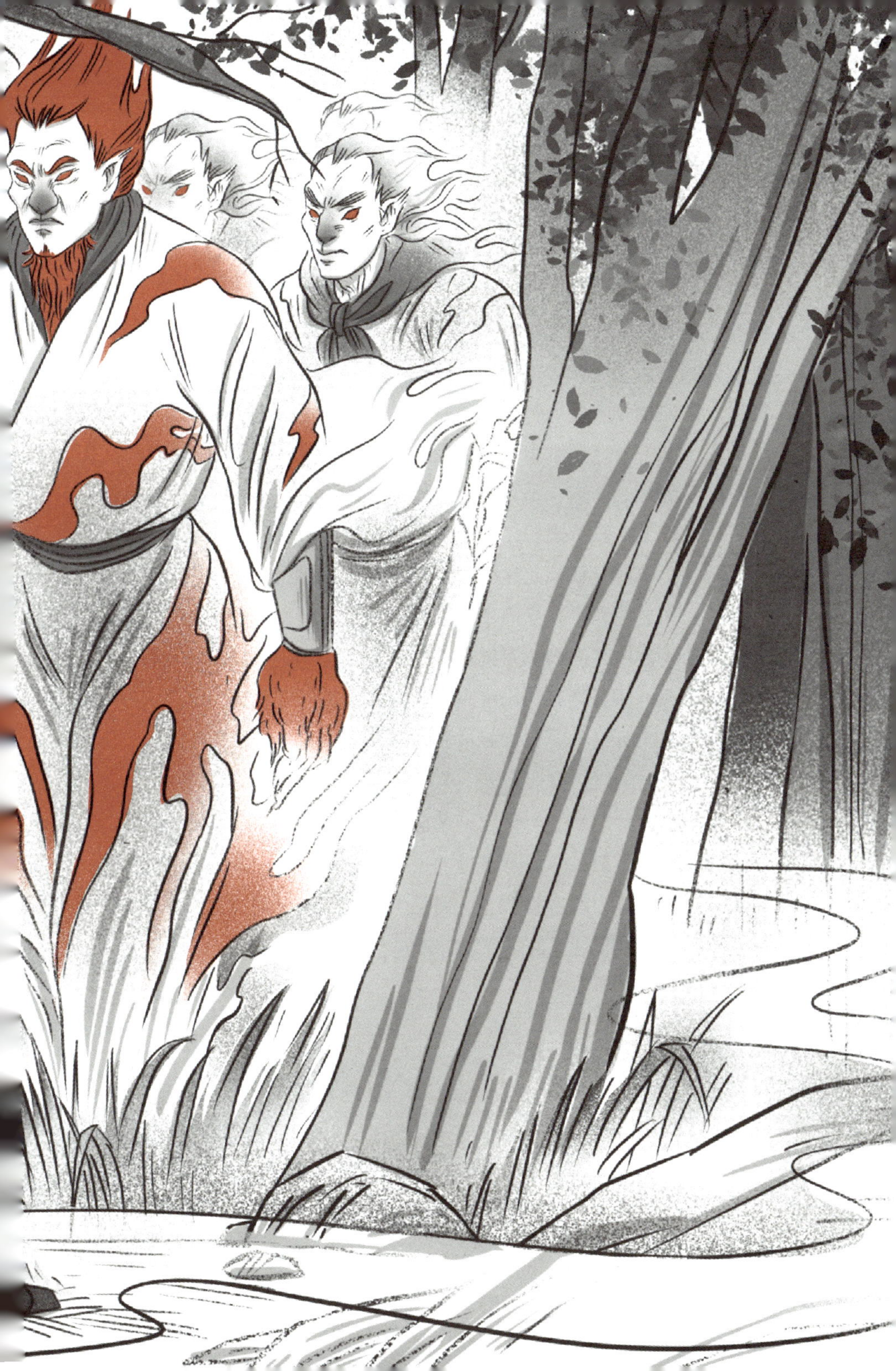

钱给了穷人,并告诉穷人:"老虎不会吃人,只吃禽兽。老虎之所以吃了人,是因为这些人徒有人的外形,内心却和禽兽一般。大体而言,只要人类没有丧尽天良,他的头顶上必然会有灵光,老虎看到以后就会回避;天良丧尽的人,灵光全都消亡了,和禽兽没有区别,老虎就会将他吃掉。之前的那个男子很凶暴,不讲道理,但他抢夺来的财物,还会救济他的寡嫂和侄儿,使他们免于饥寒,因为有这个念头,所以老虎才不敢吃他。之后的那个妇人,抛弃了他的前夫,私自嫁给了别人,尤其虐待前妻的儿子,将其打得体无完肤。之后,她又盗窃后夫的金钱去补贴她前夫的女儿,她怀中的金钱就是这个钱。因为有这么多的罪恶,灵光消失殆尽,在老虎看来,已经不是人的身体了,所以才被吃掉。今天你遇到我,也是因为你对继母很善良,停掉了妻子的食物来赡养她,头顶上的灵光有一尺多高,所以我才能够保佑你,并不是因为你向我叩头哀求。你好好地做善事,还会有后福的。"于是为穷人指了一条路,穷人走了一天一夜就回到了家里。

  张婆婆的父亲和这个穷人是亲戚,所以才知道得这么详细。当时家奴中有个妇人,虐待了她的失去父亲的侄儿,听说了张婆婆的话之后,行为有所收敛。《周易》中说"圣人用神道来教化百姓",确实是有这样的事啊!

鄞县生

误人子弟减食禄

安邑县的宋半塘,他曾经在鄞县做官,说道:鄞县有一个读书人,文章写得很好,但总是命运不顺,考不中科举。他在生病时梦见自己到了大官的官署,在观察了这个官员的外貌之后,知道他是阴间的官吏。然后又碰到了他之前认识的一个小官吏,于是就向小官吏询问自己的这个病会不会死。小官吏说:"你的阳寿未尽,但食禄已尽,恐怕不久就会来到这里。"这个读书人说:"我平生靠在书馆中教书来糊口,又没有过分的残暴,食禄为何会提前结束呢?"小官吏叹息道:"正是因为你在教书时,对学生的功课、教导不用心,阴间才会认为你无功而食禄,阴间消除了你应得的食禄,再补上你提前支取的,所以你的阳寿未尽,但食禄已经尽了。大概'君、父、师'三字中的'师'字,也属于《国语》中所说的'在三之义','师'的名分原本是尊贵的,因为想从学生的学费中获利而误人子弟,因此受到的谴责也最重。有官禄的人,会削减他的官禄;没有官禄的人,会削减他的食禄。即便是锱铢之间的差别也不会有差错。世上的人只是看到才子、大儒们有的贫穷,有的夭折,动不动就说天道难明,哪里知道是自己耽误自己,很多是因为这样犯下的罪过呢?"

这个读书人听了之后怅然醒来,果然一病不起。临死的时候,将这件事说出来告诫自己的亲人,他的亲朋好友才知道这件事。

张 公

爱诉讼的害处

我的堂伯父章公说过，之前明朝清县有个姓张的人，他是我十世祖赞祁公的外舅。张氏曾经和乡人约定，大家联名去诉讼县里的小官吏。张氏刚经过其祖父的墓前，就有旋风扑向马头，人马受惊，张氏掉到地上。跟随的乡人将其抬回家，张氏突然得了寒热病，一会儿昏迷，一会儿清醒，恍惚之中好像看到了鬼物。

张氏准备请来巫师祈祷消灾，忽然自己又坐起来，用其亡父的声音说道："你不要去祈祷，是我把你扑倒的。大凡诉讼之事，都是没有好处的。假如没有理，又怎么能去证明自己呢？假如有理，是非自有公论，人们也都会为之惋惜，也就算是胜诉了。而且去诉讼那些差役和小吏，会有更大的后患。如果诉讼不胜，患害就在目前；如果侥幸获胜了，官府里有来有往，这些人的儿孙长大以后，必然会报复你们，这就是后患。所以我才阻挡你的前进。"说完，张氏又睡下了，汗如雨下，等到睡醒时，病就忽然好了。过了一段时间，那些联名诉讼的人都败诉了，张氏这才相信之前的话并非假话。

章公是从他的伯祖湛元公那里听说的这个故事。湛元公一生都没有和别人打官司，大概是坚守这样的戒条吧。

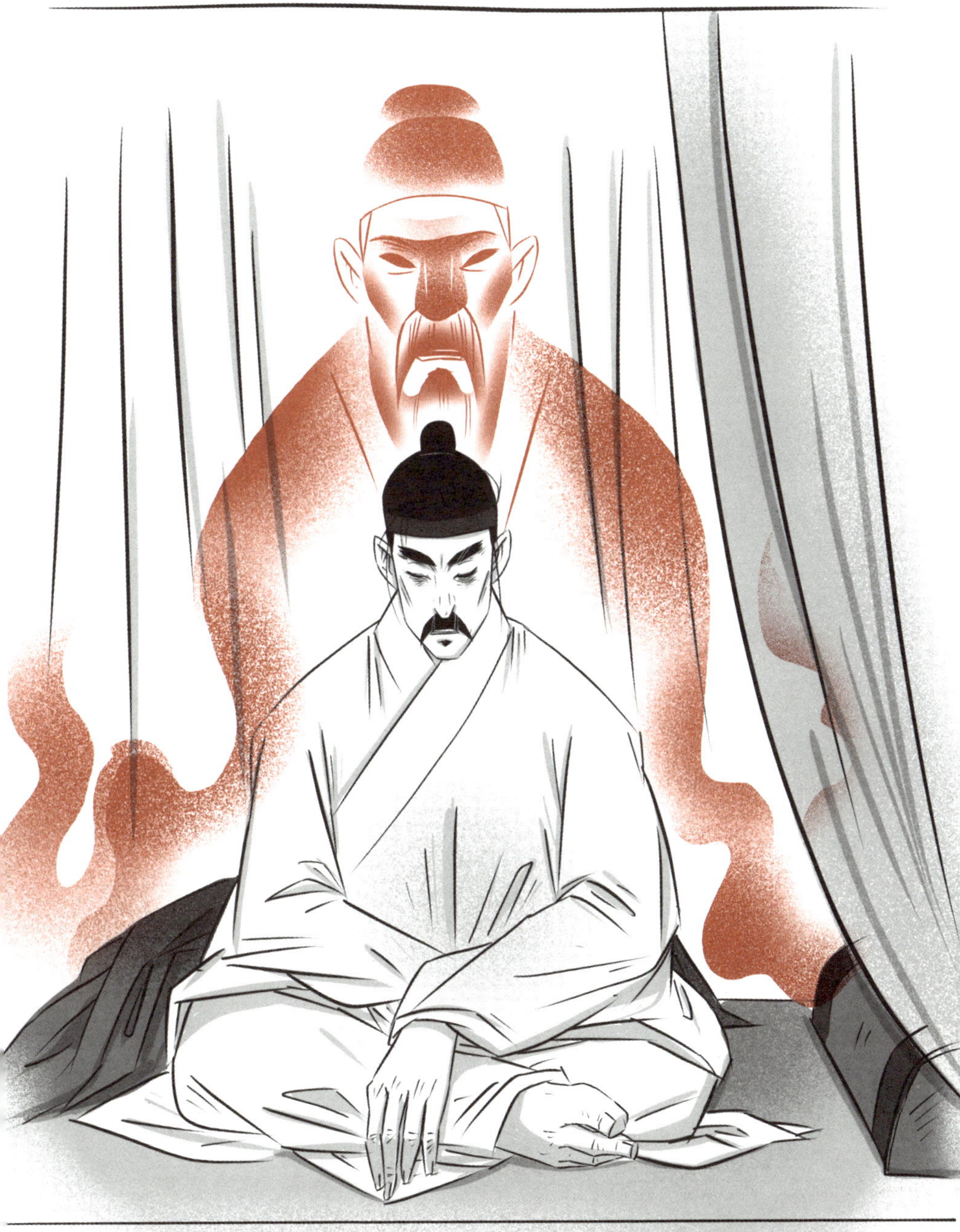

吝啬孝廉

自匿其财而不敢认的痛苦

刘香畹说过,一位被举为孝廉的人非常善于储蓄,但生性吝啬。他的妹妹家中非常贫穷,当时快到除夕了,家中也不能举火做饭。他妹妹冒着风雪,徒步走了几十里来向他借三五两的金钱,约定明年春天等她丈夫开馆授徒之后用馆金来偿还。这位孝廉坚持说自己生计窘迫,推辞了此事。他的母亲在一边哭泣,想让他帮助他妹妹,孝廉仍然是这番说辞。他母亲最后将自己穿戴的首饰取下来给了他妹妹,而孝廉就好像没听见、没看见一样。

当天晚上有盗贼在孝廉家的墙壁上钻了一洞,进去将他家里的财产全都偷光了,孝廉迫于公众议论,不敢去告官抓捕。过了半年,这个盗贼在其他县里被抓住了,供词中说他曾经偷了孝廉一家,偷来的财物还有十分之七保存着。官府写文书前来询问,孝廉再次迫于公论而不敢承认。孝廉的妻子爱惜这些财物,于是让她儿子前去认领。孝廉心中惭愧,有半年时间躲避起来,不肯见客。

母与子是天性,兄与妹是至情,因为吝啬的缘故,使得亲人如同路人,听起来真是令人扼腕。而盗贼随即乘虚而入,真是大快人心。孝廉丢失了财物却不敢承认,失而复得之后却不敢取回来,再一次令人拍手称快。孝廉忍受着椎心之痛,自食恶果,是为了隐藏自己的过失，但又被他的妻子给败坏了，最终也没能隐藏，更是让人快活啊！上天如此颠倒捉弄他，真是巧妙！如果不是这样，又会有谁让他这样做呢？但这个孝廉会因此惭愧而不见客人，我便觉得他仍然足以去做一些善事，如果能坚守这种惭愧之心，即便让他以"孝友"而闻名，也是可以的。

轿夫之语

狐子伤父罪过大

我曾经与少司寇杜凝台同住在南石槽，听到两户人家的轿夫在说话："昨天有件怪事。我的表兄朱某在海淀为别人守墓，因为入城后还没有回来，他的妻子独自睡在家中，听到园子中的树下有打斗的声音，于是将窗户纸捅破偷偷地观看，只见两人举起手臂在奋力打斗，一个老头举起手杖打算将两人挡开，可是并不能阻止对方，两人搏斗不久便倒在地上，变成两只狐狸，跟跟跄跄地将老人也碰倒了，老人一手按着一只狐狸，喊道：'逆子不孝啊，朱五嫂快来帮我。'朱氏的妻子趴在地上不敢出来。老人跺着脚说：'我要到土地神那里起诉。'于是愤愤不平地离开了。第二天夜里，便听到满园的铃铛声，好像是有人在搜捕什么，只感觉茶几上的瓦瓶在轻微地震动，朱氏的妻子很奇怪，走近一看，瓶中有个声音小声地说：'请求你不要将我说出来，我会报答你的恩情。'朱氏的妻子生气地说：'父母的恩情尚且不肯报答，又怎会报答我呢？'她举起瓶子扔到门外的石碑上，一下就摔碎了，随即便听到'嗷嗷'的声音，狐狸大概已经被抓住了。"

一个轿夫说："打斗之中，将父母碰倒了，这算什么大事？以致让土地神抓住，真是太可怕了。"杜凝台回过头笑着对我说："如果不是轿夫，肯定也说不出这样的话。"

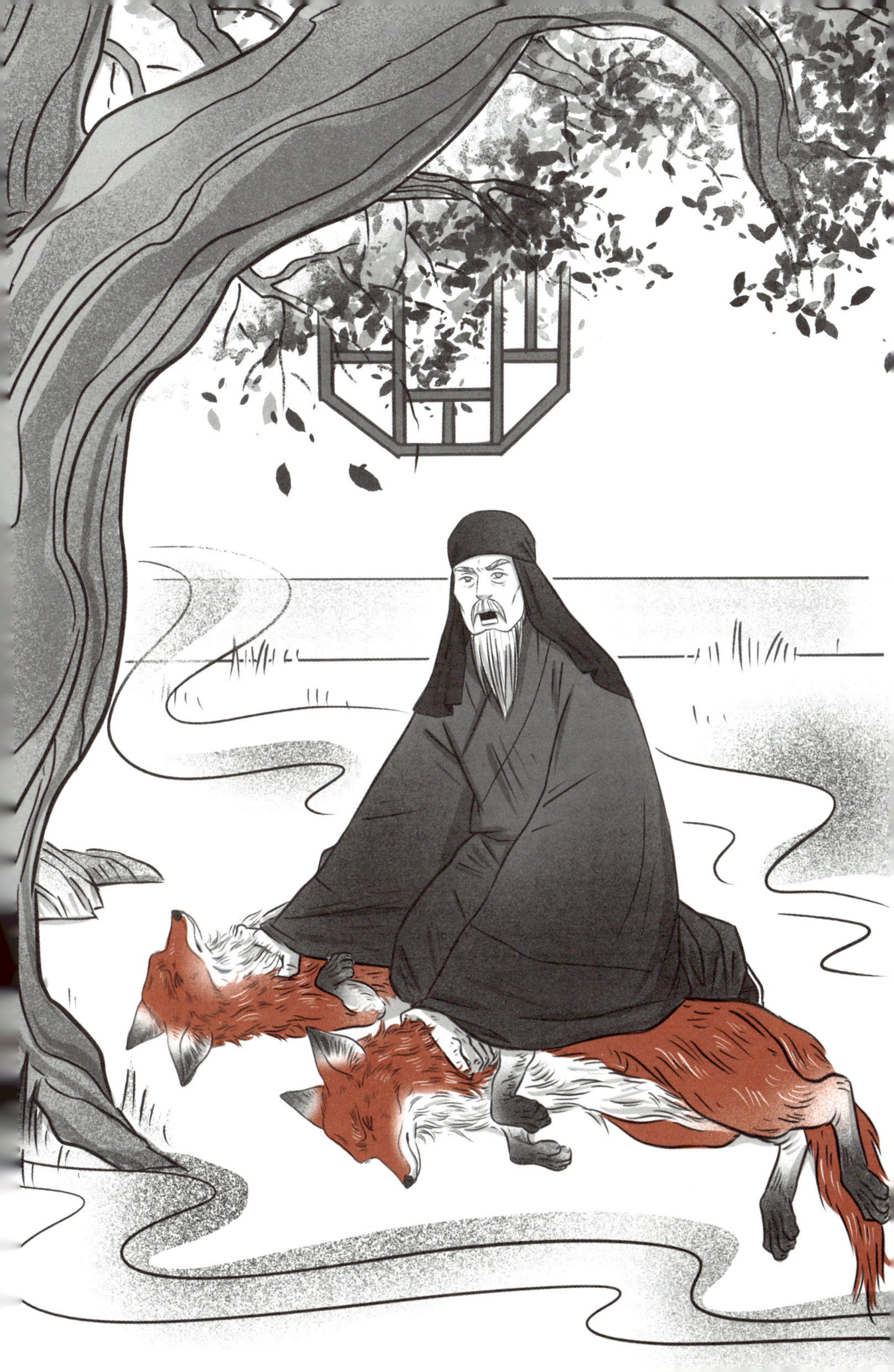

阅微草堂笔记

槐西杂志

孙端人

饮酒宜及未死时

房师孙端人先生的文章写得很高雅,但他生性嗜酒,醉后写的作品与醒的时候没有区别,馆阁中的同僚们认为他就是"斗酒诗百篇"的后人。孙氏在做云南督学的时候,在一个月夜独饮于竹林之下,恍惚之间看到一个人注视着他的酒壶和酒盏,像是要大快朵颐一般。孙氏心里知道肯定是鬼魅,但他也不害怕,只是将手按在酒盏上,说道:"今天的酒没有多的了,不能让给你。"这个人影就渐渐隐去了。孙氏醒来之后又很后悔,说道:"能够前来猎取美酒,一定不是俗鬼;肯向我索取美酒,肯定也是将我看得很重,我为什么要辜负他来拜访我的好意呢?"

于是孙氏又买来三大碗酒,夜间将其放在竹林间的小茶几上,第二天过去一看,酒还像之前一样。孙氏叹息道:"这个鬼不但风雅,而且性情狷介,稍微和他开个玩笑,他便一滴也不肯尝了。"幕僚中人说:"鬼神只是闻闻酒气,又怎么会真的去饮酒呢?"孙氏慨然叹息道:"这样说来,饮酒还是要赶在没变成鬼之前啊,不要到将来只能闻闻酒气的地步。"孙氏的侄儿渔珊在给福建督学做幕僚的时候为我讲述了这个故事,我便感觉魏晋时期的贤人离我们并不遥远。

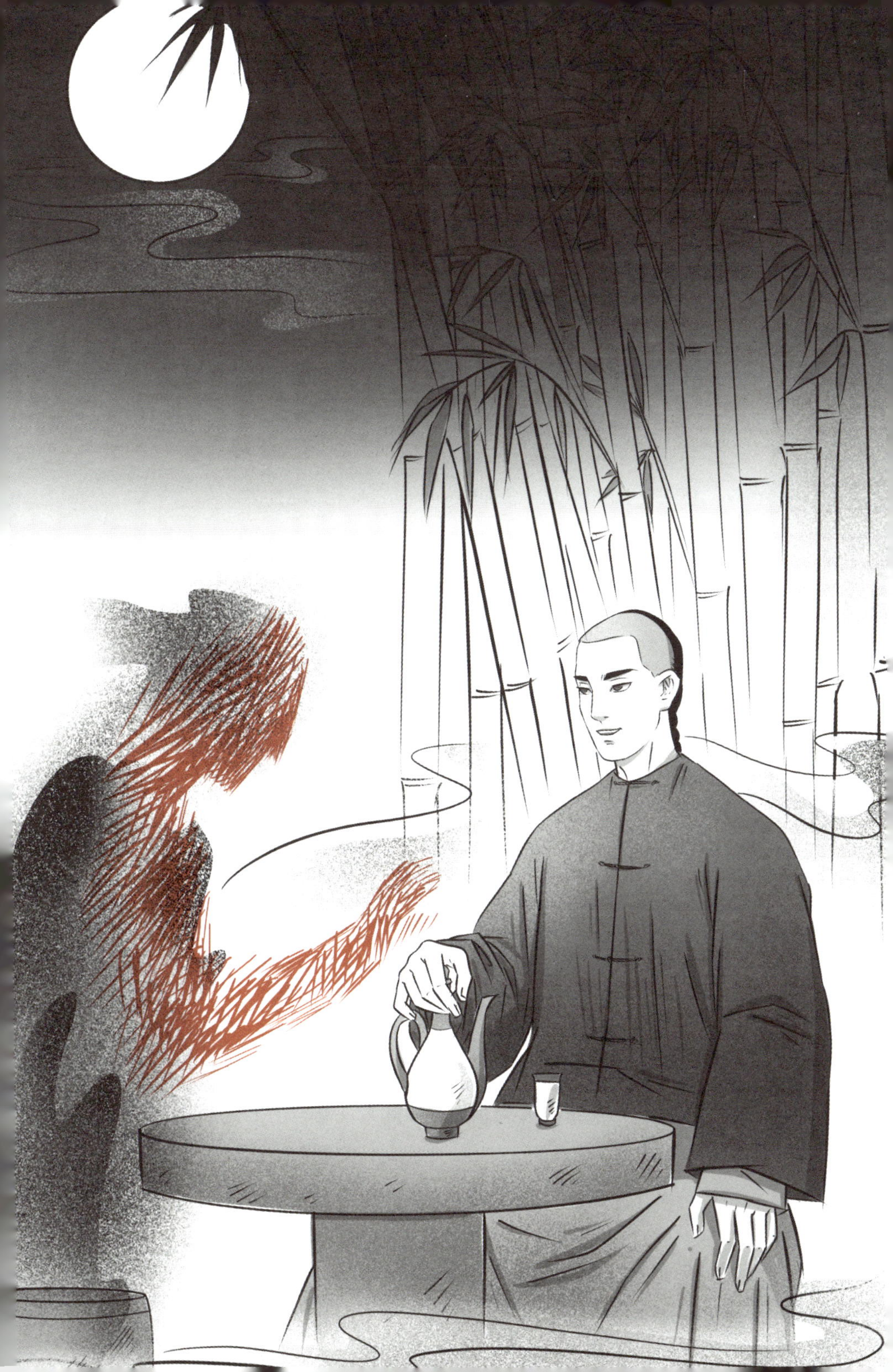

坟园书生

能以智慧远离狐鬼

霍易书先生说，他曾经听大司农海氏说过：有一个世家子弟在坟园读书，园外有几十家居民，都是豪门大族的守墓人。一天他在墙头的缺口处看见一个美丽的女子露了半个脸出来，书生刚准备注视一番，女子已经避开了。过了几天，该女子又在墙外采野花，时不时地凝视着墙内，有时竟然登上墙头的缺口，露出半个身子，就好像东邻之子在偷窥宋玉一样。书生梦中时时念及此女，但转念一想：居住在这里的都是一些粗陋的下人，不应该有这么美丽的女子出生。而且自己所见到的都是一些身穿布衣、荆钗裹头的村妇，唯独这个女子如此靓丽，不太应该啊。他心里便怀疑这个女子是狐鬼，因此虽然女子对他顾盼流连，他却没有和她说过一句话。

一天晚上，书生独自坐在树下，听到墙外有两个女子在窃窃私语，一个女子说："青天白日之下，怎么可能会有狐鬼，怎么会有这么不懂事的傻子。"书生听到心中一阵窃喜，提起衣服便要出门，忽然又醒悟道："称自己不是狐鬼的，肯定就是狐鬼无疑了。天下的小人从来没有称自己是小人的，不但不会称自己为小人，而且无不痛斥别人为小人，以此来证明自己不是小人。这个鬼用的就是这种方法啊。"于是就转身回到屋内。第二天书生秘密地访问，果然没有此二人，这两个女子也没有再来过。

西山寺

只求一个不怕鬼的虚名

我的老师介公,号野园,他的亲戚中有一个不怕鬼的,听说哪里有凶宅,就要住在哪里。有人说西山某个寺庙的后阁里有很多变怪,这一年正是乡试,于是此人便租住其中。每夜都会有一个形状奇怪诡异的东西围绕在床榻周围,此人却恬然处之,怪物也无法伤害他。

在一个月明之夜,此人推开窗户四处张望,看见一个艳丽的女子站立在树下,于是笑道:"你吓不到我,又来魅惑我吗?你是什么怪物,可以到我跟前来。"女子也笑道:"你肯定不认识我啊,我是你父亲的叔伯姐妹,死了之后葬在这座山中,听说你每天都在与鬼斗争,你读了十几年的书,难道就是为了博得一个不怕鬼的虚名吗?还是准备发奋努力,考中科举来光宗耀祖,也为自己的门户考虑一下呢?如今你在夜里和鬼斗争,白天困到极点便睡着了,考试的日期就要到了,你的举业全然荒废,这是你的父母让你带着干粮到山里读书的本意吗?我虽然在九泉之下,但对于母家的事情也不能全然无情,所以才正言相告,你自己好好想想。"说完,此女便隐身而去。

此人私下一想,女子所说的话也非常有理,于是就收拾行装回到家里,详细地向其父母询问其中的情况,结果亲族中却没有这个女子。此人气得直跺脚,说道:"我竟然被一个狡黠的鬼给卖了。"于是气冲冲地准备再去一次，他的朋友说道："鬼不敢用蛮力和你争，所以变换了形体用善言善语来开解你。鬼已经害怕你了，你为何还要去追击穷寇呢？"此人这才收手。

这个朋友可以算得上善于解决纷争了，但鬼所说的话也是正理。正理没有办法阻止此人，权宜之辞却阻止了，由此可以悟出怎样消除刚强之气了。

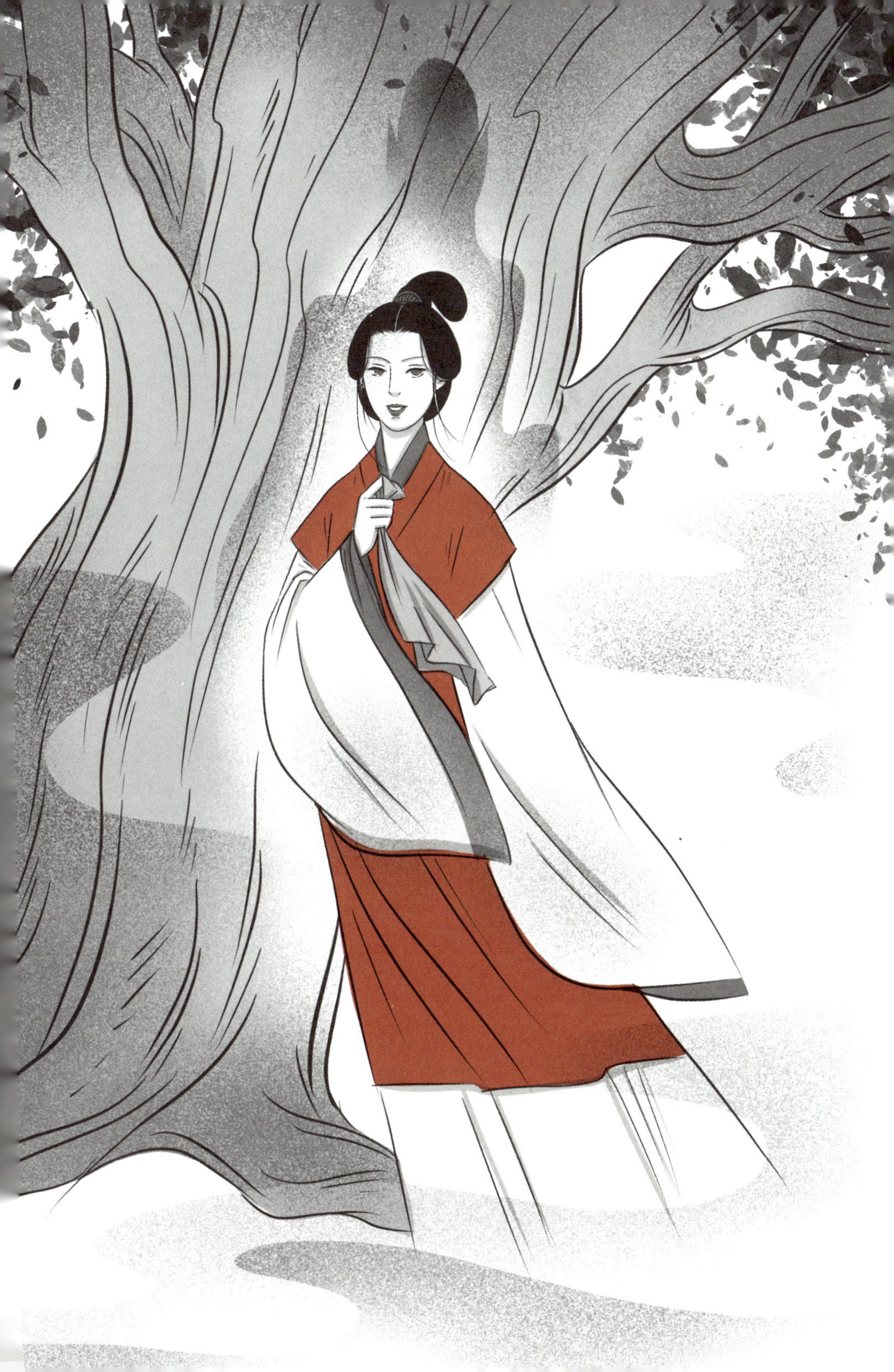

申苍岭

圈子不同不必相融

申苍岭先生说过，有一个士人在别墅中读书，墙外便是废弃的坟墓，不知道墓主人是谁。园丁说半夜的时候有时会听到吟诵诗书的声音，士人潜下心来听了好几个晚上，什么也没听到。一天晚上，士人忽然听到了吟诵之声，于是急忙拿着酒来到坟前，将酒浇在坟上，并且说道："在黄泉之下苦吟的，一定是个文人吧，虽然阴阳阻隔，但气类相同，你肯现身出来和我谈一谈吗？"

过了一会儿，便有一个人影从树荫之中缓缓走出来，忽然又转身离开了。士人再三地殷勤礼拜、祷告，于是听到树外有轻微的人声，说道："非常感谢你的赏识，没有将我看作异物而怀疑我，我刚准备和你清谈一番，以此破破百年的寂寞之情，但当我遥遥地看见你的风采时，只见你衣冠华美，风度翩翩，有贵公子的雍容典雅，而我们是穿着破烂衣服的人，和你远不是同类中人。人各有志，我不敢亲近你啊，希望你能体谅我的想法。"士人怅然而返，之后吟哦诗书的声音也听不到了。

在我看来，这是申苍岭先生玩世不恭的寓言罢了。这些话既不是他亲耳听到的，旁边又没有其他的人，难道是这个士人被鬼戏弄后，自己将此事讲述出来了吗？申先生捋着胡须说："《左传》中钽麂在槐树下说的话，浑良夫托梦他人而说的话，这些内容又有谁听到呢？你为什么要诘难我这个老头子呢？"

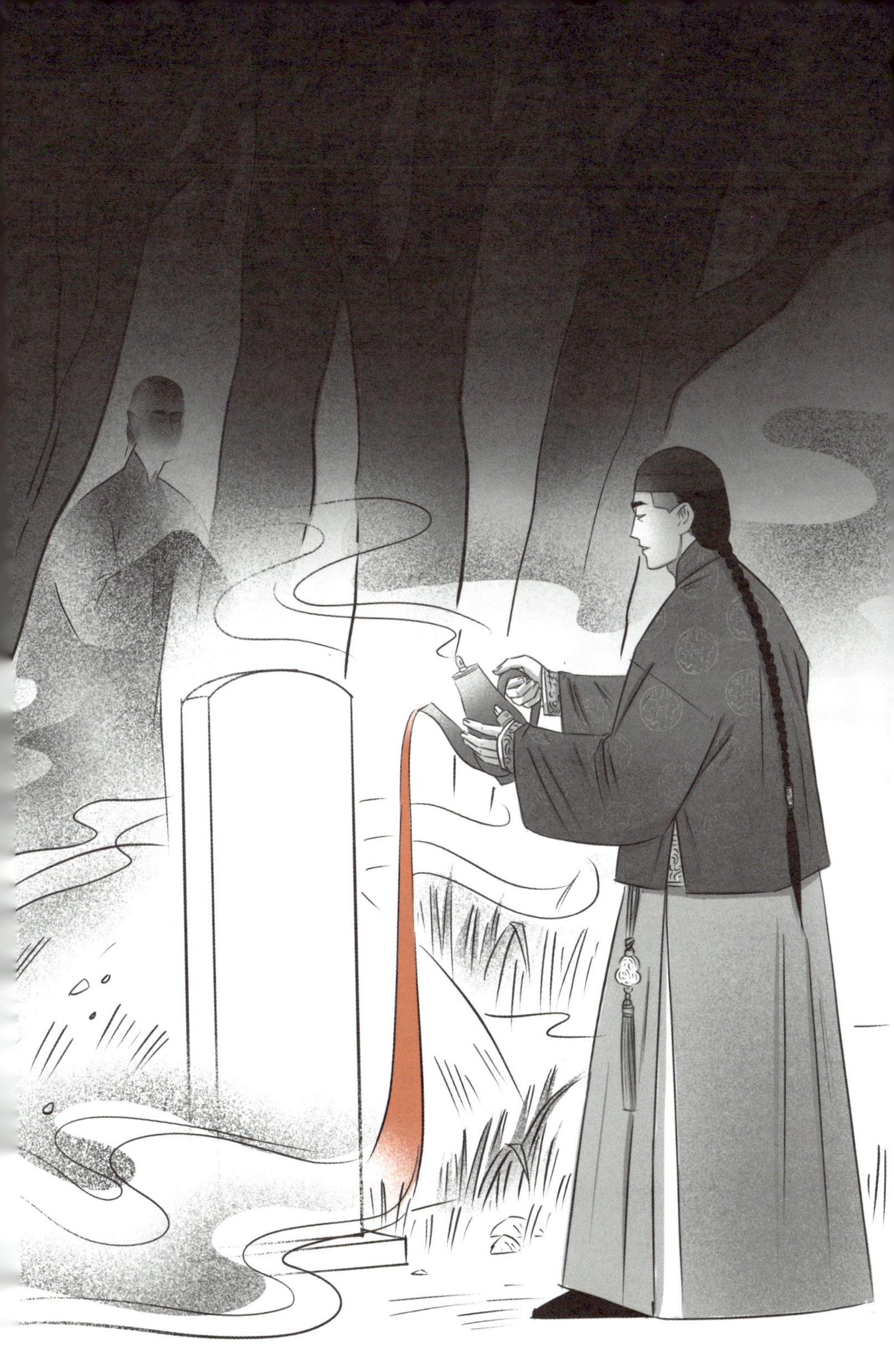

唐打猎

巧之者不如习之者

我的族兄中涵在做旌德县的县令时,靠近县城的地方有虎患,已经伤到了几个猎户,而老虎却没抓到。乡人请示道:"如果不聘请徽州的唐打猎家族,虎患是不可能除去的。"(休宁县的戴东原说:明代有个唐某,刚刚新婚就被老虎害死了,唐某的妻子后来生了一个儿子,就告诫道:"你不能杀死老虎的话,就不是我的儿子。后世的子孙如果不能杀虎,也都不是我的子孙。"所以唐氏后人世世代代都能捕杀老虎。)于是县吏拿着钱去聘请唐氏,回来报告说:唐氏挑选了技艺精湛的两个人,很快就要到了。到了之后一看,却是一个老翁,头发胡须都白了,还时不时地咳嗽,另一位是个十六七岁的童子。

众人大失所望,姑且让两人先吃饭。老翁觉察到中涵不太满意,半跪着禀报道:"听说老虎离县城不过五里路,先去把老虎抓住,然后再吃饭也不迟。"于是命令衙役引路,衙役走到山谷入口就不敢往前走了,老翁笑道:"我在这里,你还怕什么?"众人在山谷走了将近一半的路程,老翁回过头来对童子说:"这个畜生好像还在睡觉,你去把它喊醒。"童子模仿老虎的呼啸声,老虎果然从林子里出来了,直接扑向老翁。老翁手中拿着一个短柄的斧头,纵向的长度有八九寸,横向的长度是纵向的一半,奋力举起手臂站在那里,老虎扑过来时,老翁侧头让它过去，老虎便从其头顶上跃了过去，落地时已经是血流遍地了。众人一看，老虎从头到尾，都已经被斧子劈裂了。众人于是赠送了二人丰厚的钱财，然后将其送走。

老人说他自己锻炼手臂练了十年，练习眼睛也练了十年。即使用扎有毛发的扫帚去扫他的眼睛，老人也不会眨一下眼。让壮士去拉扯老人的手臂，即使壮士吊在老人手臂上，老人的身子也纹丝不动。《庄子》中说："多次练习就可以达到通神的境界。手巧的人不会去路过经常练习此术的人家的门口（而自取其辱）。"确实是这样啊！我曾经看到舍人史嗣彪在黑暗中拿着毛笔写条幅，效果和在灯烛下写没有两样。我又听说静海的励文恪公，剪下一百个一寸见方的纸片，在纸片上面写下相同的字，每一片对着阳光观看，笔画没有一丝一毫的出入。这些都是练习得多罢了，并不是有工拙谬巧的区别。

贺　氏

贪婪之人被鬼戏弄

我的堂孙树棪说过：高川贺氏的家里非常贫穷，临近除夕的时候，也没钱过年，从亲戚那里也是什么都没借到，亲戚仅仅是买点酒来款待他。贺氏很抑郁也很无聊，姑且用酒来排解心中的烦闷，于是便喝得大醉而归。当时天色已经昏黑了，贺氏碰到一个背着行囊的老翁一瘸一拐地艰难行走着。老人与贺氏约定，雇用他把行囊扛到高川，然后给他相应的钱。贺氏也答应了此事。老人的行囊很重，而贺氏私下一想，自己正好没有过年的物资，如果把包裹抢过来然后逃跑，这个老态龙钟的老头子肯定追不上自己。于是贺氏竭尽全力地往前走，老人在身后追着呼喊，贺氏也不回应，一路狂奔了七八里，刚到家就急忙把门关起来，找来灯火一看，原来是新砍下来的一块杨木，有三十多斤重。贺氏这才知道自己被鬼戏弄了。

大概贺氏贪婪狡诈的本性，已经被鬼魅痛恨很久了，所以鬼魅才乘其窘迫之时来戏弄侮辱他。如果不是这样，来来往往的这么多人，为什么鬼魅唯独戏弄贺氏呢？当时贺氏没有见到自己想要的东西，还没有产生盗窃别人的想法，鬼为什么已经在半路上等着他了呢？

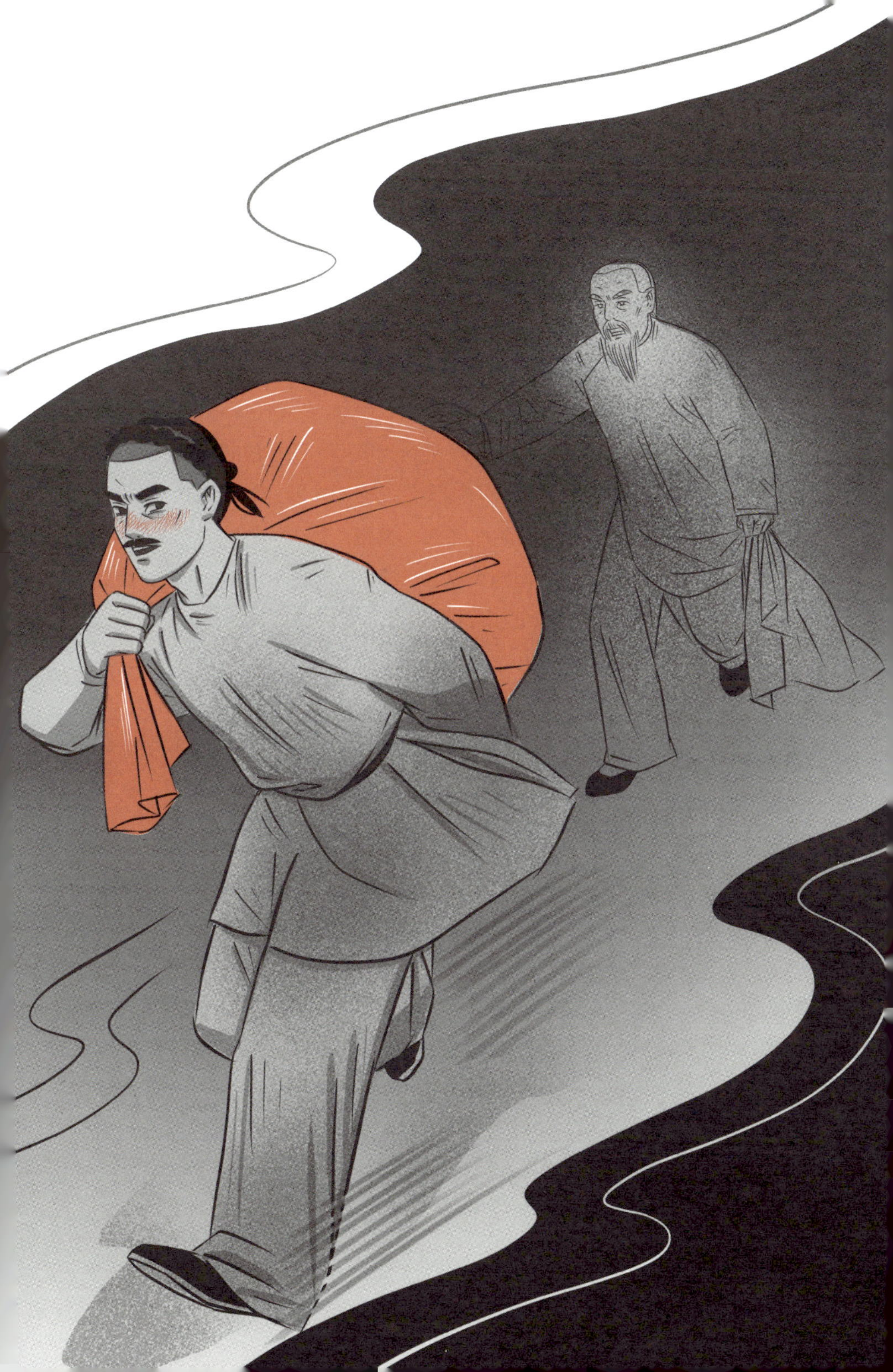

叶守甫

以礼自处可防祸害

叶守甫是德州的老医生,经常到我家里,我小的时候还见到过他。我回忆起他向我的先人姚安公说的那件事:他曾经从平原县到海丰县去,夜晚在行走时迷失了道路,仆人和随从也都迷路了。风雨快要来临了,周围也没有村庄,一番眺望之后,他发现一座废弃的寺庙,于是前往暂时避雨。寺门是虚掩着的,门上隐隐约约有用白粉写的几个大字,众人敲石点火,一看,原来是"此寺多鬼,行人勿住"这两句话。

众人进退无路,于是推开门揖拜了两次,说道:"路过的客人遇到了大雨,请求神灵庇护,雨停了我们就走,不敢在此长久停留。"随即众人便听到屋内承接灰尘的木板上有个声音说道:"感谢你们如此有礼貌,但我今天喝得大醉,不能见客了,可怎么办呢?你们就坐在东边的墙壁下吧,西边有蝎子的窟穴,我怕你们被蜇到了。口渴的时候也不要喝屋檐滴下来的水,恐怕里面有蛇的口涎。大殿后面的酸梨已经熟了,可以摘来食用。"众人听后,头发都竖了起来,一声也不敢吭。雨稍微下小了,众人便赶忙走出去拜谢,就好像从虎口逃脱一样。

姚安公说:"将字题在庙门上警示众人,必定是伤人很多了,而你们却安然无恙,而且得到了周详的告知,大概是因为只要用礼仪处事,就没有不服从礼仪的;用真诚来感动他人,就没有不被真诚感动的。即便是异类,也不会有什么区别。你不但在医术上是个老手,在处事方面也是个老手啊。"

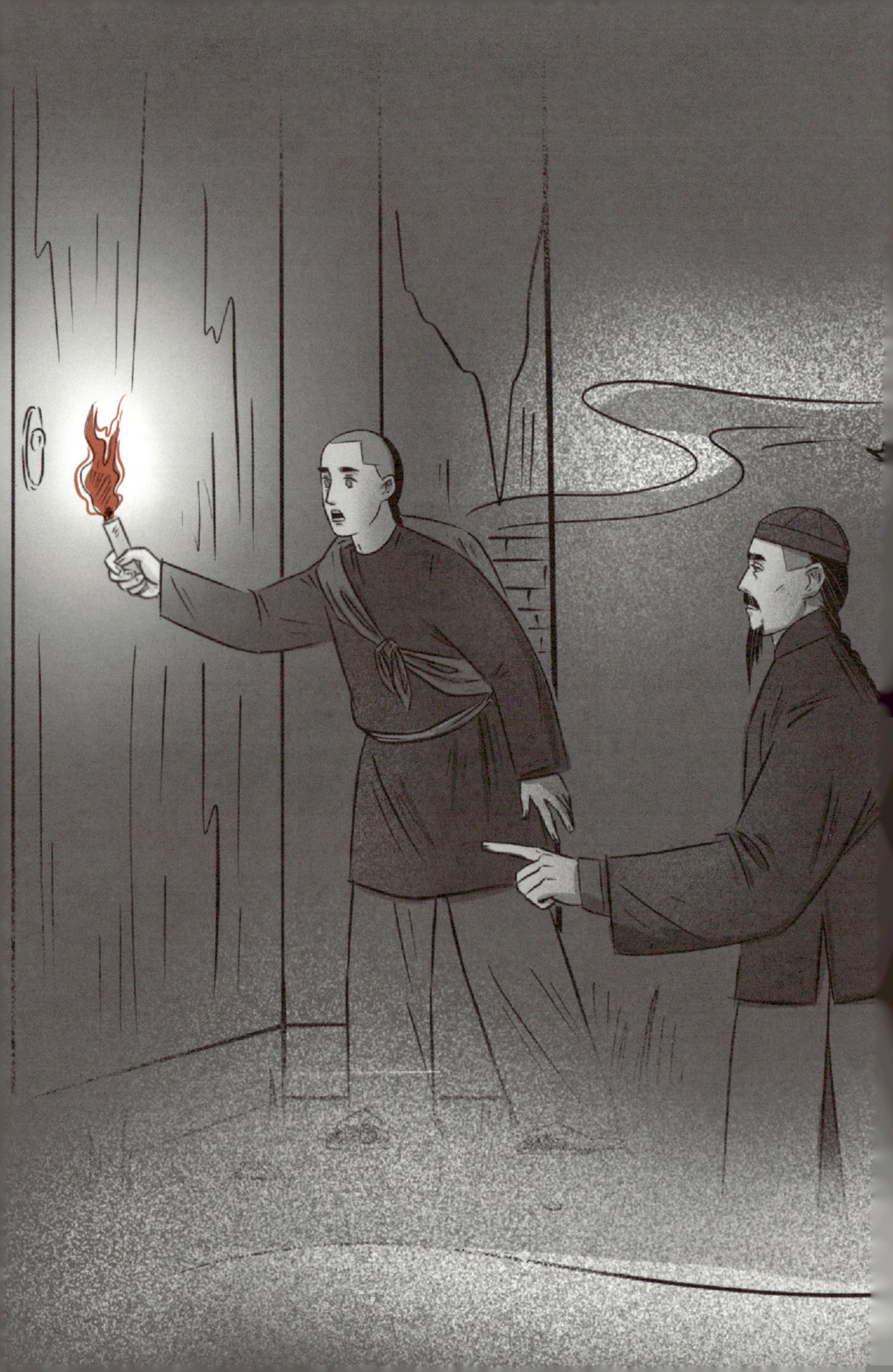

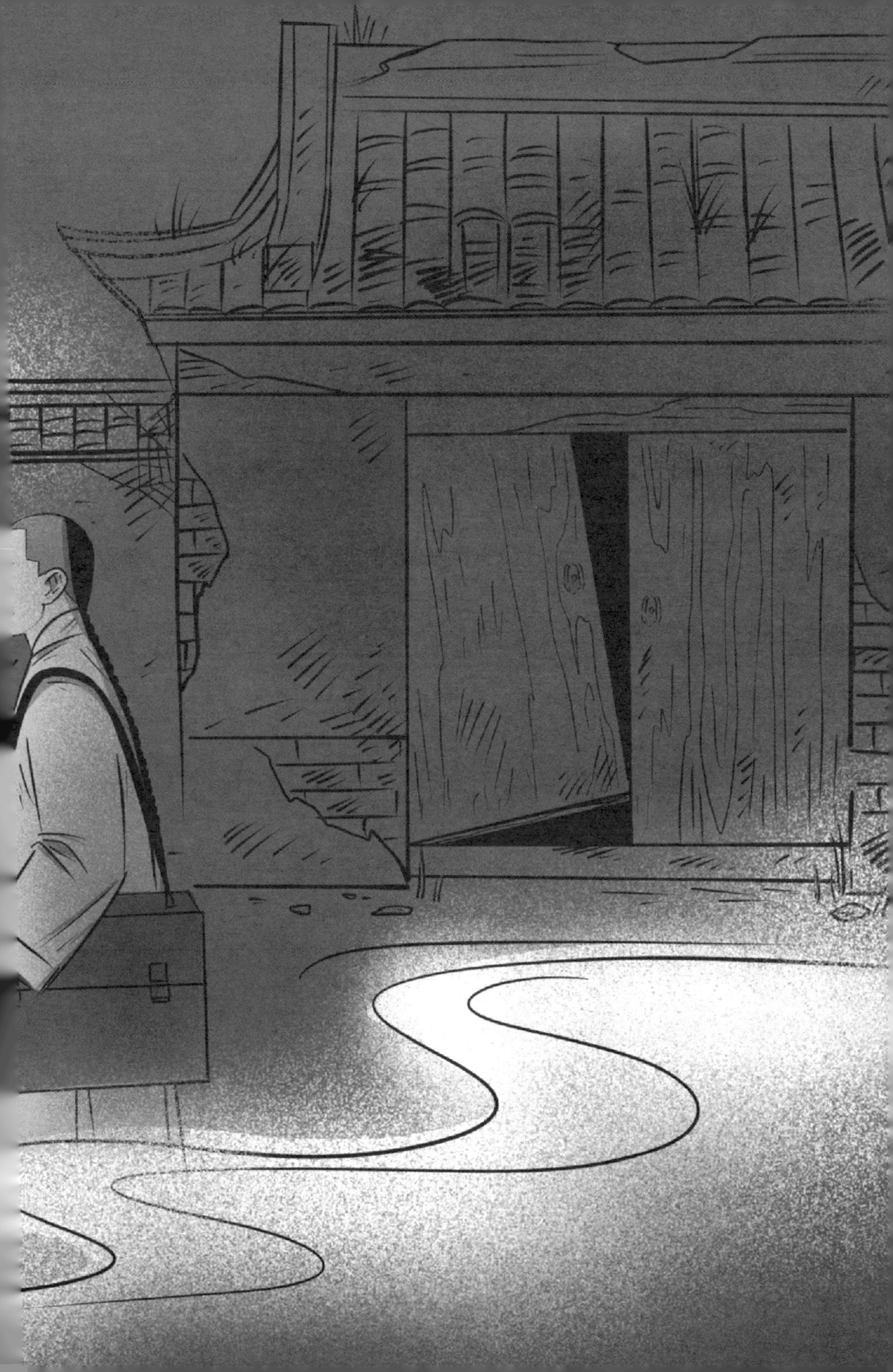

乌鲁木齐之兽

乌鲁木齐的野生牛马

乌鲁木齐有很多野牛,它们像家牛一样但是更高大,千百头汇成一群,牛角锋利得像长矛一样。它们在行走时,强壮者走在前面,弱小者走在后面。如果从前面攻击它们,野牛就会奋力向前冲击,枪炮也无法抵御,即便用身经百战的士兵们,也不能将它们包围;如果从后面攻击,它们却从来不会回头。野牛群会推举一头体形最大的野牛,野牛群的行走与停歇都跟着它,就像蜜蜂中有蜂王一样。曾经有一群野牛的首领失足掉下了山涧,野牛群也都跟着掉了下去,一层叠一层地全都摔死了。

乌鲁木齐还有野骡、野马,它们也是一队一队地行走,但不像野牛那样脾气暴躁,看到人之后就会奔逃。它们的外形真的像家骡和马一样,只要将鞍鞯披在它们身上,加上勒绳时,它们就趴在地上不肯起来,但时不时会看到它们的背上有鞍花(鞍鞯磨伤的地方,伤口好了之后,长出来的是白毛,称之鞍花)。有些野骡、马的蹄子上还嵌有马蹄铁,有人说这是山神的坐骑,不知道是什么原因,很久之后才知道是这些野骡、马曾经是家畜,它们逃到山中之后,久而久之培养了野性,与野马、骡合群了。骡肉肥润,可以食用,马肉却没有看到有人吃它。

当地还有野羊,也就是《汉书·西域传》里面说的"暇羊",吃起来和平常的羊没有什么区别。还有野猪,它的凶猛程度仅低于野牛，毛都是竖起来的，枪和箭都穿不透，它们的牙齿比利刃还要锋利，马足也会被咬断。吉木萨山中的老野猪，像牛一样大，人们靠近后就会被它伤到，它经常率领数百头的族群，在夜晚外出伤害人们的庄稼，参领官额尔赫图牵着七条猎犬到山中捕捉它，突然与其相遇，七条猎犬瞬间就被吃掉了，野猪又朝人露出牙齿，额尔赫图挥着马鞭狂奔一阵才免于灾难。我准备用木头做一道栅栏，将大炮埋伏其中，等它出来的时候用大炮来消灭它。有人说："如果没有击中，野猪用它的牙拔掉栅栏，就如同摧枯拉朽一样，栅栏中的人就危险了。"我于是停止了这种做法。

此地还有野骆驼，只有一个驼峰，上面的肉极其肥美。杜甫《丽人行》中所说的"紫驼之峰出翠釜"，大概就是这个了。今天人们将双峰的骆驼视为八珍之一，便失去了真实。

李玉典

逃名而隐的鬼

李玉典曾经说,有一个故人家的儿子在夜晚行走于深山之中而迷了路,远远望见一个岩洞,就打算暂且过去休息一下。过去一看,里面住着一位前辈。此人很害怕,不敢前进,而前辈却很殷勤地邀请他。此人心想过去也不会对自己有什么危害,于是就姑且前去拜谒了前辈,两人像平常一样互相寒暄。前辈又问起了此人的家事,两人相互悲慨一番。

此人又问前辈:"贵府在什么地方,为何您在此独自游览呢?"前辈喟然叹息道:"我在世的时候没有什么过失,读书只是顺从他人的意旨,做官时按本分完成自己的职责,也没有什么建树,没想到被埋葬数年之后,墓前突然见到一块巨大的石碑,上面刻着我的官阶和姓名,碑文中写的内容,我一概不知,其中略有影响的一些事,也都是夸大其实。我一生朴拙,心中已是不安,现在游人又过分地解读,时不时加以讥评,鬼魅也前来围观,还有很多的讥笑,我不耐烦他们的聒噪,于是在此躲避,只有在每一年祭祀扫墓的时候,才到那里看一看我的子孙。"

此人宽慰道:"仁爱之人,孝顺子孙,如果不是这样,就不足以让亲人荣耀。蔡邕为他人作碑文也不免有惭愧之辞,韩愈写的墓志铭也有谀墓之词,古人很多都是这样,您又何必如此介意呢?"前辈正色道:"是非自有公论,人心就在那里。他人虽然可以欺骗，但扪心自问也会惭愧。更何况公论俱在，欺骗别人又有什么好处呢？想让亲人荣耀，应当让他们的名声被称扬，何必用虚词虚语招来诽谤呢？没想到你们这些后辈的见解都是这样。"说完拂袖而去，此人也在迷惘中回去了。

照我说，这只是李玉典的寓言罢了，他的老丈人说："这件事不一定是真的，但这种议论不可以不保留。"

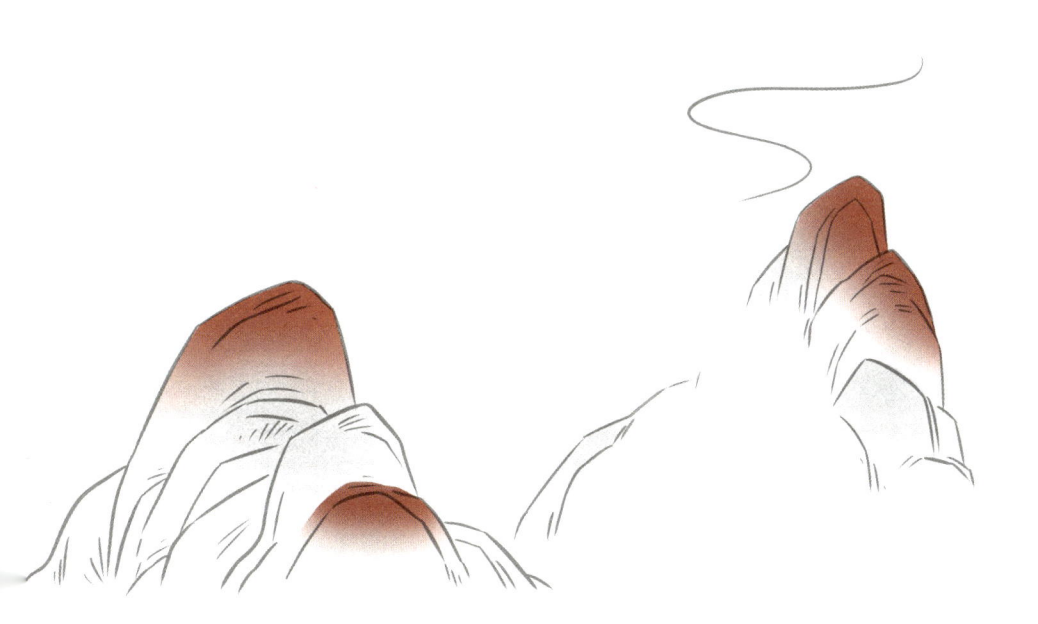

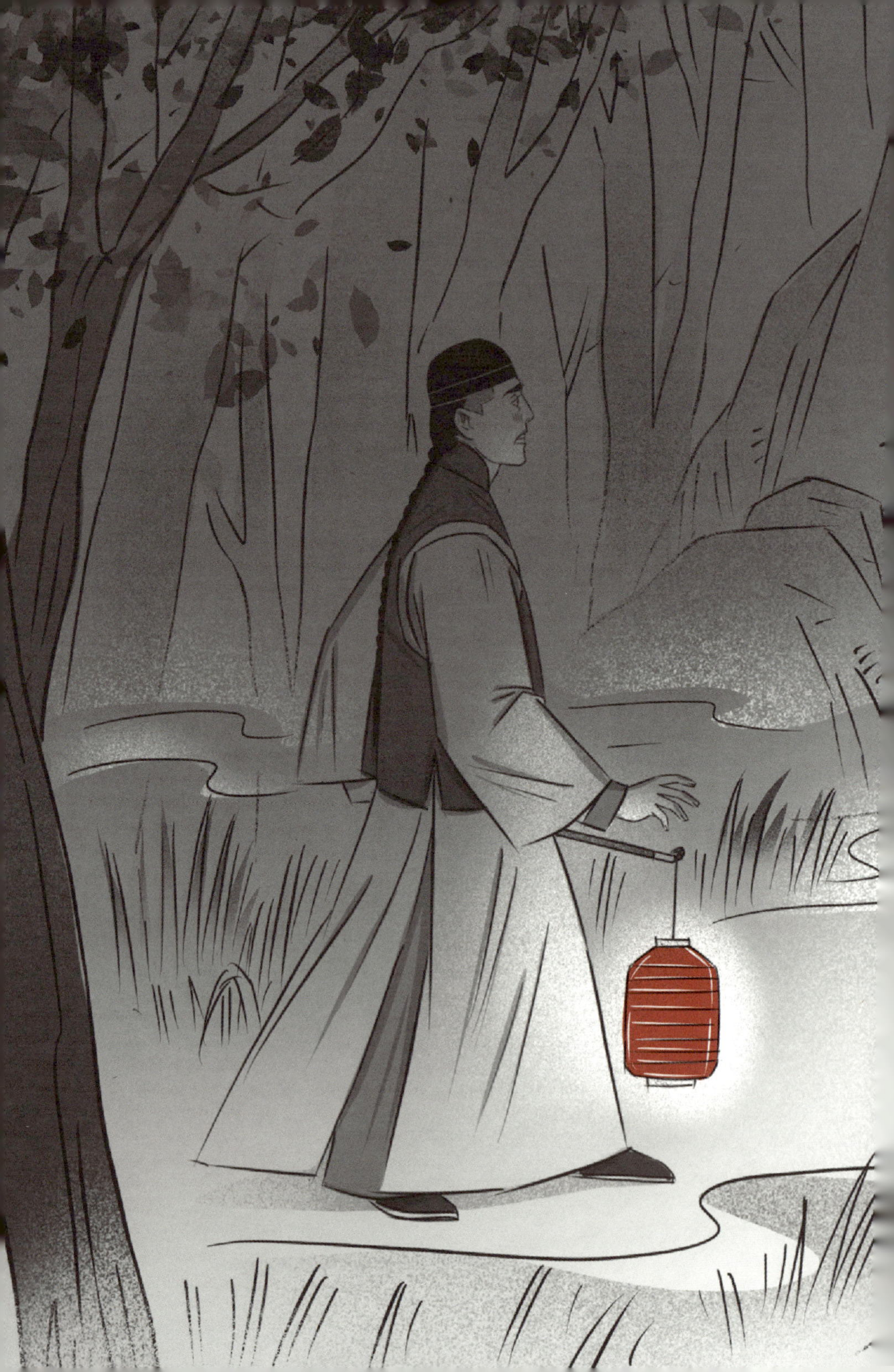

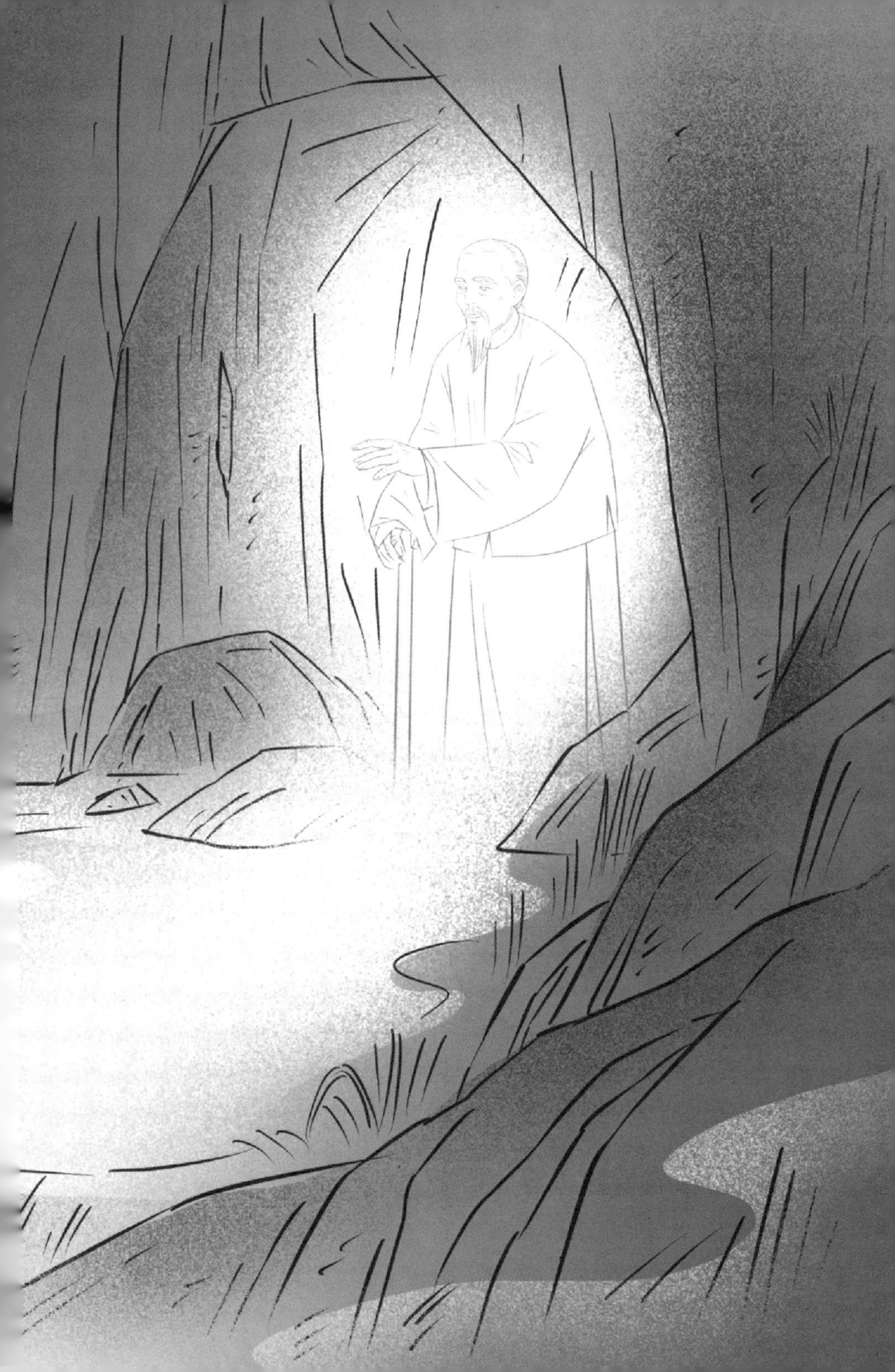

王觐光

方寸不乱鬼亦无奈

王觐光曾经说：壬午年间乡试的时候，他与几个朋友租了一间小宅院读书。王觐光居住的宅院中，半夜里灯光忽然暗下来，他将烛芯剪一剪之后，灯烛又明亮起来。只见一人从地中探出脑袋，对着灯吹气。王氏拍着书案呵斥它，此人急忙缩入地中。停了几刻钟之后，这个人又出来了，像这样来回了七八次，已经快要到四更天了，王氏不胜其烦，又仗着自己平时胆子大，也不想去喊同舍的人，就坐在那里静观其变。此人瞪大眼睛怒视着王氏，最终也没有从地下钻出来。王氏认为此人最终也不能有所作为，就熄灯睡下了。也不知道此人什么时候走的，但从此之后再也看不到了。

吴惠叔说："这大概是冤魂想要诉说什么，很可惜没有问问他。"而我认为，如果是冤魂的话，他应该悲伤地哭泣而不是怒目而视。粉房琉璃街往东走，都是年代久远的荒墓。居民多了之后要拓展土地，往往就将坟墓铲平后盖上房子，这一定是因为尸骨还在房屋内。活人的阳气很重，鬼被熏烤得难以安顿，所以变成怪物想把人驱赶走。王氏一开始拍着书案呵斥鬼，就表明不怕鬼，所以鬼没敢完全出来，但王氏见到鬼之后就去呵斥，表明心中仍然在意这个鬼，所以鬼不肯离去，至王氏熄灯睡下时，将此事全然置之度外，鬼才知道王氏不可撼动，所以就不再用虚的把

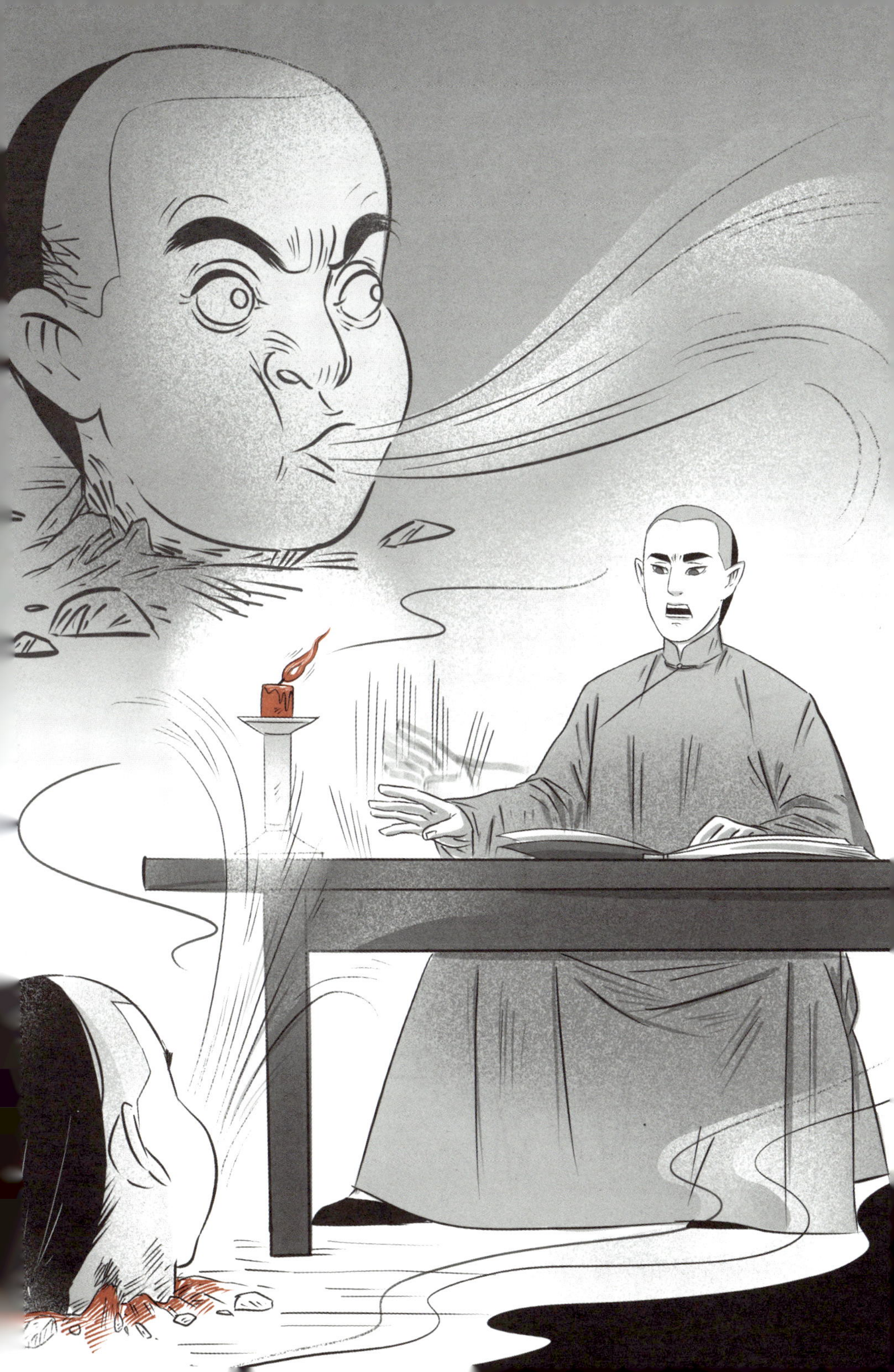

式来吓唬他了。

我小时候听大盗李金梁说过："凡是夜间行窃，被窃之人的家中听到盗贼的声音而发出咳嗽声的，表明他们心中胆怯，可以继续行事；听到盗贼的声音后，打开门来等待盗贼的，表明其内心胆怯，所以才向外人展示其勇敢；被窃之人家里寂然无声，不知道有什么动静，这一定是劲敌，如果贸然进攻，十之八九都会失败，此时就要量力而行了。"说的也是这个道理。

西山道士

审时度势的重要性

何子山先生说：雍正初年，有一个擅长符箓的道士，他曾经到达西山的最深处，喜爱山中的树林和泉水，于是准备在这里搭一间草房子，以便修行。当地人说道："这里是鬼魅的窟穴，人们在伐木采薪的时候，不结成一队的话，都不敢深入，这个地方连虎狼都不敢居住，先生您要好好考虑啊。"道士没有听从，很快鬼魅就发作了，要么偷他屋中的木材，要么托噩梦给他的工匠，要么打毁他的器物，要么污染他的饮食。道士就像走在荆棘丛中，每一步都有挂碍。就像四面烧起野火，风吹着树叶乱飞，就算千只手、千只眼也是应接不暇。

道士很愤怒，筑起坛宇，召唤天上的雷将，但神灵下降的时候妖鬼已经逃走了，搜索了很久也一无所得。神灵离开后没几天，这些鬼妖又回来了。像这样来回几次之后，神灵也怨恨道士的渎神行为，就不再回应了。道士于是一手拿着印章，一手拿着剑，独自与鬼妖战斗，最后被鬼妖打倒了，胡须也被拔掉，弄得面目全非。鬼妖又将他的衣服脱去，倒着悬挂在树上，后来遇到打柴的人才将他救下来，道士便狼狈地逃跑了。

这个道士大概是倚仗着他的法术才落得如此境地。大势所在，就算是圣人也不能违抗。党羽已成，就算是帝王也不能破除。实行久了，便很难改变，人数多了也就杀不完了。所以唐代

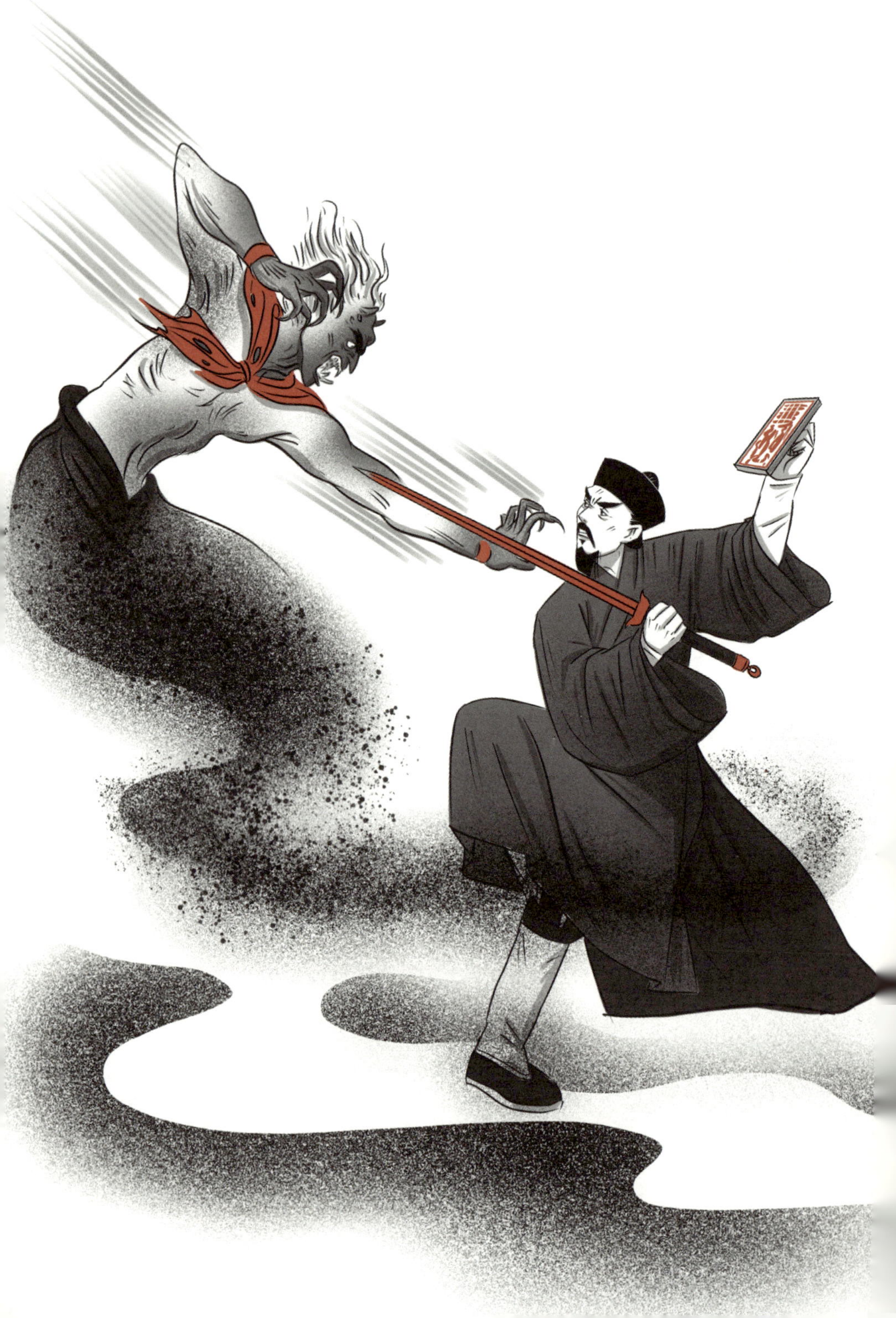

想要去除牛李党争，简直比去掉河北的藩镇还难。道士没有观察到敌众我寡的形势，没有考察主客的局势，不自量力而冒犯对方，最后失败也是应该的。

嗜好移人

河豚与赌博的危害

河豚鱼在天津这个地方才是最多的,当地人们吃河豚就像吃蔬菜一样,然而也经常有吃河豚吃死的,并不是每一家都擅长烹饪河豚。我的姨夫牛氏,号惕园,他说:有一个人特别爱吃河豚,最终中毒身亡。这个人死后托梦给他的妻子:"你们祭祀我的时候为什么没有河豚呢?"这真是死而无悔啊!

姚安公也讲了一个故事:村里有个人,刚刚能实现温饱,后来因为赌博而破尽家产。这个人临死的时候对他的儿子说:"一定要将赌具放到棺材中,如果世上没有鬼的话,就让它们与我的骨头一起腐烂;如果有鬼,在荒芜的草莽之中,不靠它们又怎能消遣时光呢?"等到殓棺的时候,人们都说:"死者要以礼葬之,胡乱说的命令不可听从啊。"此人的儿子说:"你们难道没有听说过'侍奉死者要像侍奉活人一样'吗?父亲活着的时候我不能劝谏他,死了之后我为何还要违背他的命令呢?我又不是讲学的人,你们不要干预我的家事。"最终他听从了他父亲的命令。姚安公说:"这是不合礼节的啊,但也体现了他的孝心,没有为自己的私心考虑。我厌恶的是每件事都遵从古代礼节,但对亲人的思念却很淡薄的人。"

姜 挺

老狐报恩

吴梅村还说过,有个叫姜挺的人靠贩卖布匹谋生,他经常带着一条花狗。有一天在独自行走时,路上碰到一个老头子喊他住下来,姜氏问道:"我们素不相识,你为何招我前来呢?"老头跪下把头磕得直响,说道:"我是狐狸,在前生害了你的命,三天后你的花狗就会咬断我的喉咙。冥冥之中,天数已定,我不敢逃死,但私自一想,这件事情过去了一百多年,你已经脱胎变成了人,而我堕落成了狐狸,你一定要追杀一只狐狸的话,对你有什么好处呢?而且你也不记得曾经被杀的事情,现在偶尔杀死一只狐狸也不会让你内心快乐,我想将女儿许配给你,以此赎罪可以吗?"

姜氏说:"我不敢把狐狸请到屋里,也不想乘人之危去劫持别人的女儿,我会免了你的罪,但怎样才能让我的狗不去咬你呢?"老人说:"只需要你手写一副帖子,说:'某某前生的负债,我如今自愿消除。'我拿着帖子去报告神灵,狗就不会咬我了。冤有头,债有主,解铃还须系铃人,就算是神灵也不会违背本人的意愿。"姜氏身边刚好带着笔和本子,就写了一张帖子给他。老人拿着帖子,欢呼雀跃地走了。

之后过了七八年,姜氏贩布的时候在江上遇到了大风浪,船帆解不下来，船快要翻的时候，只见一个人直直地爬上桅杆将绳索扯断，船帆全都落了下来。姜氏抬头一望，好像就是这个老人，但转瞬之间已不见了踪影。

人们都说这个狐狸懂得报恩，而我却说："狐狸连自救的办法都没有，又怎么能到千里之外去救别人呢？这是神灵觉得姜氏有好生之德，所以派狐狸去帮助他而已。"

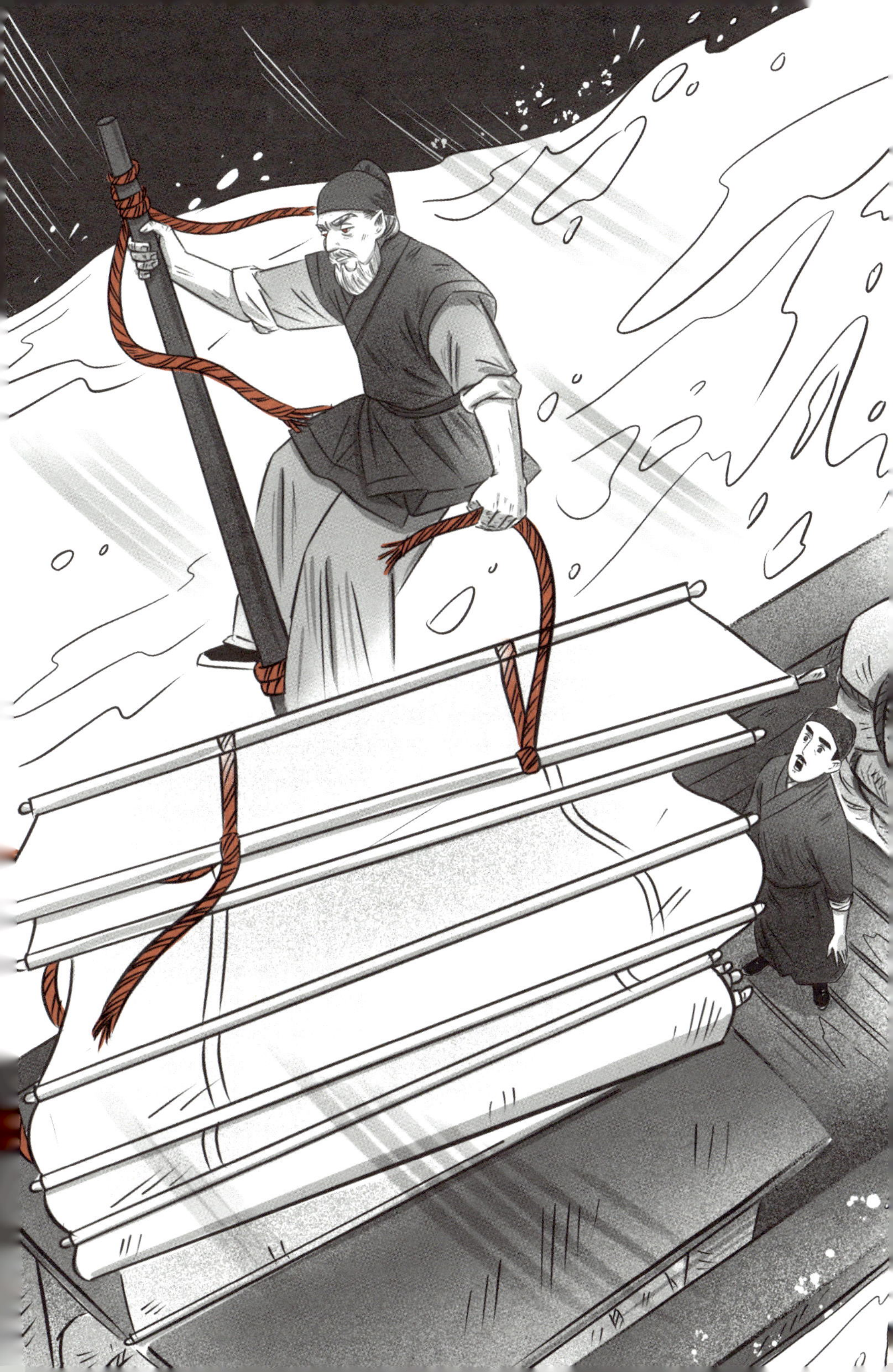

阅微草堂笔记

姑妄听之

西境野人

善良的野人

被流放乌鲁木齐的犯人刚朝荣说：有两个人到西藏去做生意，各自乘坐一匹骡子，走在山间迷了路，无法分辨东西方向，忽然看到十几个人从悬崖上跳了下来，心里怀疑是夹坝（西边部落的人将抢劫的强盗称之为夹坝，就好比额鲁特人将盗贼称为玛哈沁一样），逐渐靠近的时候发现他们全都身高七八尺，身上长满了毛发，有的是黄色的，有的是绿色的，面目长得像人又不太像人，语言啁哳不可分辨。二人知道自己遇到了鬼，心想必死无疑，全都颤抖着趴在地上。

这十几个人面对面大笑，并没有搏击、吞噬二人的样子，只是将二人夹在腋下，驱赶着他们的骡子往前走，来到一处山坳，把二人放在地上，将两匹骡马中的一匹推到山坎中，另一匹用刀切开了，吹起火种将骡肉烤熟，围成一圈，坐在那里吃肉。同时他们将二人提过来，每人面前放着骡肉。二人觉察到这些人并没有恶意，此时又饿又困，也就将骡肉吃了。吃饱之后，这十几个人都摸着肚子仰天长啸，声音就像马的嘶叫声一样。其中的两个人又像之前那样将此二人夹在腋下，像飞一样越过三四重山岭，敏捷的身躯就像是猿猴和飞鸟一样。这些人将二人送到官路旁边后，各自给了他们俩一块石头，然后瞥了一眼就离开了。石头大得像瓜一样，都是绿松玉。二人将玉石带回去卖掉，卖得的价钱

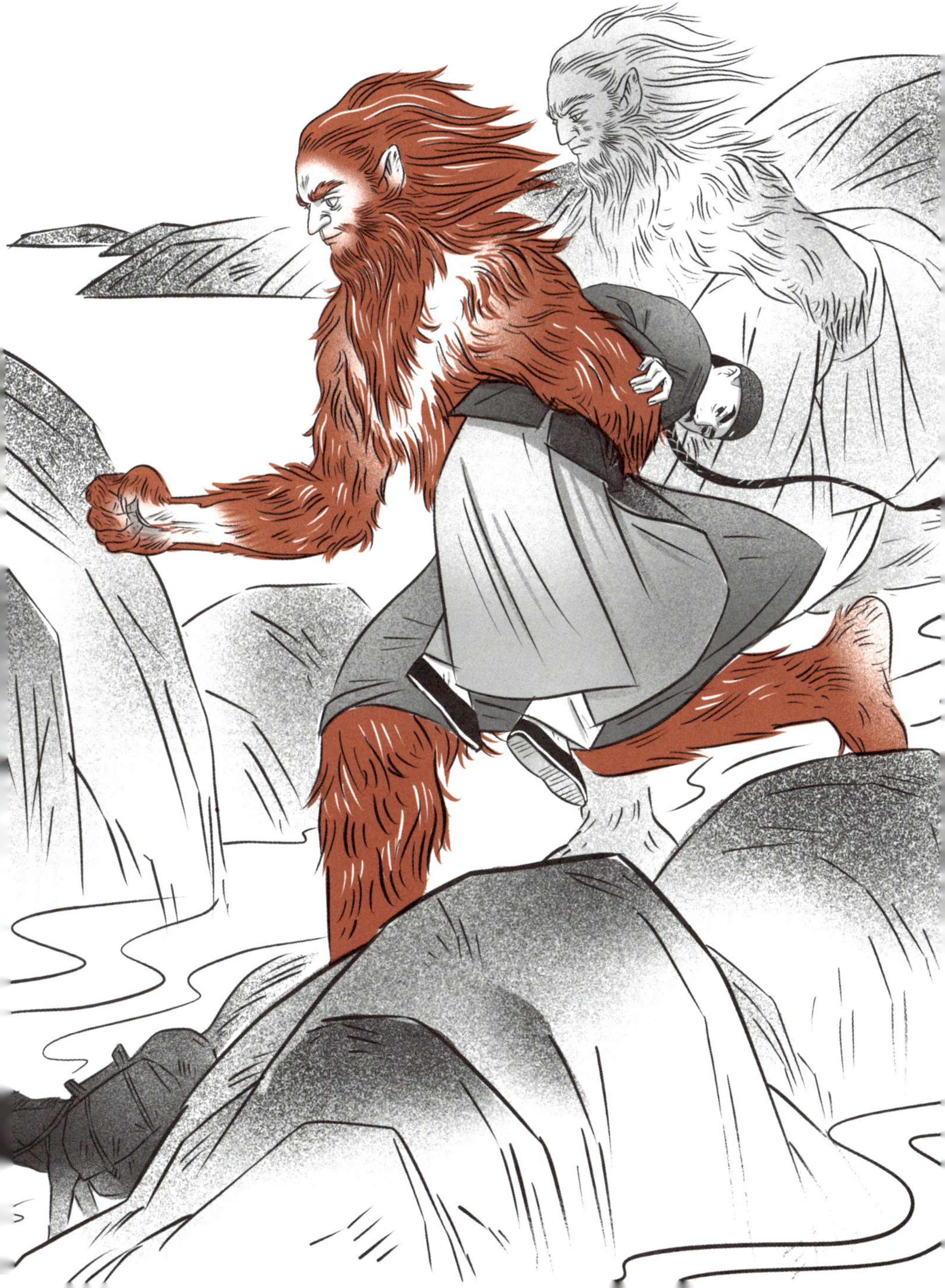

是二人丢失的东西价格的好几倍。

　　这件事发生在乙酉和丙戌之间,刚朝荣曾经见到二人中的一位,此人详细地述说了这件事。不知道这十几个人是山里的精灵,还是木客妖怪,观察他们的行为做事,好像又不是妖怪,可能是深山岩谷之中,本来就有一种野人,从古至今都没有与世人沟通罢了。

运河女魂

水底羁魂来鸣冤

乾隆戊午年间，运河的水很浅，运粮船首尾相接，无法前进，于是众人在一起表演戏剧、赛神仙，运粮官也都在场。当时正在表演《荆钗记》中的《投江》这一出，忽然扮演钱玉莲的那个人久跪地上哀号，声泪俱下，口中呢喃地在诉苦，听其语调，却是闽地的口音。声音啁晰，一个字都听不清楚，众人这才知道有鬼魂附身，于是就问她缘故。鬼却听不懂人的话，有人将纸和笔扔给她，女鬼却摇首，好像是说自己不识字，只是对着天地指指画画，一边叩头一边痛哭。众人没有办法，只好将她搀扶到岸上，她仍然在那呜呜咽咽，又叫又跳，直到众人散去才停止。

很久之后，这个演员醒了过来，她说自己突然看到一位女子，手中拿着自己的头从水中出来了。因为自己害怕极了，所以失了魂魄，昏昏沉沉的就像喝醉了一样，之后的事就完全不知道了。这一定是水底有被羁绊的冤魂，它看到这么多官员汇集在一起，所以才会出来鸣冤。因为没有看到冤魂的形状身影，人与鬼的言语也不相通，所以官府派擅长潜水的人寻求尸体，最终一无所获。最近也没有走失女子的，问也问不出个所以然，于是众官员将自己的姓名都写在官牒上，到城隍庙将官牒焚烧了。过了四五天，有个水手无缘无故地自刎而死，这个人大概就是杀害女子的凶手，是神灵来谴责他了吗？

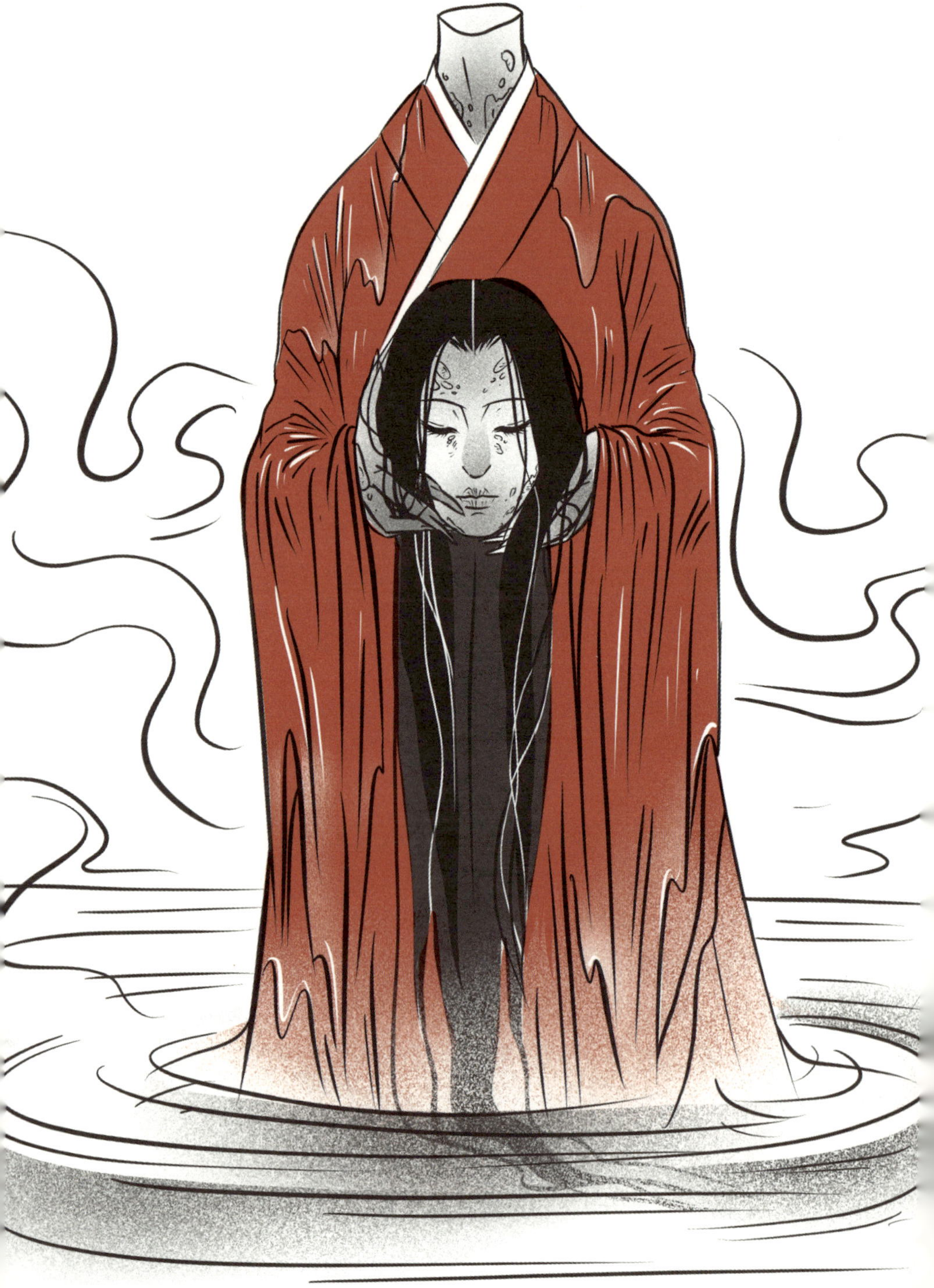

王仲颖

与鬼交谈而不与之斗

河间的王先生字仲颖，安溪的李文贞将他的字改为仲退，但王氏的字在之前流行已久，没有人用改后的字称呼他。王氏的名叫作之锐，是李文贞的高徒。王氏的经术精深，行为举止端正，是一个纯粹的古君子。乙卯至丙辰年间，我跟随姚安公来到京城，王氏的官职还只是国子监助教，没能见上一面，直到今天仍感遗憾。

相传王氏有天夜里偶然来到官邸后面的空院子里，去拔自己种的菜来下酒，恍惚之中好像看到一个人影，怀疑是盗贼，转眼之间又看不见了，这才知道是鬼魅，于是就用阴阳之人不应同路的道理呵斥了鬼。之后，王氏便听到丛竹之后有人说："先生您精通《周易》，一阴一阳，这是天道。人在白天出来，鬼在夜晚出来，这就是幽明之理。人不要去鬼居住的地方，鬼也不要去人居住的地方，这就是所说的人鬼异路。所以天地之间，人无处不在，鬼也无处不在。但二者并不相干，也不影响天地同时养育二者。如果鬼在白天去了您家里，您来责备我，这是应当的。如今已是深夜，这里地方也很空旷，您在鬼出没的时辰，来到鬼出没的地方，既不拿着灯烛，也不发出声音，我猝不及防，突然和您相遇，是先生您冒犯了鬼，不是鬼冒犯了先生。我恭敬地避开您，就已经足够了，先生您对我的责备为何如此之深呢？"

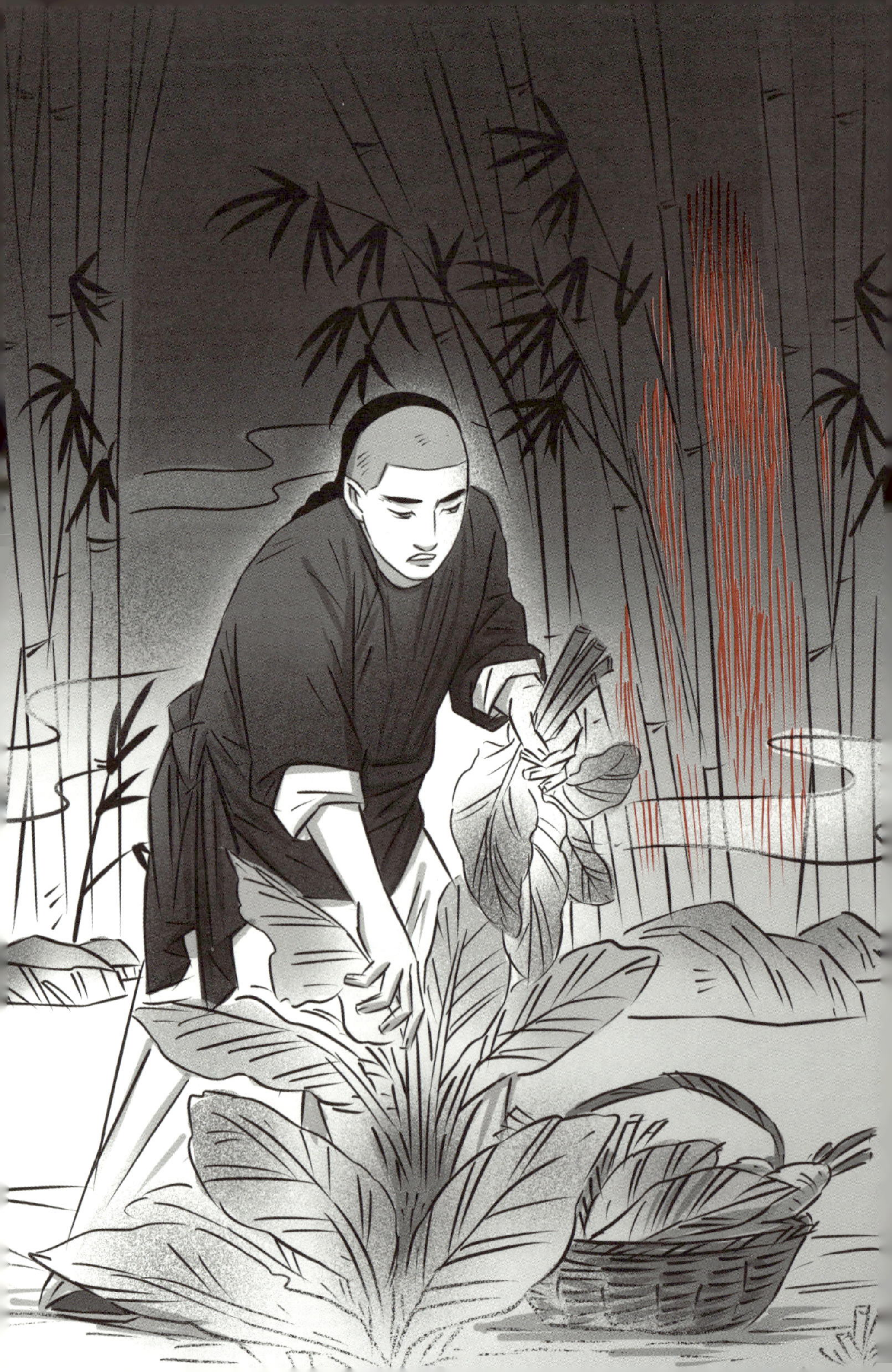

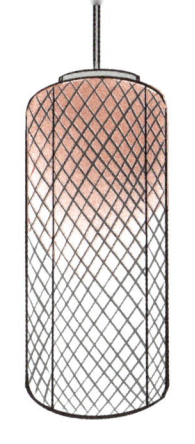

王氏笑着说："你的话有理，就不要再提此事了。"拔完菜之后就回来了，并将这件事告诉自己的门人。门人说："鬼既然能说话，先生您又不害怕他，为什么不问问他的姓名，暂时对他态度好一点儿，问问他阴间的事是不是真的，这或许也是格物的一种方法啊。"王氏说："这样的话就是与鬼亲近了，怎么能说得上是幽明异路呢？"

季沧洲

物畏同类

季沧洲曾经说：有个狐狸居住在某个人的藏书楼中已经十多年了，狐狸替主人整理卷轴，驱赶虫子和老鼠，就算是善于藏书的人也比不上它。狐狸能与人交谈，但始终没有看到它的样子。在宾客宴会之时，有时会为其虚设一席，它也会变成人形出来应酬，语言安静文雅，谈论精微，切中事理，往往令在座的众人倾倒。有一天喝酒的时候，大家打起了酒官司。相互约定，每个人说一说自己害怕的东西，说得没有道理就要罚酒，如果所害怕的东西不是唯一的，也要罚酒。

有人说最怕讲学的人，有人说最怕名士，有人说最怕有钱的人，有人说最怕大官，有人说最怕拍马屁的人，有人说最怕过分谦虚的人，有人说最怕繁文缛节的礼仪，有人说最怕生性慎重、欲言又止的人。大家最后问狐狸最怕什么，狐狸说："我害怕狐狸。"众人一阵喧哗，大笑道："说人害怕狐狸还可以，你和他们是同类，有什么害怕的呢？你要喝上一大杯！"

狐狸嘲笑道："天下只有同类才是最可怕的。南方的蛮人与北方的夷狄是不会抢土地的，江海上的人与乘坐车马的人不会争抢道路，因为他们不是同类。凡是争家产的，必定是同一个父亲的儿子；凡是相互争宠的，一定是同一个丈夫的妻妾；凡是争夺权力的，必定是同一个官署中的人；凡是争利的，必定是同一个

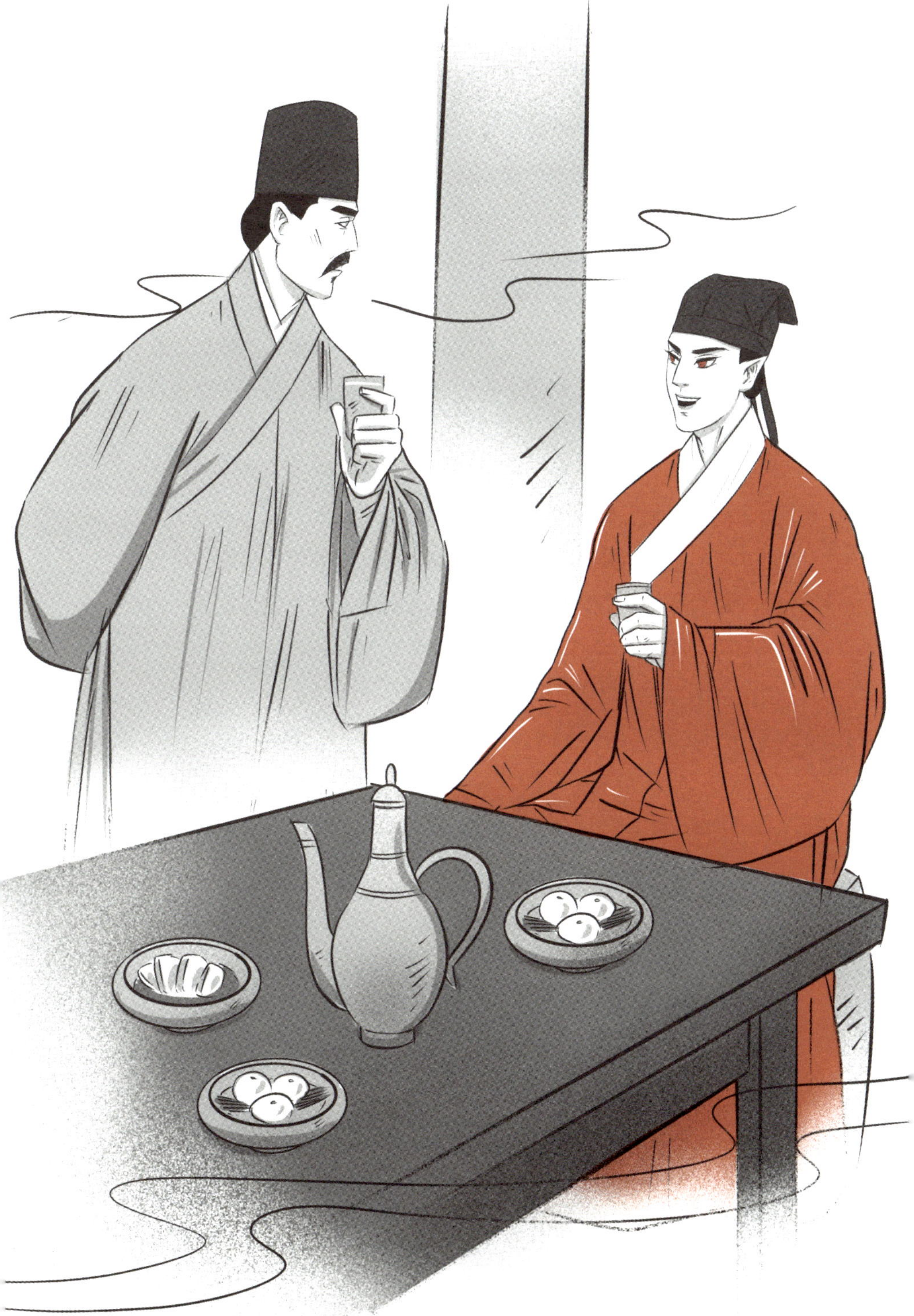

集市上的商人。因为势利相互有妨害，所以才会相互倾轧。而且射野鸡的人一定用圈养的野鸡做诱饵，而不会用家鸡；捕鹿的人用圈养的鹿做诱饵，而不会用羊和猪。那些反间计中的内应，也都是他们的同类，不是同类就不能投其所好，就不能趁机打入其中。要是从这一点来考虑的话，狐狸又怎能不害怕狐狸呢？"

座位中有一个人经历了很多的艰难险阻，他不停地称赞此言有理。唯独一位客人斟了一杯酒来到狐狸面前，说："你说得确实有理，但这是天下人共同害怕的，并不是只有你害怕的，你还是要喝上一大杯。"众人便一笑而散。

在我看来，狐狸被罚的一大杯酒应当减半，因为人与人之间相互掣肘、相互倾轧，天下的人都知道。但潜伏在手肘、腋窝之间，最后成为心腹大患的，假托水乳交融之情而老谋深算、内心暗藏钩子的，不知道的人也许就很多了。

紫 桃

小人趁隙方可入

金可亭（此人是浙江的孝廉金氏，名叫嘉炎，和大司农金氏同姓同号，各为一人）曾经说：有一个做监司官的赵氏，晚年的时候住在家里，得到了一个叫紫桃的婢女，专宠一身，其他的姬妾无法与之相比。紫桃也温婉可人，善于侍奉，只要喊她，她就一定在旁边，从来没有出现差错。赵氏本来就是聪明善于观察的人，怀疑其中有异常，于是就在枕边诘问她，紫桃自己承认道："我是狐狸，但前生夙愿便是侍奉你，对你没有危害。"赵氏因为与紫桃真心相爱，也没有将此事说出。赵氏家有一座园亭，一天他站在两间房屋中间喊紫桃，而两间房屋中各自走出一个紫桃，赵氏大受惊吓。紫桃道歉说："这是我的分形术。"

偶然一个春日，赵氏拄着拐杖来到郊外，碰到一个道士，就与之交谈。赵氏觉得道士的话非常有理，相谈甚欢。赵氏就问道士从何而来，道士说："我是为了你才来的，你本来是天上的谪仙人，期限满了之后要回到神仙三岛，如今你的金丹已被狐狸盗走了，回不去了，如果再不治理，阳寿也要削减。我是你的老朋友，所以才来看望你。"赵氏心里知道是为了紫桃的事情，便邀请道士一同回去。道士在厅堂上叉开腿坐着，叫人拿来一副纸笔，长啸一声之后，府邸之中纷纷扰扰，有几十个紫桃，梳着相同的妆容，穿着相同的衣服，没有一丝一毫的差别，在庭院中满

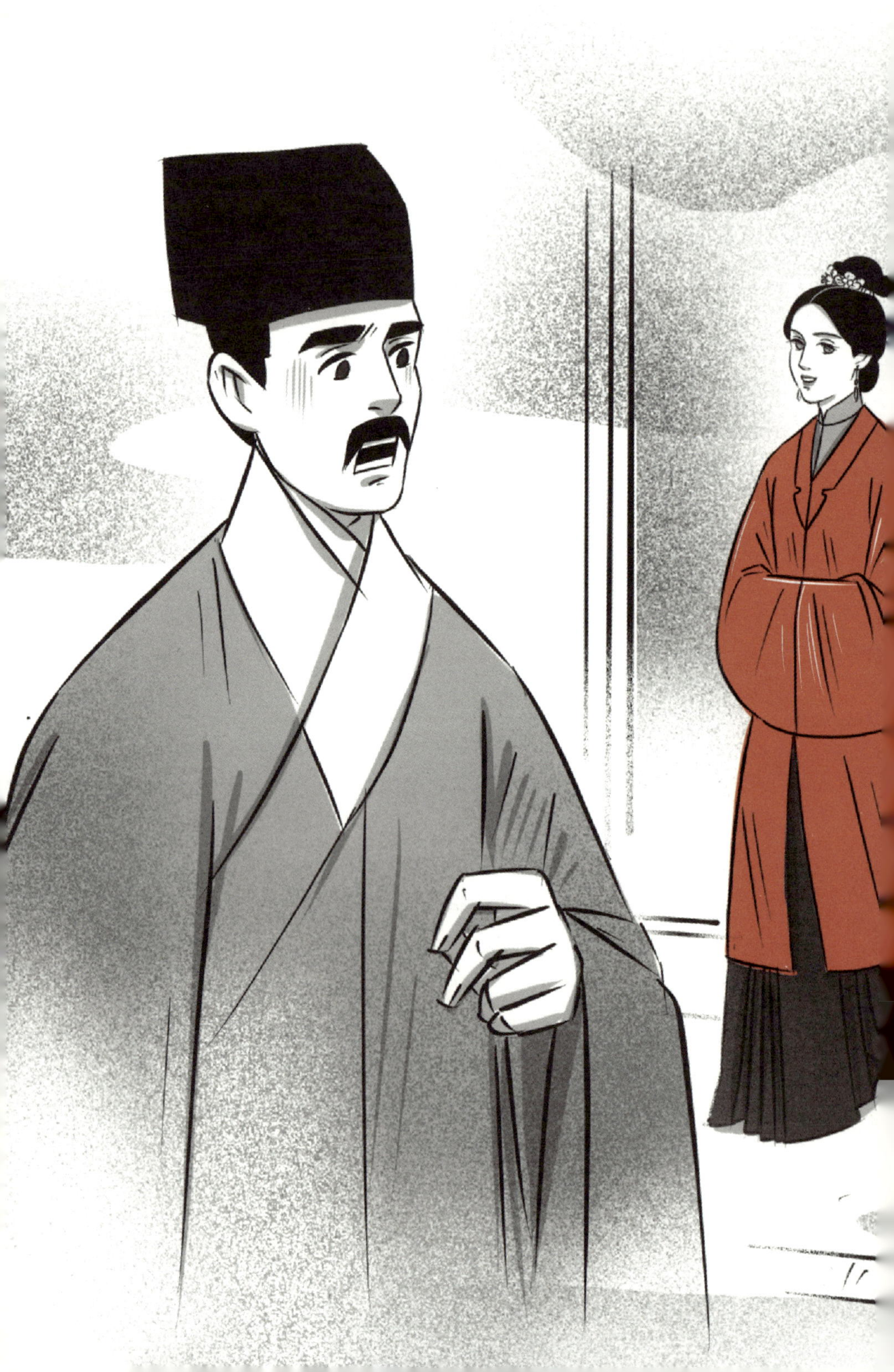

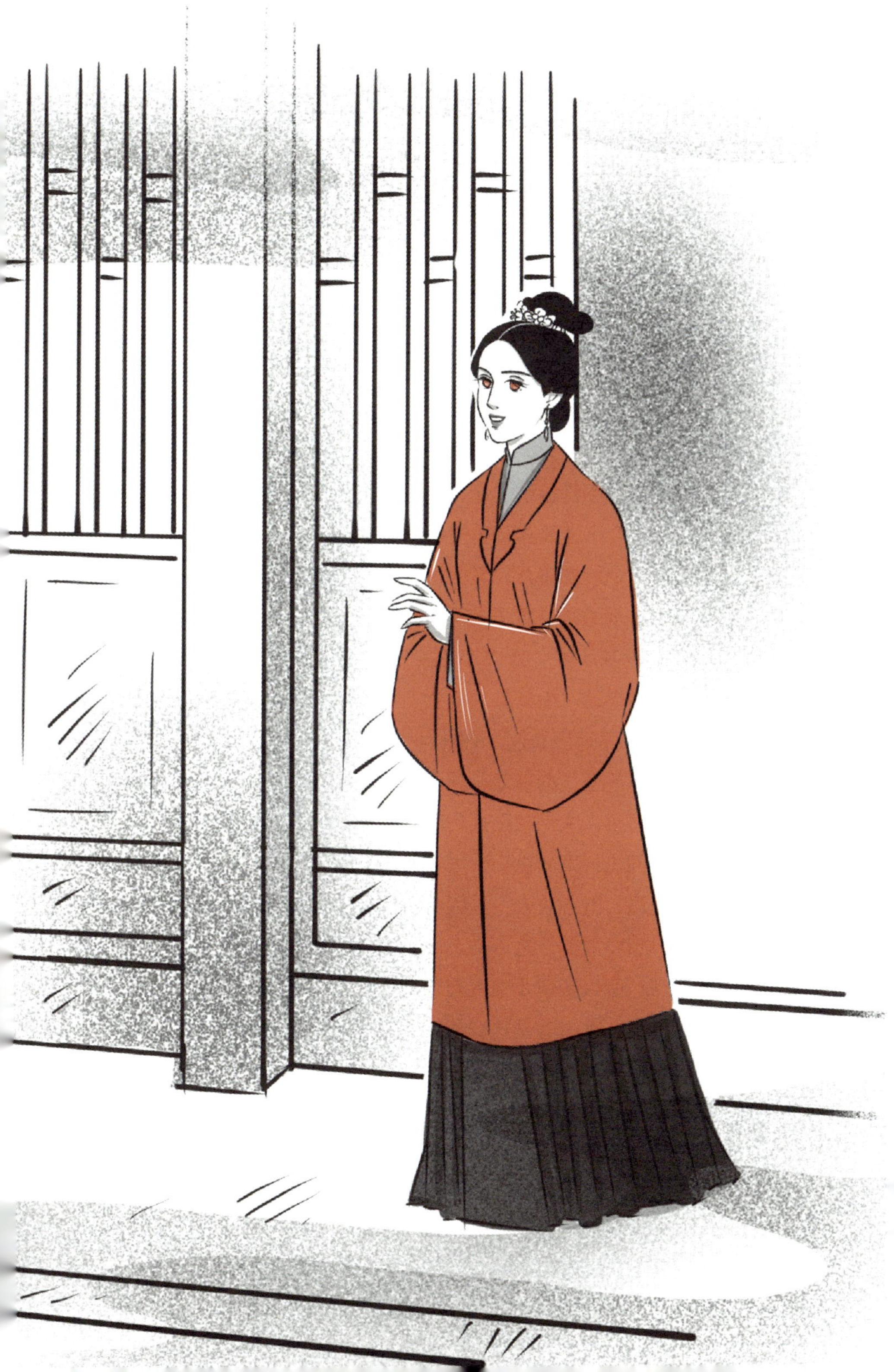

满地跪着。道士喊道："真的紫桃出来。"众人左右相顾，说："没有真紫桃。"道士又将最先走出来的那个紫桃喊出来，呵斥道："你偷了赵公的金丹，这就已经错了，又呼朋唤友，一定要败坏我的道术，这是为何？"

女子回答道："有两个缘故。赵公的前生，已经修炼了四五百年，元关坚固异常，如果不是轮番攻取就一无所获；但赵公也不是碌碌之辈，如果看到众多美人轮番而进，肯定会察觉到这是蛊惑，断然不肯接纳。所以我自始至终都变化成一种外貌来隐藏自己。如今事已败露，我便从此散去。"

道士挥手令紫桃离开，又回过头来对着赵氏叹息道："小人们一起献媚并进的话，君子是不肯接受的。一个小人在君子旁边伺机观察，投其所好，众多小人又暗地里帮助，君子就不会有所察觉了。《周易·姤卦》'初六'中说，一阴始生的时候，它的象是金柅，柅是用来刹车的，表示停止。不停止的话，就到了'履霜而坚冰至'的境地，渐渐地就到了《剥卦》'六五'的境地。今日之事，大概就是这样吧？然而如果没有缝隙，即便是小人也没有伺机行事的机会。如果没有爱好，小人也不能投其所好。千里之堤，溃于蚁穴，是因为有缝隙的缘故。是你先误入了旁门邪道，想要成仙，之后又沉溺于美色之中，失去了本心，嗜欲逐渐变深，所以妖怪才乘机聚集到你这里。是你起的头，别人又有什么错呢？本来就是这个道理，你驱赶它却不谴责它，就是因为它乘虚而入。我来得晚了一些，对你的事情已经没有什么帮助了，但你从此收住内心，清心寡欲的话，仍然会有九十岁的高寿。请你再三珍重啊。"说完就走了，赵氏之后果然活到了八十多岁。

哈密屯军

野狐修炼内丹

在哈密屯守的军人，一般在西北的深山中牧马。小官吏有时会到深山中考察牧马的情况，中途经常在一户民家休憩，主人是个老人，有时会摆上瓜果，态度非常恭敬、谨慎。久而久之，双方逐渐熟悉了，小官吏很奇怪老人为什么没有邻居，而且既不耕作，也不种菜园，在寂寞的空山之中，靠什么活下来呢？

有一天，小官吏就诘问其中的缘故，老人找不到言辞来回应，说道："我其实是蜕去外形的狐狸。"小官吏问道："狐狸喜欢住在离人近的地方，你为何住在偏僻之处呢？狐狸都是成群地聚集，你为何独处呢？"老人说道："修道必须要在世外幽远的地方栖息，如此精神才能坚定。如果到城市中来住，嗜好欲望就会逐渐加深，难以锻炼形体，服食气息，这样就免不了去采补人的精气，以此来修炼外丹。如果伤害的人过多，就会冒犯上天的戒律。如果到废墟坟墓中去，种类就太多了，踪迹很容易被人发现，往往招来猎杀，更非远离危害的方法，所以这些我都没有做。"

小官吏很喜欢老人的诚朴，也不再猜疑、害怕，两人约为兄弟，老人也欣然接受。小官吏走出房屋小便时，沿着墙头看了一圈，老人笑道："凡是变形之后的狐狸，它的屋室都是虚幻的。蜕去形体的狐狸，它的屋室都是真的。我自从尸解以来，已经归于人道很久了，这些都是我亲自用树木和茅草修筑起来的，你不用怀疑它们像海市蜃楼一样。"

他日，众人前往之时，屯军说在明月之夜，没有看到人的形状，只看到石壁上时不时有两个人影，全都有一丈多高，怀疑是鬼魅，准备改换牧场。小官吏就前去询问，老人说："这是所谓的木怪、石怪，吸收了山川的精气而生的。刚开始的时候它们像泡沫、露水一样，久而久之凝聚成形，但仍然是空虚的，没有形体，所以月光之下只能看到影子。再过一百多年，它们精气充足之后就有形质了。这两个怪物我之前也见到过，对人没有危害，不需要躲避。"

之后小官吏泄露了此事，这个老人也搬走了，只有两个影子如今还在。这是哈密的守备官徐氏说的。徐氏说他早就想和同一个军营的人前去观看，因为往返路程要好几天，当时没空就没去。

沧州石兽

石兽原来在上游

沧州南边有一座寺庙靠近河边，寺庙的山门在河水中崩塌了，门前的两个石兽也沉入水中。过了十几年，僧人募化资金后重新修建了寺庙，想在水中找到这两个石兽，但始终没有找到。众人以为石兽被水冲到了下游，于是划着几条小船，拖着铁耙子找了十几里路，根本没有找到石兽的痕迹。

一位在寺庙中讲学的先生听说之后，笑道："你们不懂得细究物理啊，石兽又不是小木片，怎么能被洪水冲走呢？石头是坚硬而沉重的，水底的沙子是松软的，石兽埋在沙子中越来越深，你们顺着河流往下找，不是傻吗？"众人很佩服他，认为这个观点是正确无疑的。一个守河的老兵听说后，又笑道："只要是在河中丢失了石头，都要到上游去找。因为石头是沉重的，沙子是松软的，河水不能将石头冲走，水的反击之力会在石头下面冲刷出一个坑穴，随着水流的激荡会越来越深，坑的深度达到石头高度的一半时，石头必然会倒在坑里。如此反复循环，石头就会逆流而上了。在河水下游找石兽是傻子，在河底泥沙之中找石兽不是更傻吗？"

众人根据老兵的话去找，果然在上游几里之外找到了石兽。所以天下的事，只知其一、不知其二的太多了，是可以根据自己的臆想来判断的吗？

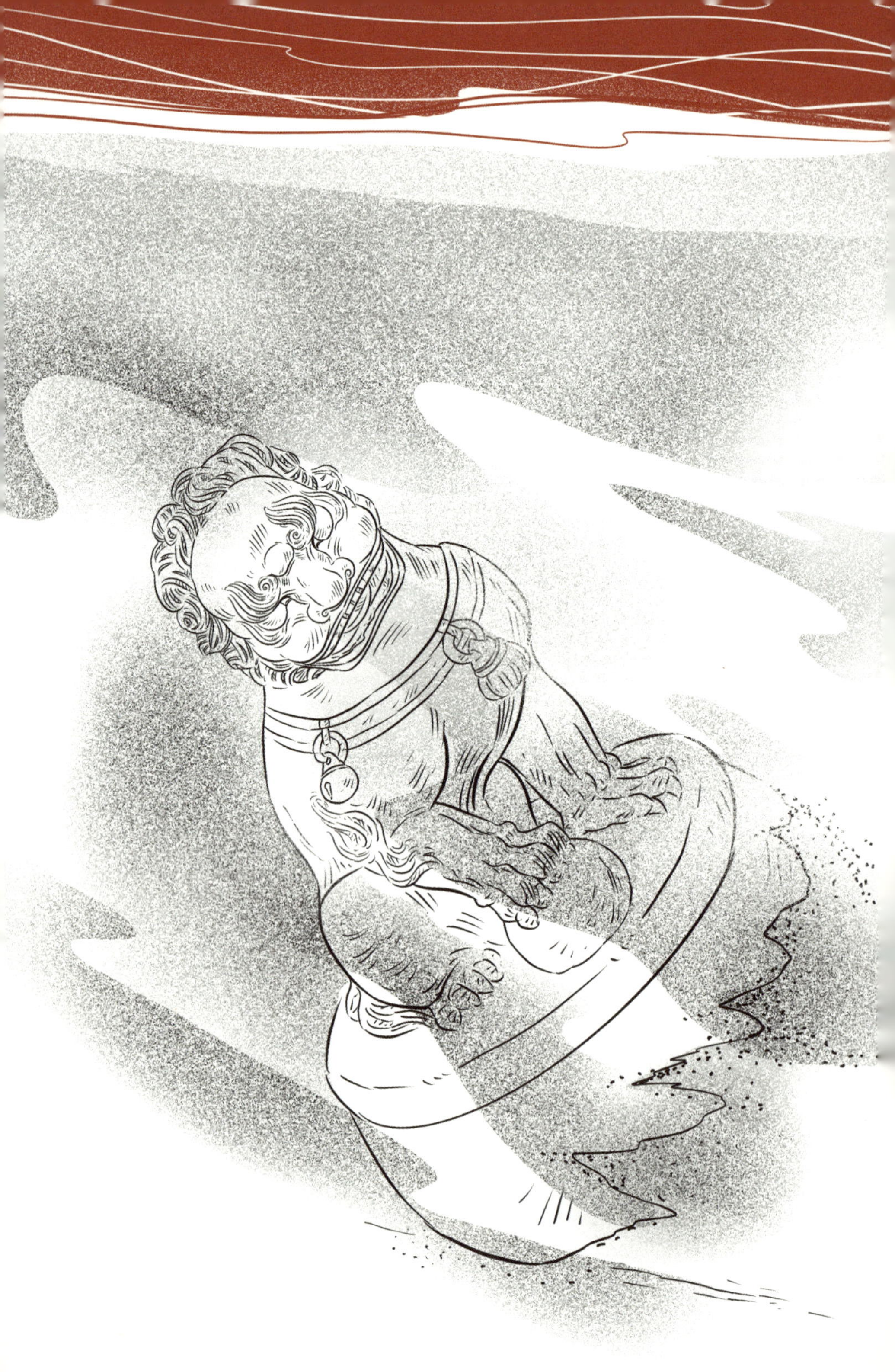

王恩溥

多疑败事

青县的王恩溥,是我祖母张太夫人乳母的孙子。有一天夜里他从兴济回家,明月如昼,看到大树下有几个人聚在一起饮酒,杯盘狼藉。一个少年邀请王氏入座,座中一位老翁很生气地对少年说:"大家素不相识,不要恶作剧。"然后又一脸严肃地对王氏说:"你应该赶快离开,我们不是人类,恐怕这些少年对你不利。"王氏吓了一大跳,狼狈地逃跑了,回到家之后,气都喘不过来了。后来王氏参加亲戚的葬礼,忽然见到了这个老头儿,几乎被吓倒在地上,只是连连地喊着鬼。老人笑着将他扶起来,说道:"我喜欢喝酒,每天都喝不够,前几天正是月夜,承蒙邻居们邀请来聚饮,酒喝得已经不多了,刚好碰到你路过,我害怕增添一人之后我就喝不尽兴了,所以才把你骗走,你竟然把这事当真了吗?"当时宾客满堂,大家都笑得前俯后仰。

宾客中有一个见到此事后,总是向别人说起。后来,他偶然一次路过废弃的祠庙时,看到几人在一起饮酒喧哗。那几人也邀请他入座。此人觉得酒味有异常,心里正在怀疑的时候,已经被这群鬼挤到深水沟里了,群鬼变成磷火荧荧地散去。天快亮的时候,他才被一个农夫救出来。从此之后,此人就吓破了胆,反而怀疑王氏之前见到的是真鬼。后来有人在路中碰到这个老头儿,这老头竟然不敢与人交谈了。这事是我的表兄张自修说的。

戴恩诏却这样说：确实有这事，但传闻是颠倒的，是这个人先遇到了鬼，王氏听说了这个事。后来王氏偶然在夜里路过某个村子，碰到了他一个多年未曾再见面的朋友，朋友邀请他一共饮酒，王氏怀疑他的朋友已经死了，挣脱衣袖之后就奔走了。后来两人在别人的婚礼上见面了，于是相互大骂。

不知道这两种说法到底哪个是真的，但如果听信张自修所说的，就应该知道不能因为偶然经历的一件事情，就认为每件事都是这样；如果听信戴恩诏所说的，也应该知道不可以因为偶然经历的一件事，就认为事事如此。这样反而会因为多疑而败事。

京师人情

没有白占的便宜

  人情之狡诈，没有比京师更厉害的了。我曾经买了十六枚罗小华的墨锭，装墨的匣子又黑又破，看起来真的像旧文物啊。试了之后才发现，原来是泥丸上染了一层黑水而已。墨上的白霜，也是将匣子掩埋在湿地中产生的。还有，丁卯这一年乡试，我在小寓买蜡烛，却不能点燃，原来蜡烛是用泥捏的，上面裹了一层羊油而已。还有人在灯光下卖烤鸭，我的堂兄买了之后才发现，卖鸭的人已经将鸭肉吃完，剩下完整的骨架，将泥巴装进骨架内，外面用纸糊好，染上烤鸭的颜色，再涂上油，只有两个鸭掌和鸭头、鸭脖是真的。还有，我的仆人赵平花了两千个铜钱买了一双皮靴，非常开心。一天下了暴雨，他穿皮靴出去之后却光着脚回来了，原来靴筒是用高丽的黑油纸做的，然后将其揉搓出皱纹，鞋底是用糨糊粘的破棉絮，再用布缝了起来。

  其他造假的货物往往都是如此，但这些都是小物件。有一个候补的官员看到对面有个少妇非常端庄、美丽，前去询问，才知道她的丈夫在幕府谋生，将家室留在京城中，少妇与她的母亲住在一起。过了几个月，少妇的家里忽然糊上了白纸，全家也都在号哭，原来是收到了她丈夫的死讯。家里摆好奠堂，又请和尚来诵经超度，还来了很多吊唁的人。之后，少妇将家中的衣物都卖了，说自己缺衣少食，准备再嫁，于是候补的官员就入赘到少妇

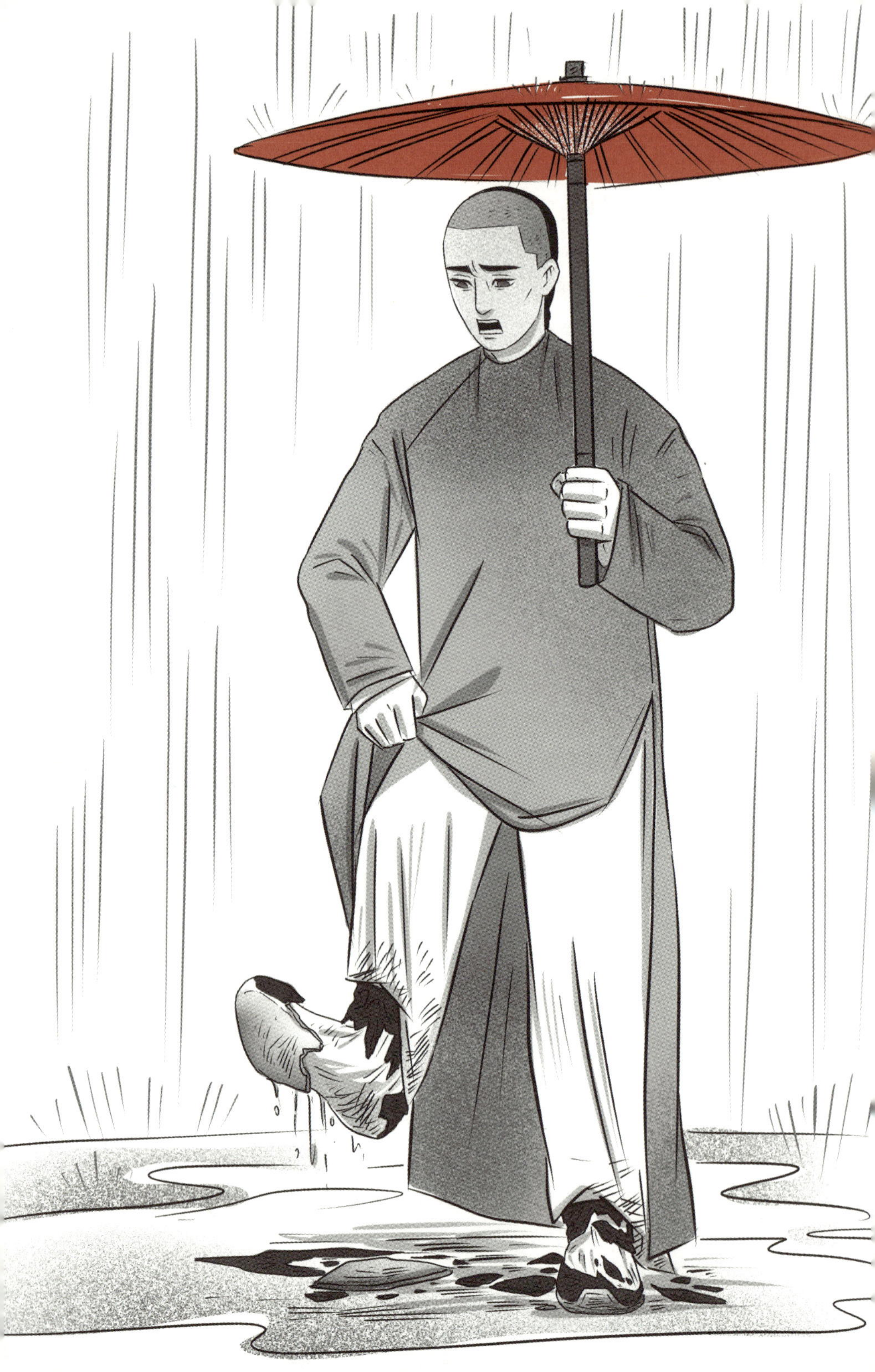

家中。又过了几个月,少妇的丈夫突然回来了,这才知道之前传错了信息。她的丈夫很生气,准备将他们告到官府。少妇母女苦苦哀求,最后留下了候补官的行装,将其驱赶了出去。过了半年之后,候补官在巡城御史那里又见到了这个少妇在对簿公堂,原来之前回来的那个男人是少妇的情人,是和她一起骗取别人钱财的,后来少妇真正的丈夫回来了,事情就败露了。骗人的伎俩真是越来越出奇啊!

还有一事:西城的一座宅院,大概有四五十间房子,每个月的租金要二十两金银,有一个人住了半年多,他总是提前支付租金,主人也就不再多问。一天他也不告诉主人,忽然关上门就走了。等主人来察看时,眼前满是屋瓦,一片狼藉,屋上连根柱子都不见了,只有前后沿街的屋子还在。大概这个宅院有前后门,租客在后门开了一家木材店,然后偷偷地将房主人屋子上的木材也混在其中一起卖掉了,因为房主人和租客各住在一条巷子里,所以房主人也觉察不到。因为屋子又是成片的,搬运时也没有破绽,真是神乎其神了。

上面所举的几件事,受骗的一方,有人想占小便宜,有人想图方便,因为贪婪而中计,也不能全怪骗子。文敏公钱氏说:"和京城里的人打交道,斤斤计较地守护好自己,不掉入陷阱之中已经很不容易了。只要稍微见到小便宜,里面必定藏着奸诈。那些巨奸、大蠹虫们,有千奇百怪的骗人方法,怎么会有便宜落到我们头上呢?"这话说得太对了!

王青士

至亲至爱不可弃

王青士曾经说,有个弟弟密谋抢夺哥哥的家产,于是将官府的师爷请到密室之中,二人在灯下筹划,师爷替他设下详细的机关陷阱,连同反间、内应等都布置得很周到。谋划已定,师爷捋着胡须说:"你哥哥即便是猛如虎豹,也难从铁网中出逃了,但你准备如何谢我呢?"弟弟感恩地说:"我和你是至交,情同骨肉,怎敢忘记你的大恩大德。"

当时两人在一张桌子前对坐,忽然桌子下出现一个人,身上长着像蓑衣一样长长的毛,目光如炬,跷起一只脚,绕着屋子跳舞,指着师爷说:"你要好好想一想啊:此人将你视为骨肉,你不是很危险了吗?"一边笑着,一边跳舞,然后跳到屋檐上离开了。二人与在旁边服侍的童子全都吓瘫在地上,家人察觉到屋内的声音有异常,将众人喊到一起前来察看,屋内之人已经昏了过去,没有知觉了。众人将水灌入他们口中,到了半夜,童子先醒了过来,将所见所闻详细地说了一遍,剩下的二人到天亮时才醒过来。他们的密谋已经泄露了,人们议论纷纷,阴谋也没有实行,弟弟连续好几个月都闭门不出。

相传有一人与歌伎非常要好,想将她从乐籍中脱离出来,歌伎没有答应。此人又许诺让她住在另外的住宅中,像对待正妻一样对待她,歌伎更加拒绝。此人感到很奇怪,就询问原因。歌伎叹息道："你抛弃了你的结发之妻而将我隐藏起来，这样做的话，我可以将终身托付于你吗？"歌伎这番话与鬼说的话，可以说是所见略同了。

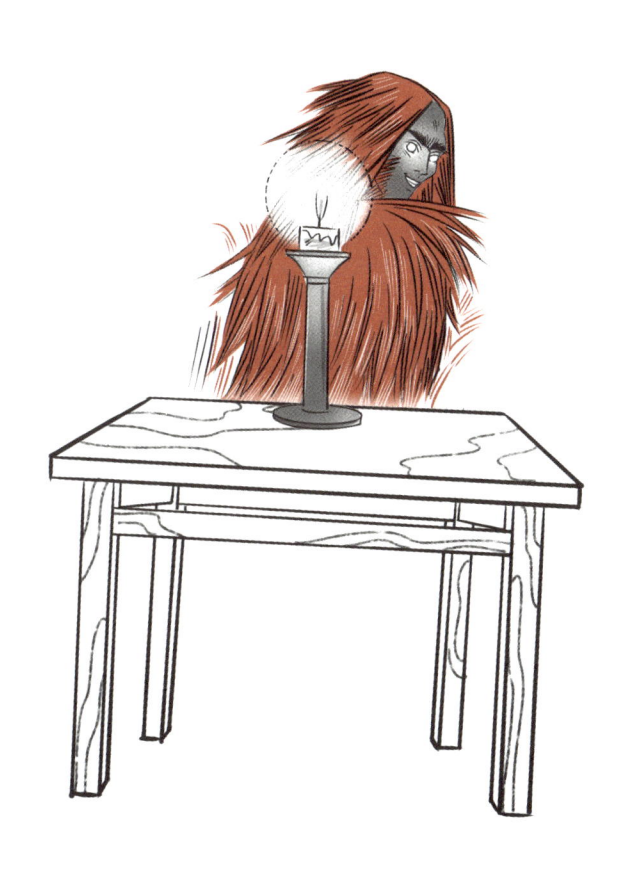

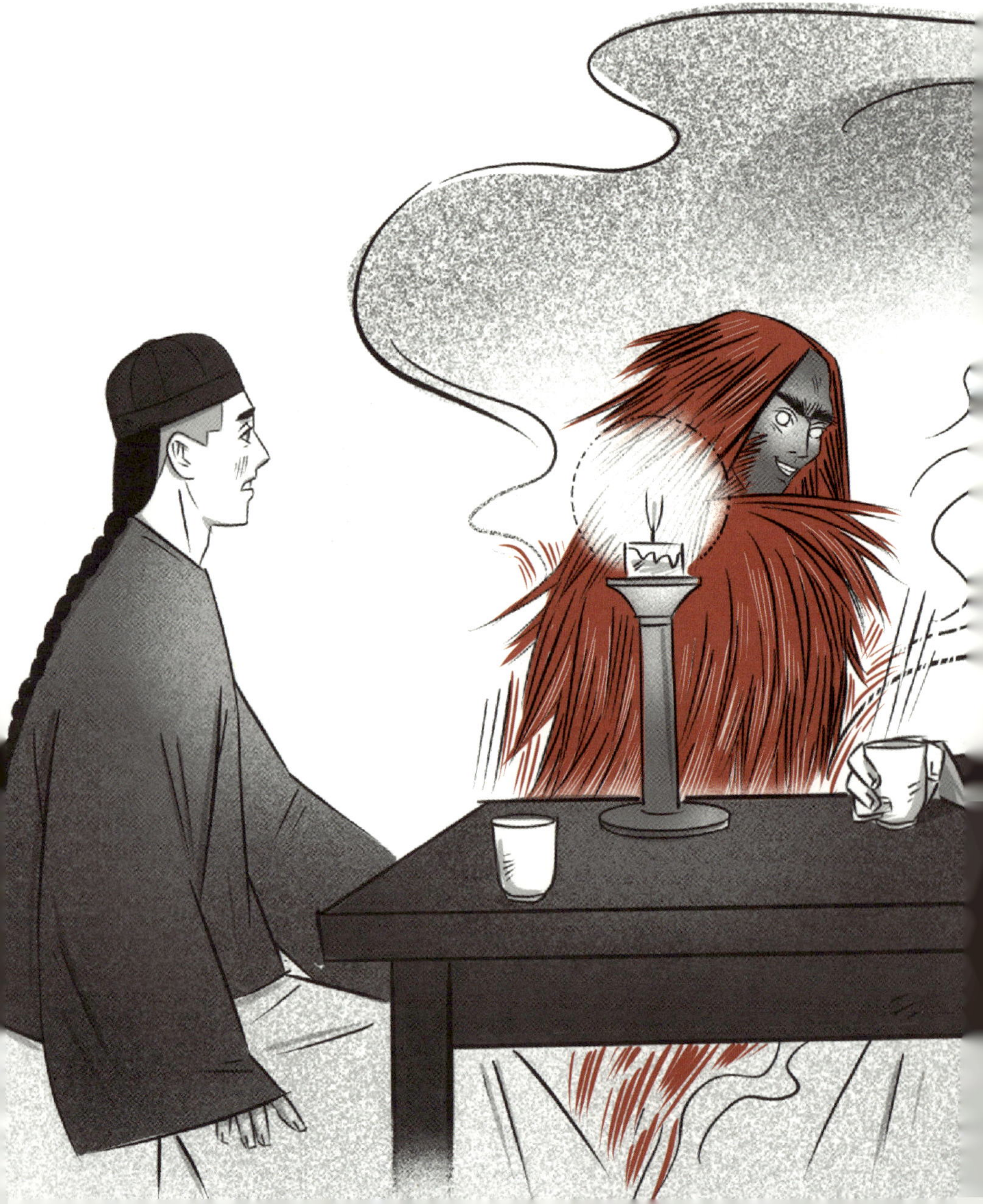

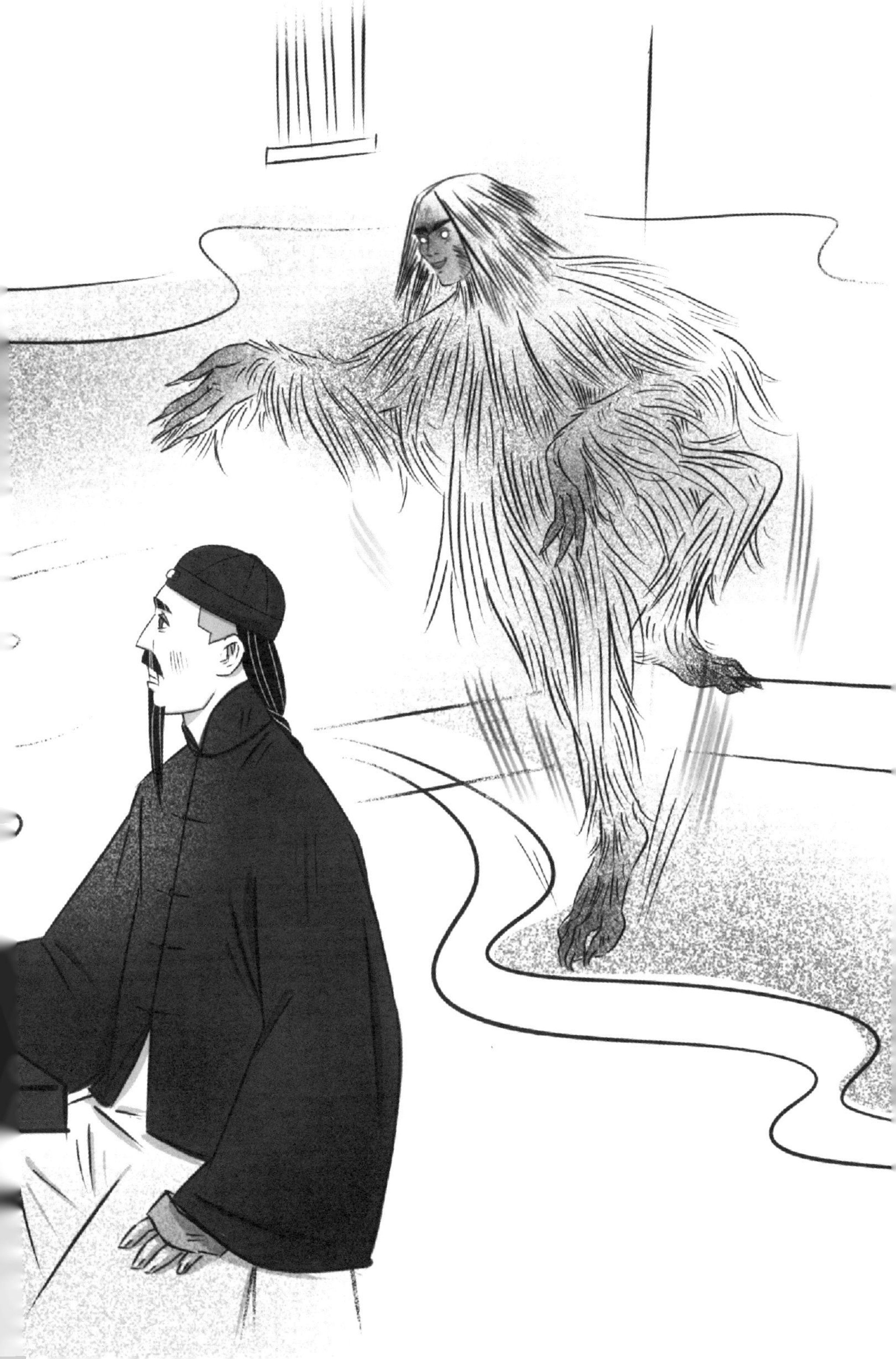

鬼狐争屋

不可借小人而求胜

戴东原曾经说,有个狐狸居住在一户人家的空房子里,能够与房主人用语言交谈,甚至相互赠送物品,有时也相互借用器物,双方相安无事,就像邻居一样。一天,狐狸对房主人说:"你另一间空屋子里,有一个居住了多年的吊死鬼,你最近拆了房子之后,吊死鬼没有地方住了,就来和我争抢房屋,时时变成可怕的形状来吓唬我的孩子们,这就已经很可恨了,他又施加法术,让我得了忽冷忽热的疟疾,尤其不堪忍受。某个道观有个道士,他能治鬼,你为什么不去求他来除去此害呢?"房主人果然去道士那求了一帖灵符,在庭院中焚烧之后,一会儿就狂风暴雨,电闪雷鸣。房主人正在惊愕之时,听到屋瓦在不停地响,就好像有几十个人在上面奔走践踏一样,屋上有个声音喊道:"是我太失算了,现在后悔也来不及了,再过一会儿,天神就会下来击打我们,吊死鬼会被绑起来,而我也会被赶走,如今我要与你告别了。"如果不能忍受一时的愤恨,而是急于出一口恶气,没有不两败俱伤的。借鉴这个狐狸的事,就可以明白了。

我的表哥吕氏也说,有人遇到狐狸为患,请来一个道士焚符、念咒,狐狸走了之后,这个道士却贪得无厌地索求钱财,时不时派木头人、纸老虎去骚扰这户人家,得到贿赂之后,狐患会暂时停止,过了十天半月又是这样。道士带来的祸害比狐狸还要

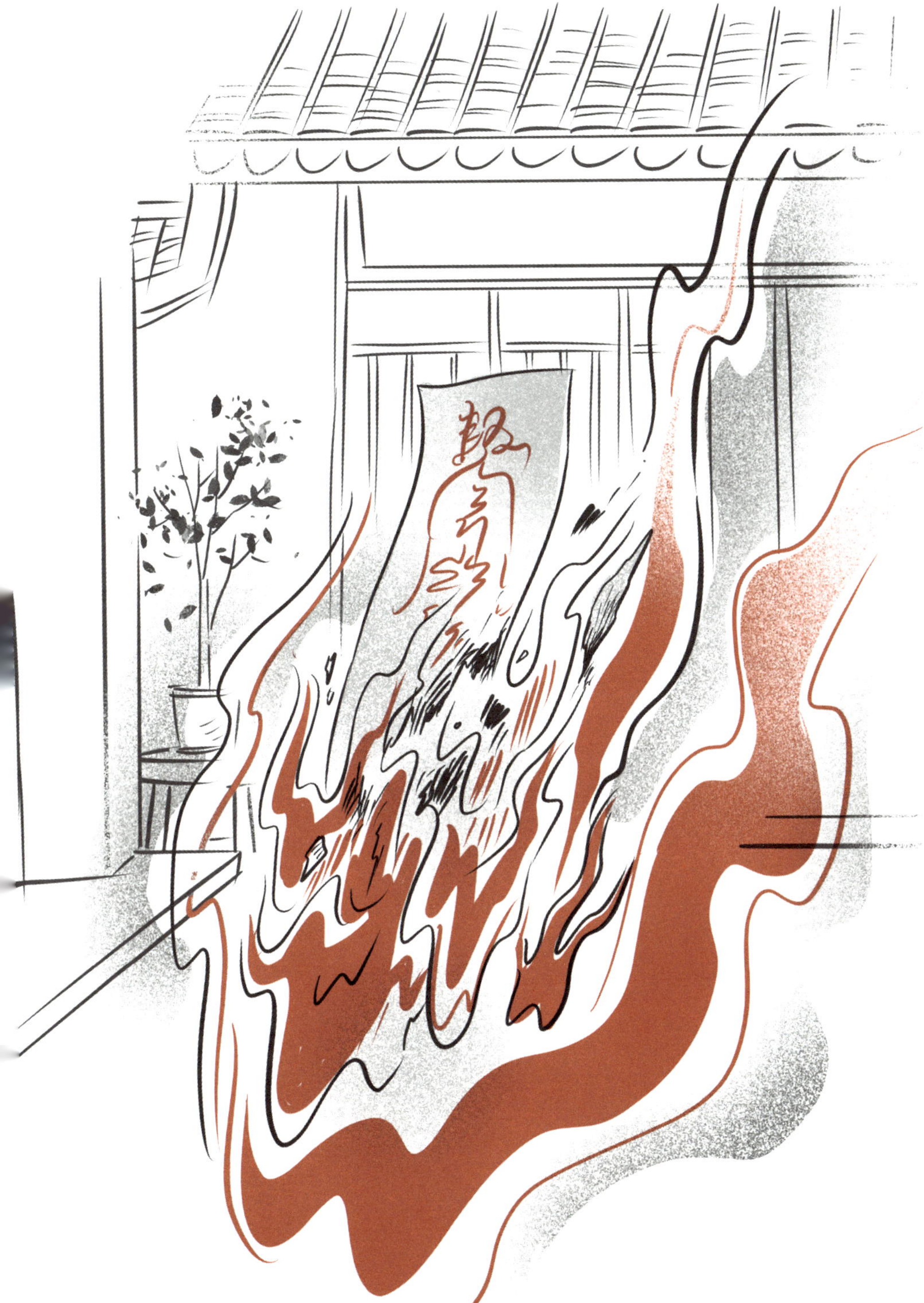

严重，只好带着家人搬到京城躲避。因为急于求胜，而借助小人来帮忙，没有不被反噬的，这也是一个例子啊。

丁药园

女狐据理力争

丁药园曾经说，有一个孝廉四十岁了还没有儿子，他便买了一个小妾。小妾非常聪明，正妻心中不自安，早晚对小妾辱骂。过了一年之后，小妾生了一个儿子，正妻就更容不下她了，最后将此小妾转卖到很远的地方。孝廉心中怅然若失，独自一人住在书斋里。半夜还没睡着的时候，小妾忽然掀起帘子走了进来，孝廉惊问她从哪里来的，小妾说："我是逃回来的。"孝廉沉思一番之后，说道："你是逃回来的，恐怕会有人追捕你，家中的妒妇又怎肯隐藏你呢？而且事已至此，你回来之后又有谁能容下你呢？"小妾笑着说："我不骗你，我其实是狐狸。之前我以人类的身份来到这里，人类有人类的道理，我不敢不忍受耻辱。如今我以狐狸的身份前来，变化多端，神出鬼没，对方又哪里能知道呢？"于是二人又像之前那样生活，时间久了之后，事情被童仆和婢女泄露了。

孝廉的正妻非常生气，花重金请道士前来整治狐狸。一位道士将小妾抓了起来。小妾不服气，甩着胳膊和道士争论道："孝廉因为无子而纳妾，那么纳妾就是合理的。我生下儿子后又将我赶走，那么我的丈夫就是负心人。无缘无故地将我赶出去，罪过不在我啊。"道士说："既然已经将你赶了出去，又怎么可以私自返回呢？"小妾说道："被赶出去的母亲在还没有再嫁的时候,与她的儿子情义并未断绝。被赶出的妇人还没有嫁人的话,与她丈夫的情义也未断绝。更何况将我卖出去的是那个妒妇,并不是我的丈夫赶我走。丈夫仍然接纳了我,说明我并未被驱逐,为什么不能返回呢?"道士生气地说道:"你原来是禽兽,怎么敢依据人类的道理呢?"小妾说:"人类的心变成兽心之后,无论是在阳间还是在阴间,都会受到惩罚。禽兽的心变成人心之后,反而就有了罪过。法师啊,你根据的是什么宪法典章呢?"道士更加生气地说:"我执掌着五雷之法,是用来诛妖的,其他的我就不知道了。"小妾大笑道:"妖也是天地中的一物,如果它没有罪的话,天地也未尝不孕育此物。上帝都没有诛杀的,法师你要全杀光吗?"道士拍着桌案说:"媚惑男子,难道不是你的罪吗?"小妾说:"我是按照礼仪纳进来的,就不能算是媚惑。如果真是媚惑的话,我就会吸取他的精气,这个人早就成枯槁的树木了。之前我在他家过了两年,我回来之后又过了五六年,他的身体仍然健康强壮,你所说的媚惑体现在什么地方呢?法师,你接受了妒妇很多的金钱,罗织我的罪名,用你的残酷来成就对方的忌妒,我会服气吗?"

二人在问答之间,道士回过头来去看他所招来的天神天将,但他们已经不知道去了哪里,道士无可奈何,瞪着眼睛说:"我现在不和你争,明天我会再召唤天雷。"第二天正妻再去催促道士设立法坛,却发现道士已经在夜里逃走了。道士所持的法令虽然是正途,但道士收受了贿赂才去执行法令,所以鬼魅就不会害怕,神兵天将也对道士有所不满。相传刘念台先生在做总宪的时候,在御史台写了一副对联:"无欲常教心似水,有言自觉气如霜。"可以说是抓住了根本。

朱立园

为鬼捎信

李庆子曾经说,朱立园在辛酉年北上参加顺天府乡试时,夜晚路过羊留县的北边,因为要绕路避开泥泞的道路,于是在迂回之时走错了道路,也没有旅店可以休息,远远地看到树林外有户人家,就尝试着前去投宿。到了之后才发现房屋是土和瓦建造的,大概有六七间房子。一位童子走出来接待客人,朱氏详细地说明借宿的需求。一位老翁穿着简朴的衣服,将朱氏请入一间侧房,喊人点上灯烛,灯光却暗淡无光。老翁说:"今年庄稼歉收,灯油的质量不好,令人非常郁闷,但也没有办法啊。"又说道:"夜已经深了,不能为你提供晚餐,只有村酒可供小饮,不要认为我轻慢你啊。"

二人相谈甚欢,朱氏问道:"你家中还有什么人啊?"老人说:"我孤苦伶仃,只和老妻和童子、婢女一起生活。"老人问朱氏要去往哪里,朱氏说要北上赶考。老人说:"我有一封信和少量的物品想寄到京城,但偏僻的道路上没有邮差,如今很幸运遇到你。"朱氏问:"四周都没有邻居,你一人住在这里不害怕吗?"老人说:"我只有几亩薄田,监督奴婢们去耕种,于是就和他们住在了一起,家里很穷,也没有积蓄,所以不怕有盗贼。"朱氏说:"我的意思是,旷野之中怕有鬼魅啊。"老翁说:"鬼魅我没有见过,你如果害怕这个,我陪你坐到天亮,可

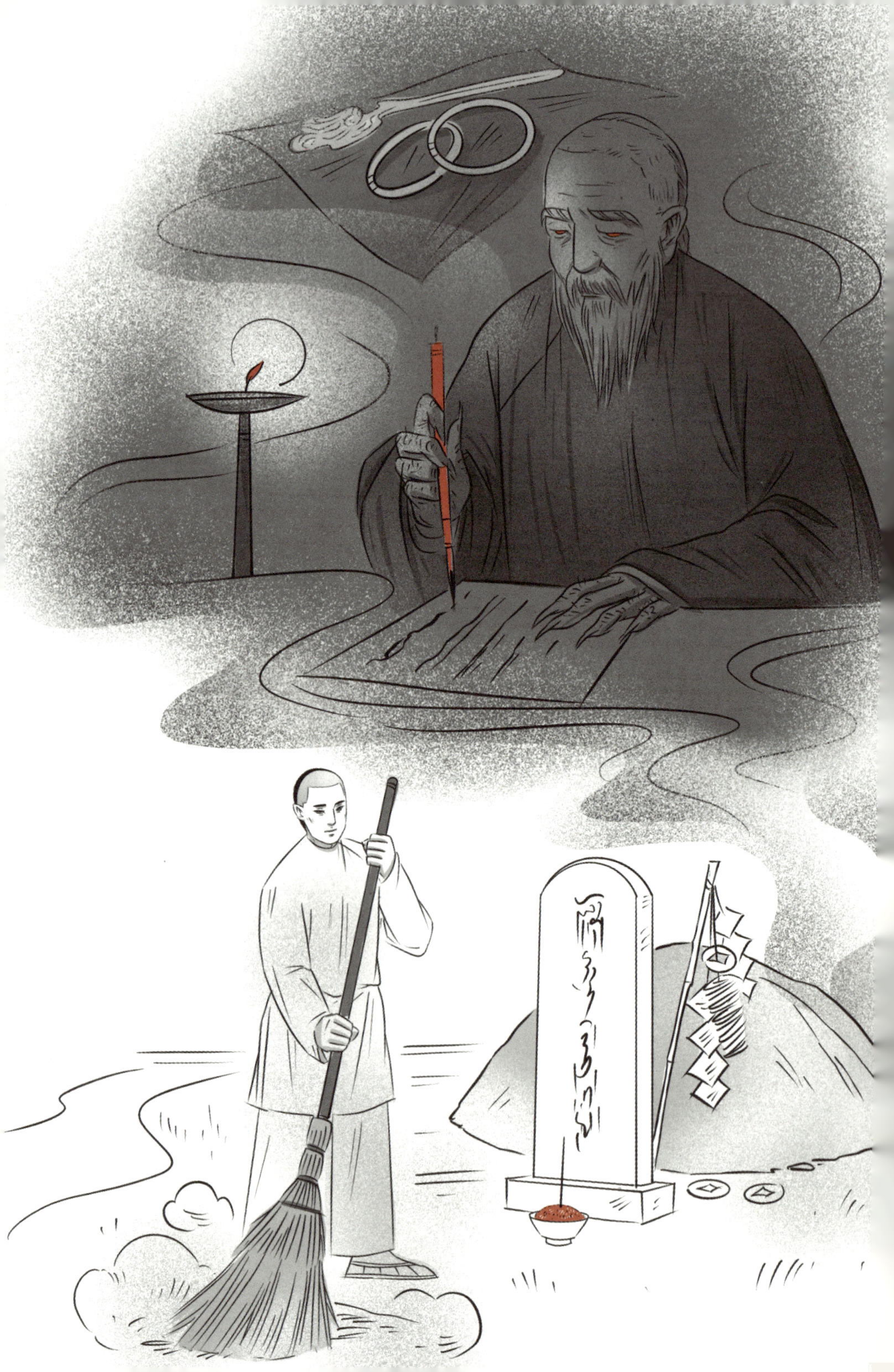

以吗？"于是老翁向朱氏借来纸和笔，到房间内写了一封信，又将一些杂物封在信函之内，用旧布将信件包裹起来，外面用针密密地缝起来，交给朱氏，并说道："地址我已经写在信封上了，你到了京城，拆开就知道了。"

天亮之后，二人作别，老人又叮嘱千万不要将信弄丢了，之后二人才互道殷勤而分手。朱氏到了京城后，拆开布袋子，信封上写道"朱立园先生启"，所寄之物为一双金簪和一双银钏，信中写道："我年老之时还没有儿子，受了妻子的蛊惑，将女婿作为自己的儿子，到外孙这一辈，还偶尔来墓前祭扫，之后就被视为异姓。祭祀用的纸钱、麦饭，都已经很久没有看到了。三尺孤坟，很快也要坍塌了，我在九泉之下承受这种痛苦，再多的后悔也难以追回了。这些微薄的陪葬品，希望你拿去卖掉，在回来之后，用所得的钱修理一下我的坟墓，并且稍微地疏通一下坟墓南边的水道，这样大水就不会浸到我的墓室里来。如果你能答应我的请求，我一定会像杜回那样结草报恩。我知道你很害怕鬼，到时我会在暗中向你叩头，不敢露出我的外形，希望你不要怀疑。亡人杨宁顿首。"

朱氏看后，惊出一身冷汗，才知道自己遇到了鬼。因为书信中提到了回程一事，朱氏知道这次肯定考不中，之后果然如此。朱氏回到羊留县，用售卖金簪和银钏的钱，找来仆人修理了荒坟，最后就没敢再去过。

辟尘珠

一个一个地试

确实有能够避开尘土的宝珠,我外舅马周箓曾经遇到过,但可惜的是没有亲眼看到它的外形。当初在隆福寺有卖杂货宝珠的,人们在地上铺一块布,世俗称之为摆摊。卖珠人将小筐放在布上面,即使遇到大的风霾,也不会有一点儿尘土。有人开玩笑说:"你的布囊里有辟尘的宝珠啊!"这个卖珠人很鲁钝,并不相信,只是随口应承了一下。就像这样过了半年,有一天,卖珠人忽然跺着脚大喊道:"我真的把宝贝给卖掉了。"大概是这一天突然刮来一阵沙尘暴,这才知道之前果真是宝珠替他避开了沙尘。

医书中有吃响豆治病的方子。所谓的响豆,就是在夜晚爆响的槐树籽。一棵槐树上面只有一颗响豆,难以辨认。找出响豆的方法是:在槐树开花的时候就用丝网罩在树上,以防止鸟雀啄食。槐花结籽之后,又将它们用布囊缝起来,将其作为夜晚用的枕头,听不到声音,就将里面的槐树籽抛弃。就这样一个接着一个地枕,必然会有一个枕头发出爆响声。然后将这个枕头中的槐树籽分成两个枕囊,听到响声后再按照相同的方法将其分离,最后分离到只剩两颗槐树籽,这样就可以得到响豆了。这个人所卖的宝珠,想来也不是很多,如果按照这种方法分开尝试,很快就能得到宝珠了,为什么会与宝珠失之交臂呢?此人竟然毫不醒悟,最终抛弃了这个宝珠,只能怪他的禄相微薄了。

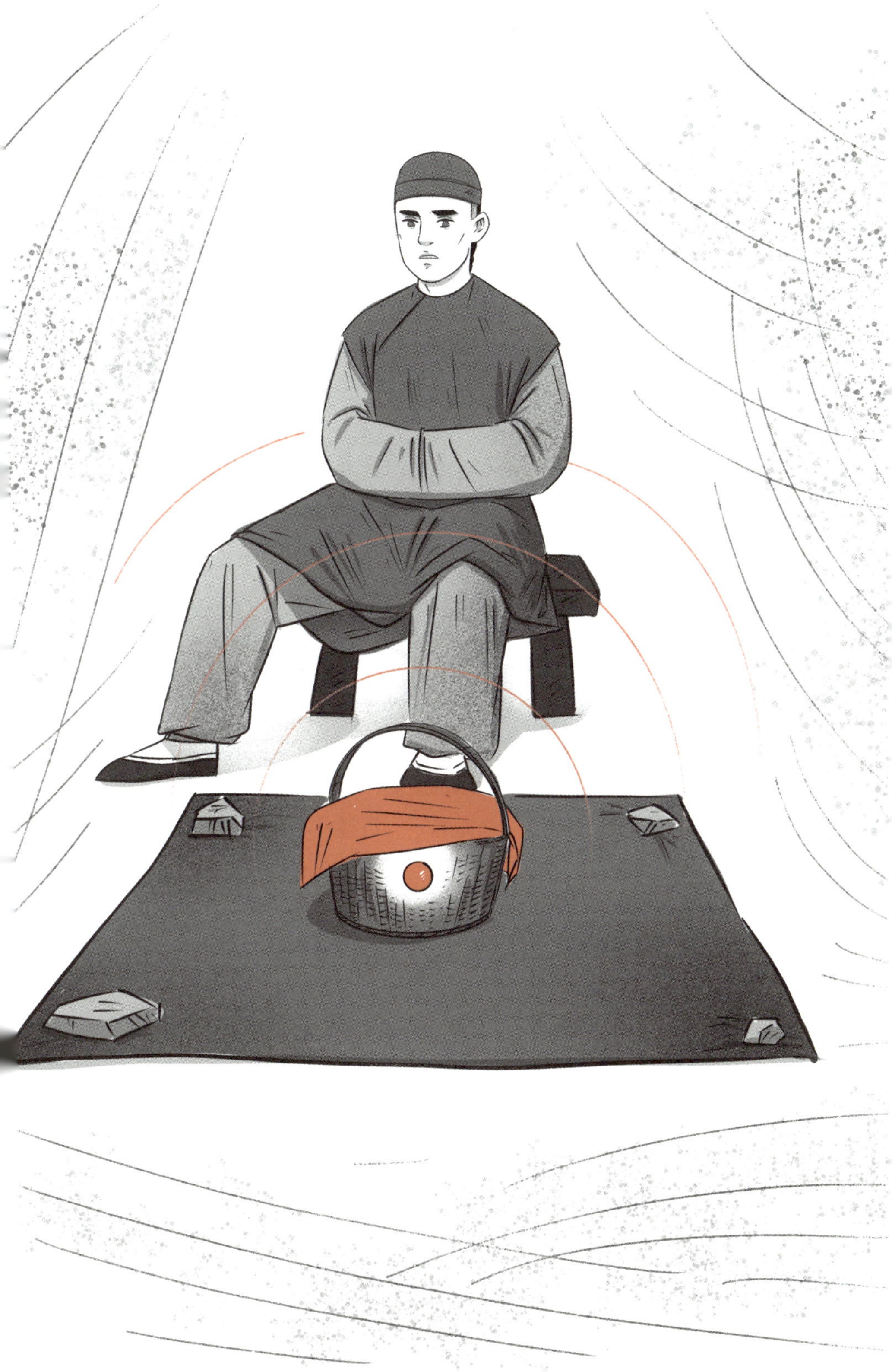

瑶泾赌徒

不赌为赢

瑶泾县有个嗜好赌博的人，穷到连吃饭的锅都没有。夫妇二人在寒冷的夜晚相对哭泣，后悔莫及。丈夫说："这个时候要是有个三五千铜钱，我就立即挑着担子四处贩卖来糊口，就算是死，也不去赌场了，只是到哪儿去弄到这个钱呢？"忽然听到有人敲打窗子，说道："你要是真后悔的话，要得到这个钱也容易，就算比这个多的钱，想得到也很容易，只是害怕你又跑去赌博。"此人以为是一个院子里的长辈可怜他、周济他，于是一边哭着一边发誓，誓词非常地凄苦，然后开门一看，只见明月如昼，周围寂静无人。此人心中一片迷惘，不知所措。

第二天晚上，又听到有人敲窗子，说道："钱已经全部返给你了，你可以自己来拿。"此人点起火把，起来一看，成千上万的铜钱已经整整齐齐地堆在屋内了。此人算了一下，这个钱和自己输的钱大致相当。夫妇二人狂喜，还以为是在做梦，彼此掐对方的手腕，都感到了疼痛，才知道确实是真的。（世俗相传，梦中怀疑自己在做梦时，掐一下自己的手腕，如果觉得疼痛，事情就是真的；如果没觉得痛，那就是梦。）这对夫妇认为是鬼神在帮助自己，买来了牛羊和酒来祭祀鬼神以示感谢。此人回来的途中，遇到了他之前的赌友，赌友问道："你赌博的技术进步了吗，你的运气翻转了吧？为什么你多年输的钱，昨天一日之

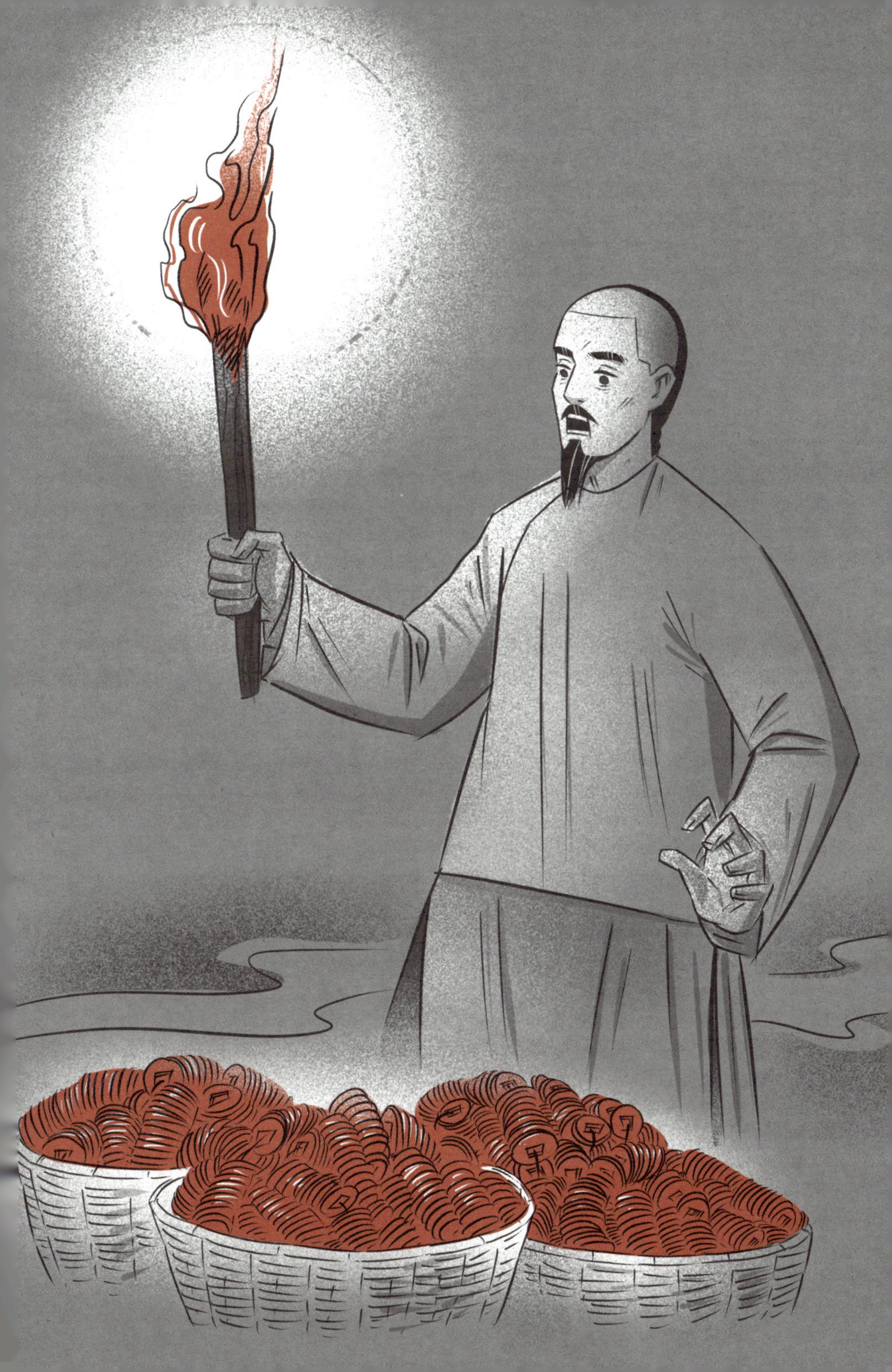

内全都赢回来了呢？"此人不知道该怎样回答，只是唯唯诺诺而已。

回来刚开始祭祀，此人就听到屋檐上有人在说："你不要胡乱地祭祀，会招来邪恶的鬼魅，昨天代替你赌博的是我。我住在你父亲坟墓的旁边，你的父亲因为很生气你四处游荡，每晚都在伤心地哭着，我听着不忍心，所以变化成你的模样到你之前赌博的人家中，替你赢了钱回来。你的父亲让我给你带个话，赌博的事不可一再为之。"说完，周围就安静了下来。这个人从此也改行了，一生过着温饱的生活。唉，那些不肖子孙以为能够为所欲为，他们有没有想过在九泉之下日夜悲泣的先人呢？

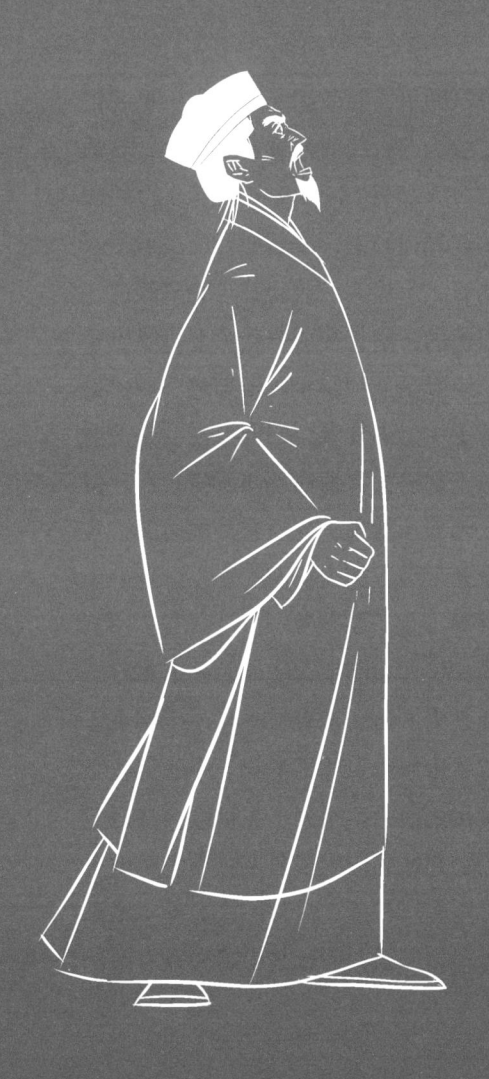

阅微草堂笔记 一

滦阳续录

刑天干戚

猎人眼中的刑天

阿公曾经问我"刑天干戚"的事，我就用《山海经》里的记载来回应他。阿公说："不要认为这古代的记载是荒唐的，真的有这个事。当年科尔沁的台吉达尔玛达都曾经在沙漠北边的深山中打猎，遇了一头中了箭的鹿往前奔走，于是他自己又射了一箭将其击毙。正准备收取猎物时，忽然有一人骑着马跑到跟前，马鞍上的人有身体但没有头，他的眼睛长在两个乳头上，嘴巴长在肚脐上，说的话啁哳难辨，声音是从肚脐中发出来的。虽然很难辨认他说的是什么，但从他手中指画来看，好像在说鹿是他射的，不应该被抢夺。随从的骑士都因为害怕而不知所措，而这位台吉历来就有胆量，也用手比画着示意说，鹿没有被你射倒，我又射了一箭才抓到它，应当剖开平分。此人明白了意思，也好像点头答应了，最后拿了一半的鹿回去了。"

不知道此人是哪个部落的，居住在哪里，从他的外形来看，难道不是刑天的后人吗？天地之大，何所不有？只是儒生拘束于自己的所见所闻罢了。史书称《山海经》《禹本纪》中的那些怪物，我不敢相信，这些书是汉代之前的。《列子》称大禹在行走时见过怪物，伯益知道这些怪物并给它们取了名字，夷坚听说后又将其记了下来。这些说法必定有所传承，只是后人免不了增添附会，使其窜乱，所以往往有很多谬误，而且其中还夹杂着秦、

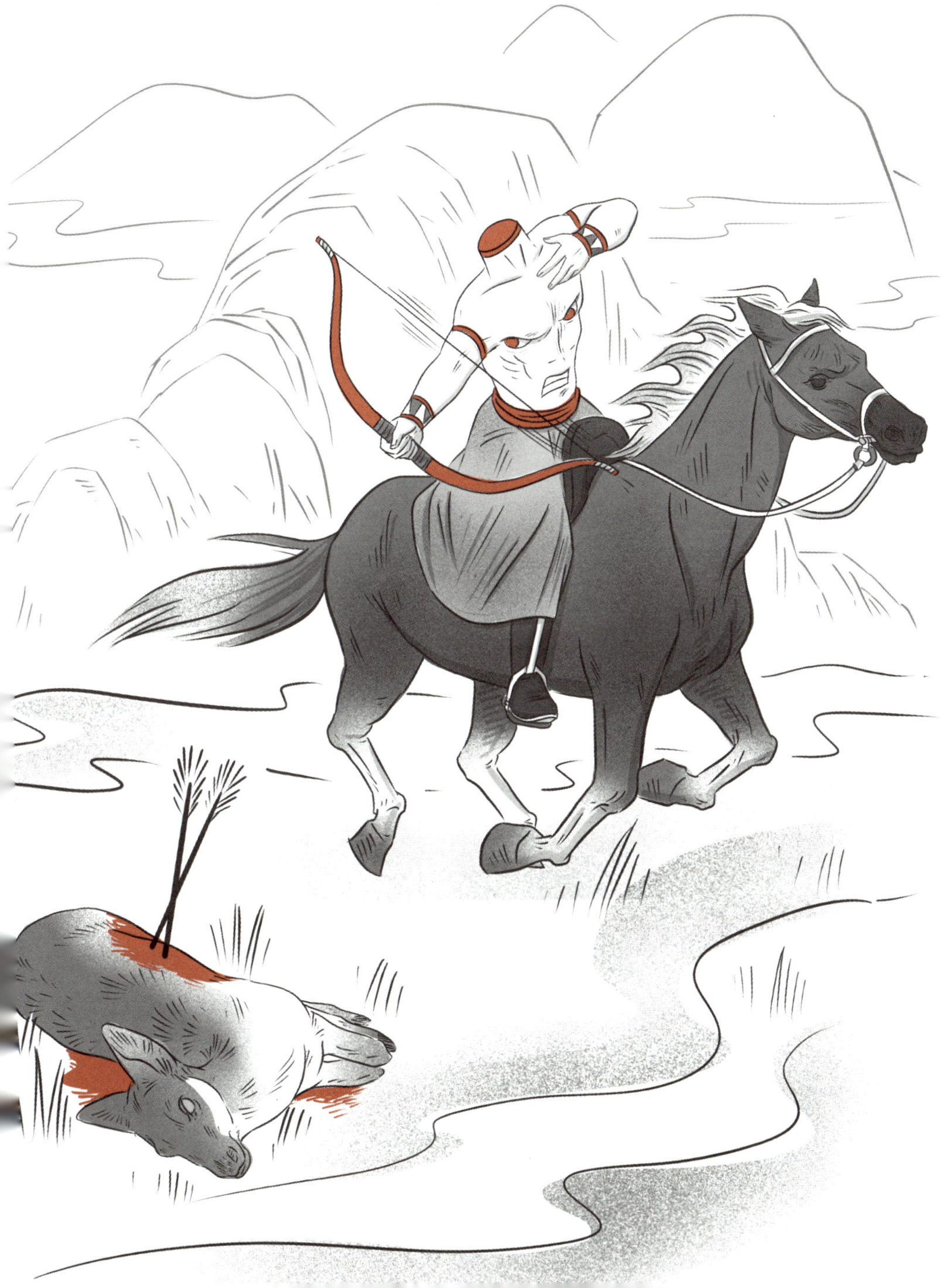

汉时代的地名，只要分开观看就可以了。至于一定要说《山海经》是由《天问》而附会产生的，不应该在注释时引用《山海经》，这个就太过分了。

老兵刘德

老兵的智慧

戊子年间在昌吉发生了动乱，之前没有征兆。屯守的官员在八月十五这晚犒劳众多流放的人，在山坡上摆下酒席，男女杂坐在一起。屯守官喝醉之后，逼迫流放的妇女唱歌，于是顷刻之间就发生了叛变，官员被杀害了。流放之徒乘机洗劫了军火库，占据了城池。十六日的早上，此事才上报至乌鲁木齐，大学士温公紧急聚集军队，当时士兵都散处在各个屯部，城中只有一百四十七个人，但他们都是身经百战的劲卒，完全不将贼人看在眼中。

温公率领他们来到红山口，守备官刘德来到温公马前叩头道："此地离昌吉只有九十里，我们骑马一天就可以到达城下。这样的话对方以逸待劳，他们坐在城上坚守，而我方是向上仰攻，这不是一百多个人能够办到的。这里到昌吉都是平原，玛纳斯河虽然稍微宽阔，但每一处都可策马渡过，没有什么险要可以扼守，能扼守的只有此处山口的一线之路。贼人得到城池后必定不能坚守，他们肯定会朝我们这边来，温公您不如把士兵驻扎在这儿，借着悬崖峭壁的遮挡，贼人不知道我方的多寡，等他们来到险要的关口，我方自上而下地出击，这样反攻为守，反劳为逸，贼人就可以击破了。"温公听从了这个建议。

当贼人来临的时候，刘德左手拿着红旗，右手握着利刃，向众人命令道："观看贼人身后扬起的尘土，他们虽然不超过千人，但都是亡命之徒，肯定会以死相斗，也不容易抵挡啊。所幸的是，他们骑的都是军屯中的马，没有经历过战斗，受到创伤之后必然会掉头逃跑。你们每人拿着枪，一只膝盖跪在地上，只需要伏在地上枪击马匹。只要马逃跑了，人就乱了。"刘德又命令道："看到人影就开枪的话，是打不到贼人的，火药先用尽了，贼人到跟前之后反而没有用的了。你们看见我的旗子动了之后才能鸣枪，胆敢先开枪的，我就亲手杀了他。"

过了一会儿，贼人就争先恐后地鸣枪了，弹药"砰砰"地打在地上，刘德说："这些都是虚发的枪，没什么用。"直到弹丸将前队的一人击伤后，刘德说："对方的射程可以到我们这里，我们的枪必定也可以射到对方那里。"于是举旗一挥，众枪齐发，贼人的马果然全都逃跑了，相互撞击在一起。我方的士兵呐喊追击，将贼人全部歼灭了。因此，这一仗刘德是首功，但捷报不能将过程细说明白，如今我详细地记载下来，希望他的功劳不会被湮没。

茅山道士

心存贪欲其事必败

有个人学习了茅山道士的法术，在整治鬼魅方面特别灵验，有一户人家被狐魅纠缠，于是请这个道士驱除。道士整理好法器，准备近日出发，有一个平日里相识的老翁前来拜访，说："我之前与这个狐狸是朋友，狐狸如今事态急近，请求我来说一句。狐狸没有得罪于你，你与狐狸也无冤无仇，只不过为了得到人家的钱财，所以才会处理此事。狐狸听说你做完这件事之后，对方会赠送你二十四两金银，如今我愿意十倍给你，你能不能停下来不要去了？"于是老人将金银摆在桌案上。这个道士本来就很贪心，随即就接受了。

第二天，道士谢绝了来请他驱狐的人，说道："我的法术只能够整治普通的狐狸，昨晚我召唤天将来检查，你们家的是天狐，我制伏不了。"道士得到这笔金钱之后非常高兴，于是又想：狐狸的金钱既然很多，那就可以用尽方法来得到它。于是道士将四面八方的狐狸都召唤过来，用雷斧火狱来威胁它们，想通过这种方式纳贿。索贿的次数多了，狐狸也不胜其烦扰，便共同

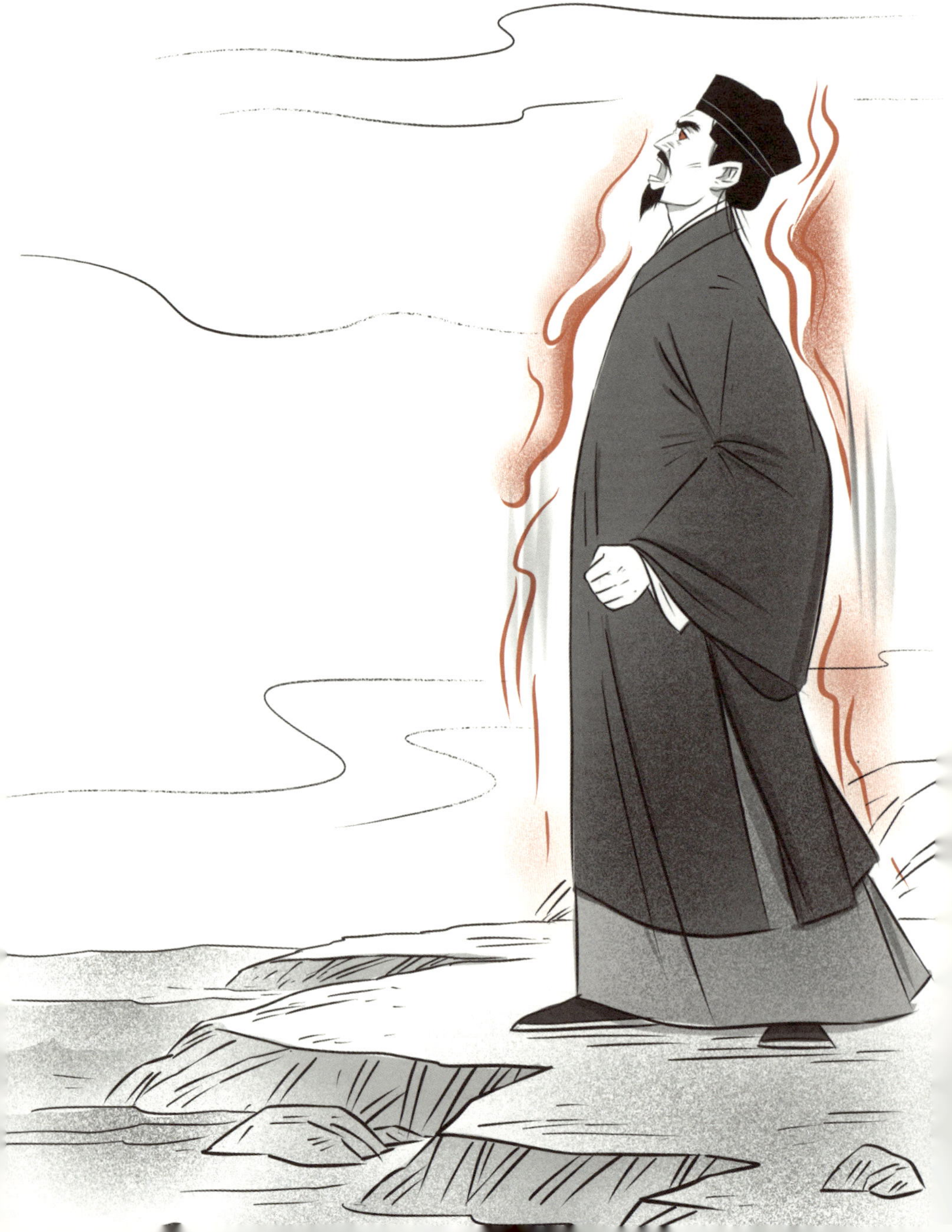

商议去盗取道士的符箓、印章，于是道士被狐魅缠身，癫狂地号叫，投河自杀了。这群狐狸又将他的金钱盗走了，一分钱也没给他留下。人们还以为这个道士像费长房、明崇俨那样神通广大，后来道士的徒弟偷偷地泄露了此事，人们才知道他失败的原因。

　　道士手持符箓、印章，以此驱役鬼神，如果是为百姓降妖除魔的话，就与官吏的权力相同了。收受贿赂，放纵了奸人，已经是不可为之事，他又千方百计地去填补他欲望的沟壑。天道是神明的，怎能逃脱天道的考察呢？就算他不被这群狐狸杀死，最终也免不了雷霆之诛啊！

刘福荣

狐狸的报复

有个奴仆叫刘福荣，他很擅长制作捕捉鸟的网和弓箭，凡是射猎飞禽走兽之类的事，没有他不会的。在分家的时候，将此人分给了我，他的技巧得不到重用，心中很是闷闷不乐，八十多岁了饭量还很大。他只是时不时地带着猎枪在野外散步而已，他的枪法弹无虚发。有天，他看到两只狐狸睡在小土丘上，开了两次枪也没打中，狐狸也没有受到惊吓，刘氏心里知道这是有灵性的动物，就本分地回家了，之后也没有其他的事。

我的外祖父张公，他家水明楼上有个值夜班的人叫范玉，他总是在夜晚听到屋瓦上有声音，怀疑有盗贼，起来一看又什么都没有，于是暗地里观察，看到一个黑影从屋上过去了，于是在瓦沟里布置下机关，在屋内仰面听着。半夜听到机关发动的声音，听到有个女子痛苦地呼叫着，范氏登上水明楼一看，一只黑狐狸的大腿被夹断，死掉了。这天晚上就听到屋顶上有人骂道："范玉，你为何无缘无故杀了我的小妾？"当时邻居刘氏的儿子被狐

魅迷惑，范玉私下忖度肯定是这只狐狸，也回骂道："你纵容你的小妾私奔，自己不知道惭愧，还要来骂我，我是为刘氏的儿子除害的。"于是就没有了动静。但从此之后，每天夜里范玉都觉得有人将石灰水渗到他的眼睛里，眼睛刚闭上就有这种感觉，洗完眼睛后又是这样，渐渐地眼睛肿起来，溃烂了，最终到了双眼失明的地步，这大概是狐狸的报复。范玉的见解距离刘福荣可以说是差远了，一个饱经世事，一个少年多事。

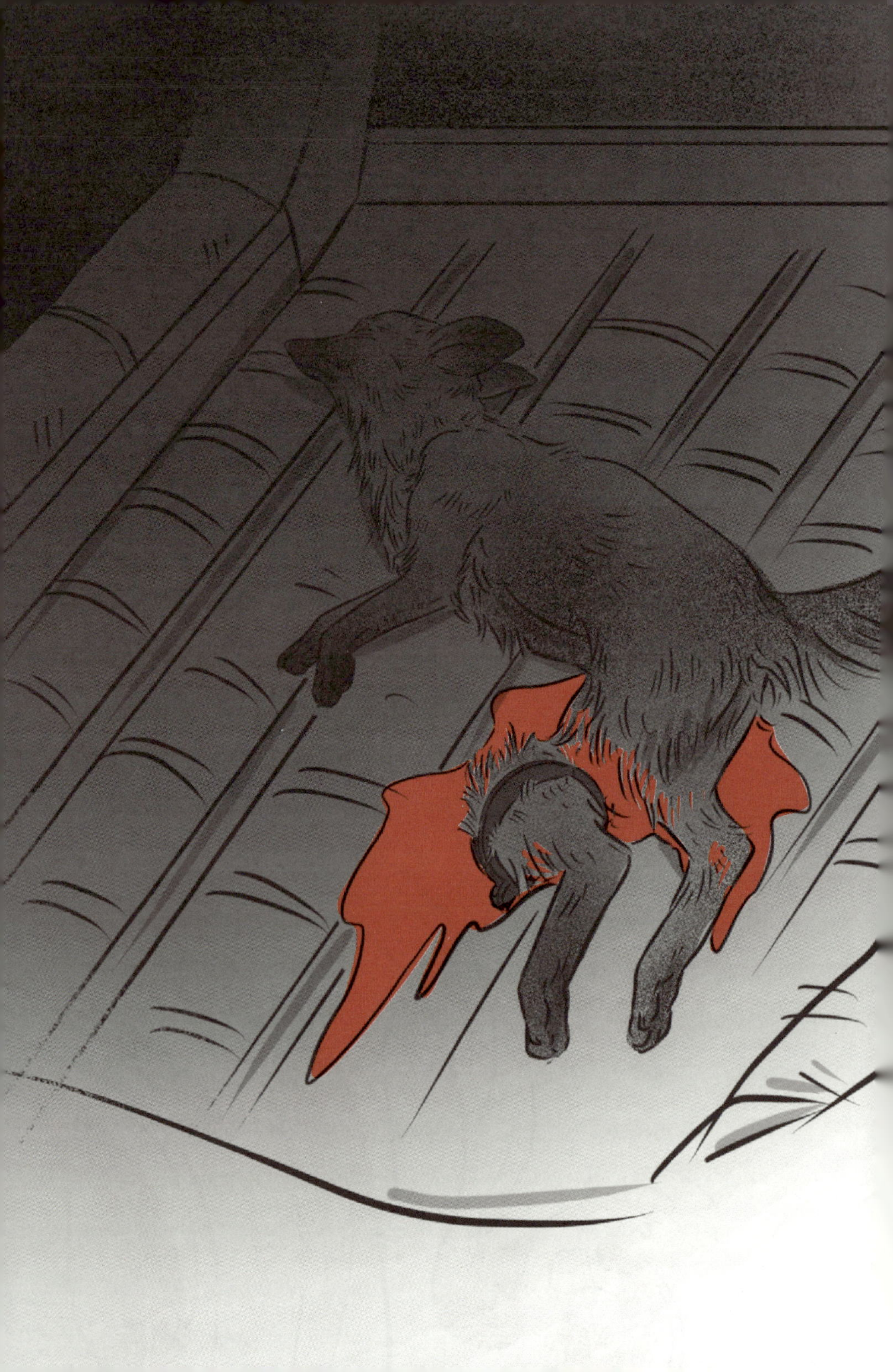

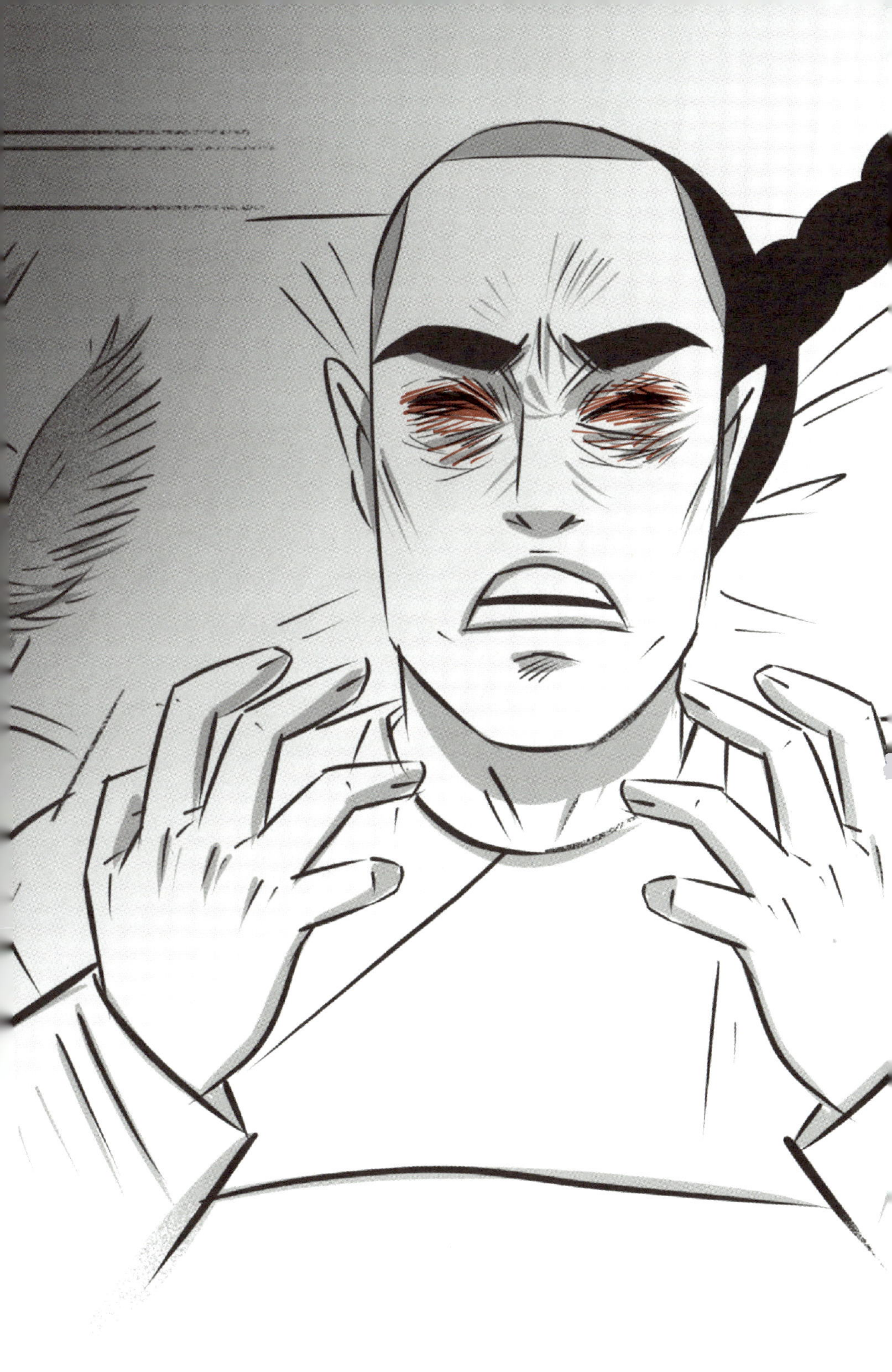

老儒生

鬼脸上的墨点

刘香畹曾经说，有一个老儒生住在亲戚家里，一会儿主人的女婿过来了，他是一个无赖，与老儒生性格不合，双方都不愿住在同一间屋子里。于是亲戚将老儒生转移到另外一间屋子，这个女婿斜着眼在那里笑，众人不知其中缘故。老儒生住的这间屋子也非常雅洁，笔砚、书籍等一应俱全。老儒生在灯下给家人写信，忽然一个女子站在灯下，并不是非常美丽，但气质、风度非常娴雅，老儒生知道她是鬼，一点儿也不害怕，举手指着灯烛说："既然来了，就不可以在这闲站着，可以来帮我剪烛。"女子急忙将灯吹灭，逼过来对立着。老儒生很愤怒，急忙将手沾满墨汁，扇了女子一巴掌，并将墨汁涂在她脸上，说道："我用这个给你做好标记，明天我就寻找你的尸体，把你锉成灰烧掉。"女鬼"呀"的一声就离开了。

第二天，老儒生将此事告诉主人。主人说："这个房屋原来有一个死去的婢女，每天夜里都会出来打扰人，所以我只有白天与客人在此对坐交谈，晚上没有人住在这里。昨晚没有地方安置你，我心想着你德行高、学问好，女鬼肯定不敢出来，没想到她仍然现出了原形。"老儒生这才回想起主人女婿在那儿偷笑的缘故。这个女鬼往往于月光下行走在庭院之中，后来，家人有时与其偶遇，她就会立即掩面逃走。有一天，家人留心观察，发现女

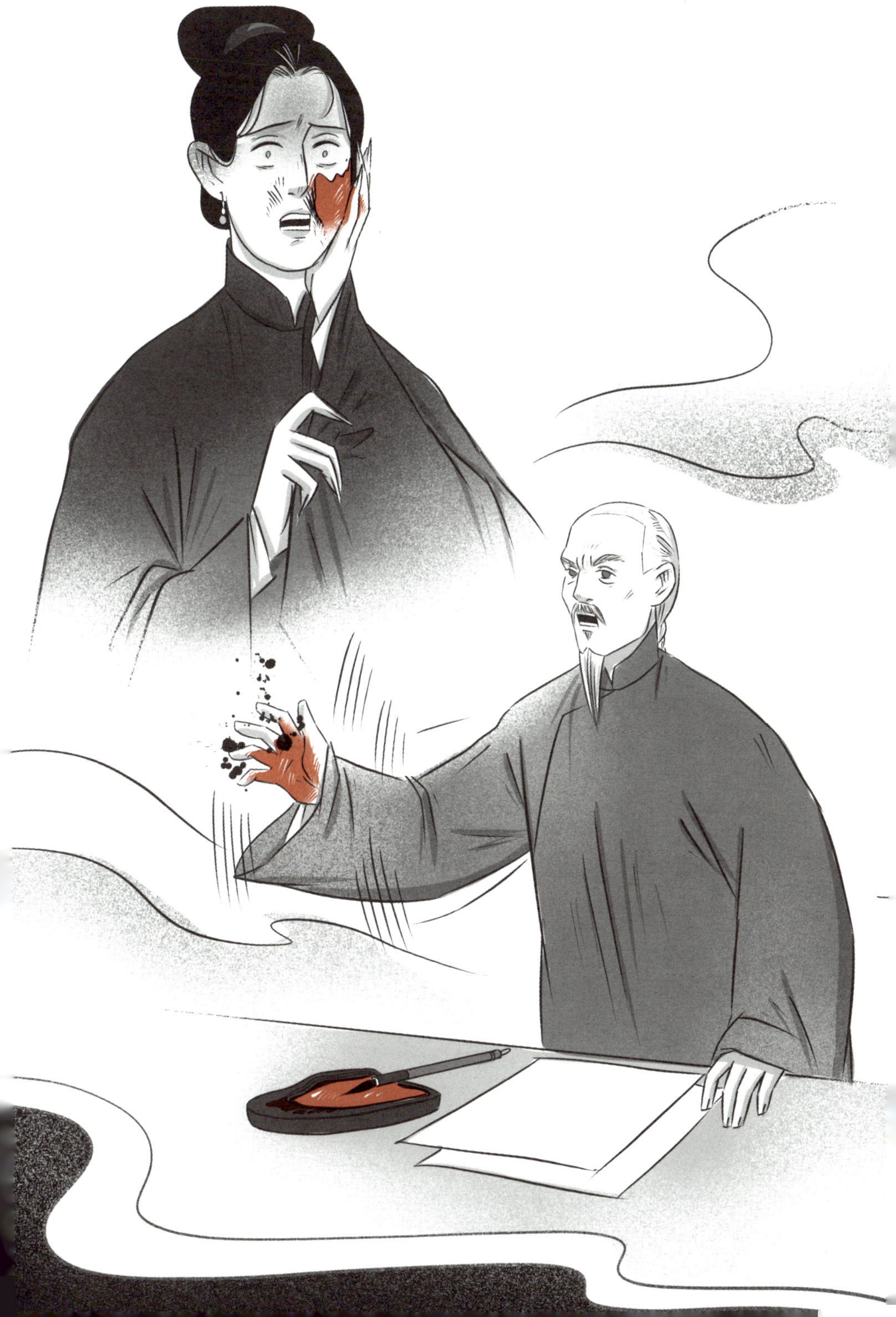

鬼的脸上仍然有墨汁，斑驳杂乱。不知女鬼脸上为何还能留下颜色，应该是有形体的怪物，久而久之成了鬼魅，借着婢女的形体行走而已。

《酉阳杂俎》中记载：郭元振曾经住在山中，半夜里看到一个人的脸像盘子一样，在灯光下将自己的眼睛突出来。郭元振拿起毛笔在怪物脸上题了一行字"久戍人偏老，长征马不肥"，怪物这才消失。后来，郭元振跟着樵夫散步，看到大木头上长着白色的耳朵，有好几斗那么大，自己题的诗句也在上面，这也是一个例证啊。

黑　狐

赔了夫人又折兵

我的族叔育万曾经说，张歌桥的北面，有人看到一只黑狐醉卧在场屋之中（场院中看守稻谷、麦子的小屋，俗称为"场屋"），一开始准备将其捕捉，转念一想，狐狸能够带来财富，于是将衣服盖在狐狸身上，坐在旁边守着。狐狸醒了之后，伸了几次懒腰，就变成了人的形状，非常感谢此人的守护之功，于是二人成了朋友，狐狸也时常给此人一些馈赠。

一天，此人问狐狸："如果有人藏到你的家里，你能够将此人隐蔽，不让他外露吗？"狐狸说："能。"此人又问："你能附体在别人身上，让他疯狂地奔走吗？"狐狸说："也可以。"此人于是诚恳地乞求道："我的家里太穷了，你所馈赠的还不足以赡养老人，我又很惭愧每次都要请你帮忙。如今乡邻中的某人，非常富裕，但又很怕打官司。我刚听说他想寻找一位妇人来做饭，我想让我的妻子前去应聘，过几天之后，让她乘机逃出来，藏到你家里。此时我就说找不到妻子了，将富人告上官府。我的妻子略有姿色，可以用流言蜚语诬告他，威胁他拿出更多的钱。得到金钱之后，你附在我妻子身上，然后跑到富人家的别墅中躲起来，接着我就让人将妻子找出来，这就是你对我施的恩惠了。"

狐狸就按此人的话去做了，此人果然得到了很多金钱，也找

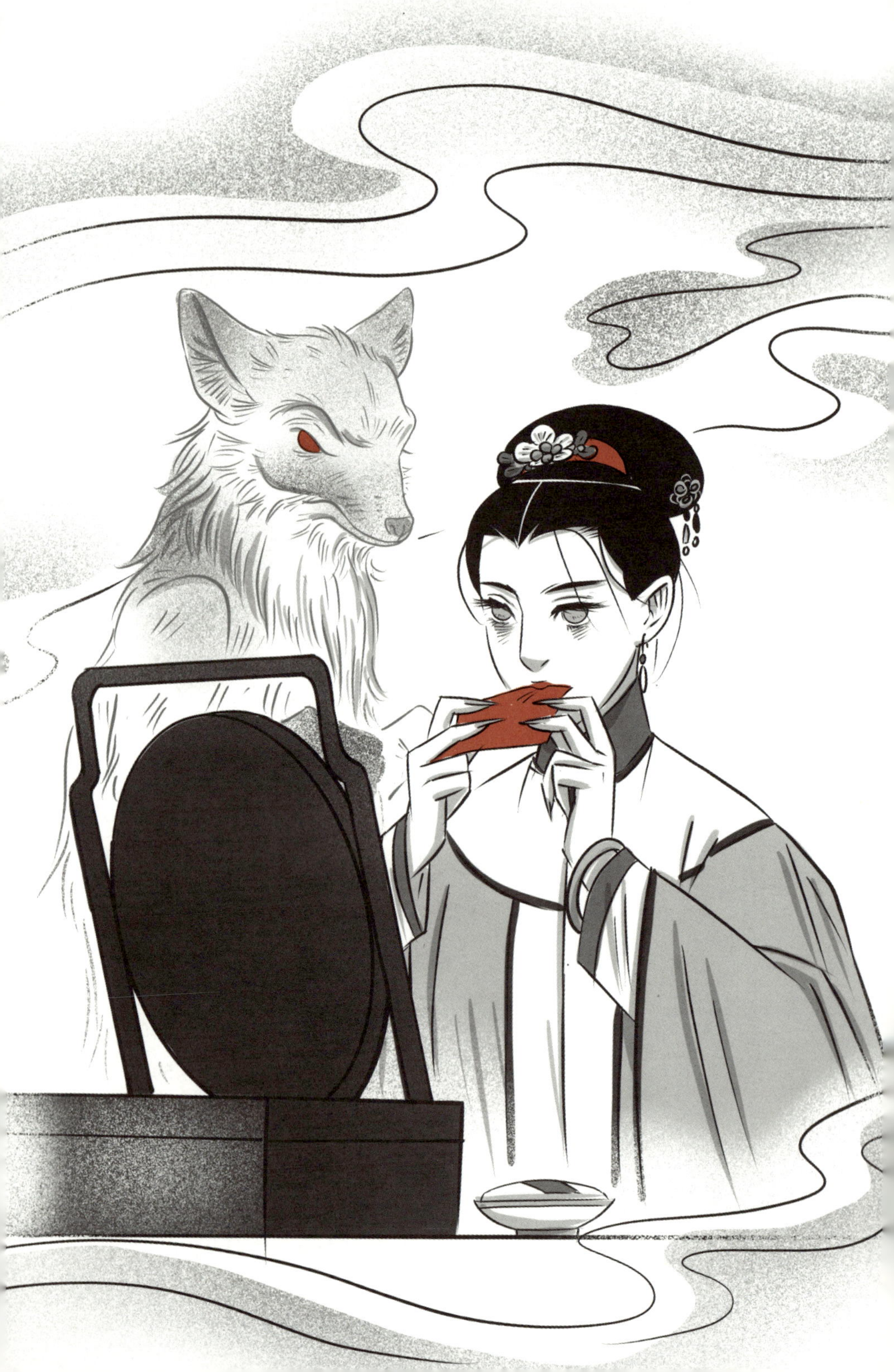

到了他的妻子，而富人因为这个妇人是在自己别墅中找到的，也不敢多问。但这个妇人从此就得了癫狂的疾病，无法治愈。总是不停地打扮自己，夜晚好像与他人一起嬉笑，而且禁止她的丈夫靠前。此人急忙去问狐狸，狐狸说："没有这个道理啊，我去看一看究竟。"很快，狐狸回来了，跺着脚说："坏事了！是富人家楼上的狐狸，它喜欢你妻子的姿色，趁着我附体移出的时候，它就进来了。这个狐狸不是我能抵挡的，无可奈何啊！"此人不停地恳求，狐狸正色道："就好比乡里有个像老虎一样凶暴的人，如果他强占别人的妻子，你能够替这个人把他妻子抢过来吗？"

之后，此人的妻子一天天地更加地癫狂、痛苦，而且将她丈夫之前的阴谋泄露了出来。此人用尽各种办法来治病、驱狐，都没有效果，他的妻子最终得了痨病而死。乡里的人都说："这个人像鬼一样狡诈，又用狐狸的幻术来帮助自己，按理说是不会出现灾患的，没想到用狐狸却又招来了狐狸，就好比螳螂捕蝉，黄雀在后。"古诗说："利字旁边有把刀，贪婪之人终害己。"确实是这样啊！

施 祥

鬼念旧情

我的老仆人施祥,曾经在夜里骑着马来到张白,野外一片空旷,黑暗之中有几个人朝他扔沙子、泥巴,马受惊后不停地嘶叫,不肯前进。施祥知道这是鬼干的,便呵斥道:"我又没到你们的坟墓中,你们为何要冒犯我?"这群鬼嘲弄道:"是我们自己恶作剧,谁跟你理论啊?"施祥愤怒地说道:"不和我理论,是想打架吗?"随即下了马,用鞭子击打这些鬼,双方喧闹了很久,施祥的力量快要抵挡不住了,马又在旁边跳着阻碍他,形势危急时,忽然远远地看到一个鬼跑了过来,厉声呵斥道:"这是我的好朋友,你们不要造次。"群鬼于是散去了。

施祥连忙上马,也没来得及问这个鬼是谁。第二天,施祥带着酒来到昨夜的地方祭奠此鬼,祈求此鬼回应,但四周寂然无闻。施祥的好朋友,不过是一些奴仆、屠夫、卖酒的而已,但九泉之下,这些鬼还是如此地念旧情啊。

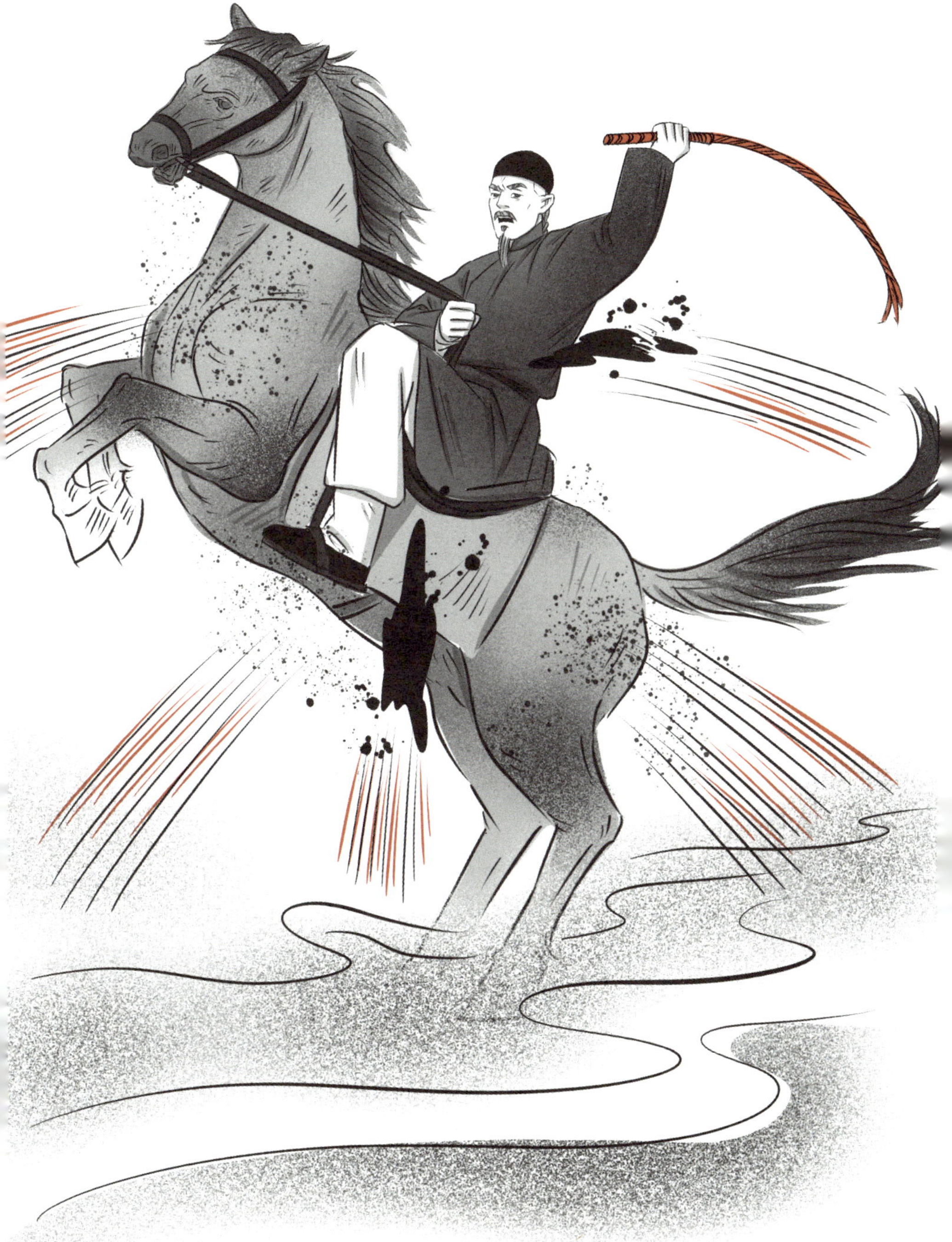

戴 氏

盛气凌鬼获安稳

　　戴东原先生说过，他的族人中有位祖先曾经在偏僻的小巷租了一间空宅，这间空宅很久没有人居住了。有人对他说这里有鬼，他厉声说道："我不会害怕的！"入夜时分，灯影之下果然现出人形，阴森凄惨的气息直入肌骨，一个巨鬼怒斥道："你真的不害怕吗？"此人回答道："是的。"巨鬼于是变化成各种恶魔的样子，过了很久，又问道："你还是不怕吗？"此人又回应道："是的。"巨鬼稍微变得温和了一些，说道："我也不是说一定要驱赶你，只是你的大言不惭让我很生气，你只要说你害怕，我立马就走。"此人愤怒地说："我确实不害怕你，怎么可以诈称我怕你呢？随便你怎么做都行。"巨鬼再三言之，此人最终还是没答应。

　　巨鬼于是叹息道："我住在这里三十多年，从来没有见到像你这样倔强的人，这里有如此愚蠢的人，我怎么可以和他住在一起呢？"说完鬼就消失了。有人批评这个人，说道："害怕鬼，这是人之常情，又不是什么耻辱的事。你假装说你害怕它，就可以息事宁人了，你们却激起彼此的怒气，到底想干什么呢？"此人回答道："道力深厚的人，可以用入定安静的方式来祛除魔障。如果用盛气来欺凌鬼的话，鬼就不会逼迫你。你稍微迁就于它，就会气馁，鬼就会乘虚而入。他用很多种方法来诱惑我，幸亏我没有掉入他的陷阱里。"议论的人们都觉得此人言之有理。

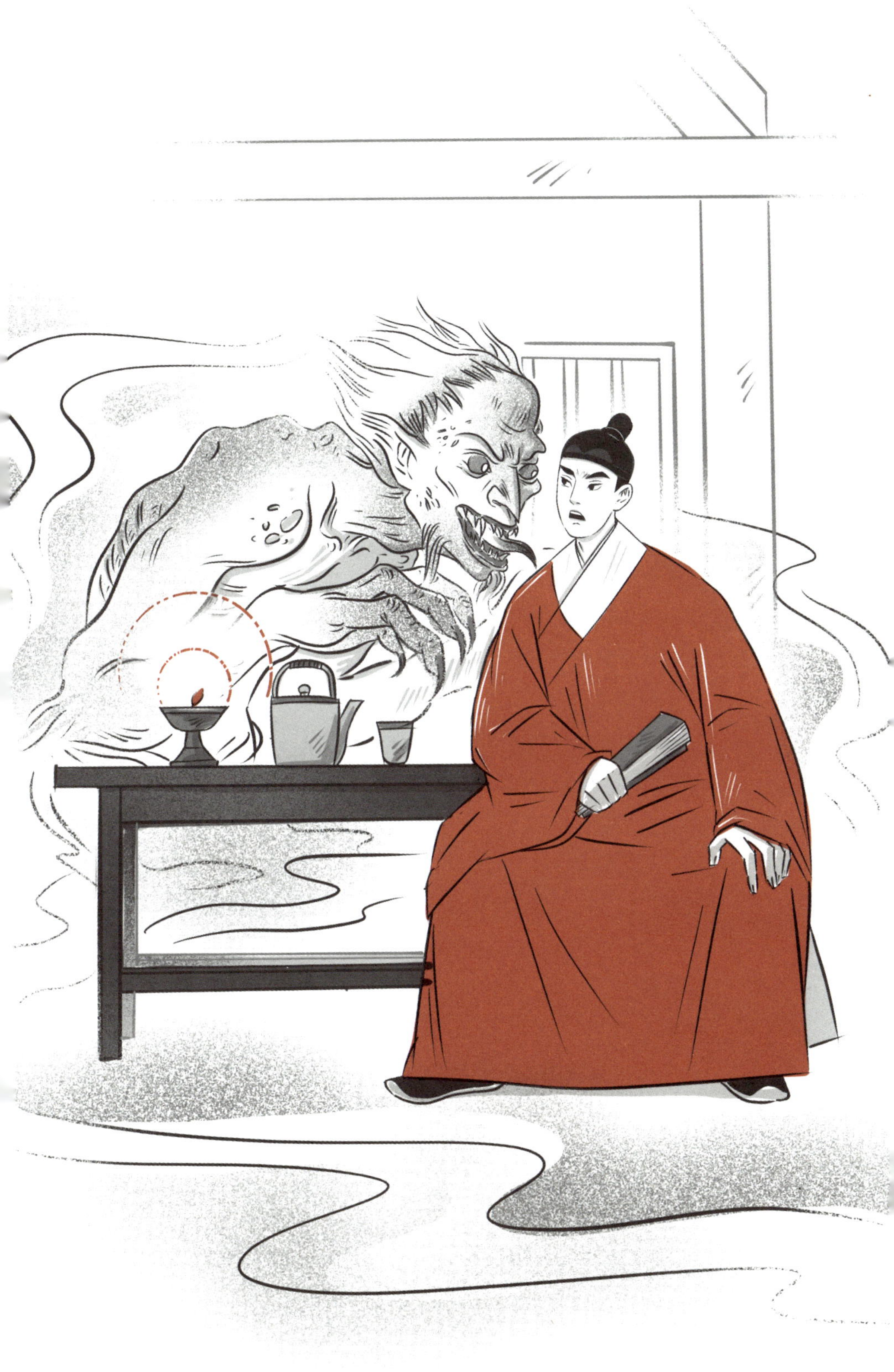

山西商

辗转重逢的婚姻

山西这个地方的人,有很多在外经商。有些人十多岁的时候就跟着别人学习贸易,等积累一点儿资产之后,才回家娶妻,娶妻之后仍然外出做生意,基本上两三年才回家一次;有时命运不好,或者被其他的事情牵绊,一二十年也不能回去一次,甚至到钱花完,衣服穿破时,耻于回乡,就像浮萍一样漂泊流转,和家中音信不通,也是常有的事。

有一个叫李甲的人,几番周折之后,成了乡人靳氏的养子,于是就声称自己姓靳,家里人得不到他的行踪,于是就传言他死了,很快他的父母也都去世了,李甲的妻子没有了依靠,寄食在她的舅舅家里。她的舅舅是邻县的人,也是拖家带口地经商,南北漂泊,居无定所。李甲很久没有得到家书,以为他的妻子死了。靳氏便商议为李甲重新娶妻,刚好碰到李甲妻子的舅舅死在外地,家人也流落在天津,心想少妇守寡也不是长久之计,也想找个山西人嫁了,有朝一日还可以回到家乡,众人商量之后,就撮合了此事。

新婚之夜,双方因为已经分别了八年,各自怀疑而不敢询问,晚上私语之时才完全明白。李甲因为妻子没有得到自己确切的死亡消息就改嫁而生气,一边骂妻子,一边殴打她,全家人听到动静都起来了。靳氏隔着窗户喊道:"你如今再娶,你有前妻死亡的确切依据吗？更何况她在游离颠沛之中，等了你八年之后才改嫁，也确实可以算是情非得已了。"李甲无以回应，于是两人和好如初。

　　破镜重圆是自古以来就有的事，至于再娶之人仍是原配，女子再嫁而没有失节，自从有书籍以来，就没有听过此事。这是我的姨父可亭曾经亲眼见到的。

实斋公

人之无良鬼亦责之

我的舅舅姚安公,号实斋,他曾经说过:讲学的人总是说没有鬼,我没有见过鬼,但亲耳听到鬼说话。雍正壬子这一年举行乡试,我返回白沟河住宿,房屋只有三间,我住在西边一间。之前的那个南方人住在东边,我们彼此问询消息,于是买些酒在夜晚一起交谈。这个南方人说自己和一个朋友从小就认识,他的家里非常贫穷,自己时不时周济他一些钱米,后来他朋友北上参加科考,刚好我在某位大人家里掌管一些笔墨文书,我很怜悯他漂泊无依,邀请他一同居住,他也逐渐被主人赏识。随后他便打听我的家事,添油加醋地诽谤我,将我排挤出来,占据了我的位置。我如今要到山东去谋生,天下怎会有这样不讲良心的人?

我正和这个南方人一同叹息的时候,忽然听到窗外呜呜地有哭泣声,过了很久,说道:"你还责备别人不讲良心吗?你原本是有家室的人,看见我在门前卖花粉,你骗我说还没娶妻,又欺骗我的父母,入赘到我的家中,你说你自己是不是不讲良心呢?我的父母得了病,先后去世了,他们也没有任何亲属,你占据了我父母的宅院,收取了他们的资产,只是像埋葬一个死奴隶一样草草地将他们下葬,你是不是不讲良心呢?你既占据我家的宅院,又向我们索取供给,还虐待我,动不动就让我趴在地上用棍棒打我,你还替那些打手按着我的手和脚,呵斥我不要转动身子，痛打我，让我走投无路选择自尽，你是不是不讲良心呢？我死了之后，不给我一具哪怕最便宜的棺材，也不给我烧一张纸钱，还要脱去我破旧的外衣，只留下一条裤子，用芦苇做的席子将我包裹起来，埋葬在乱坟岗，你是不是不讲良心呢？我如今要向神明诉说，让他们来取你性命，你还要责备他们不讲良心吗？"这个声音尤其凄惨，童子、仆人都听到了。

这个南方人受到了惊吓，身体蜷缩在一起，一句话也不敢说，很快"嗷"的一声便倒在地上。我害怕受到牵扯，天还没亮就离开了，不知道后面的事是怎样的，想来他也是活不成了。世上之事，因果分明，都有证据，只是不知道讲学家见到之后，又将用什么言语为自己开脱？

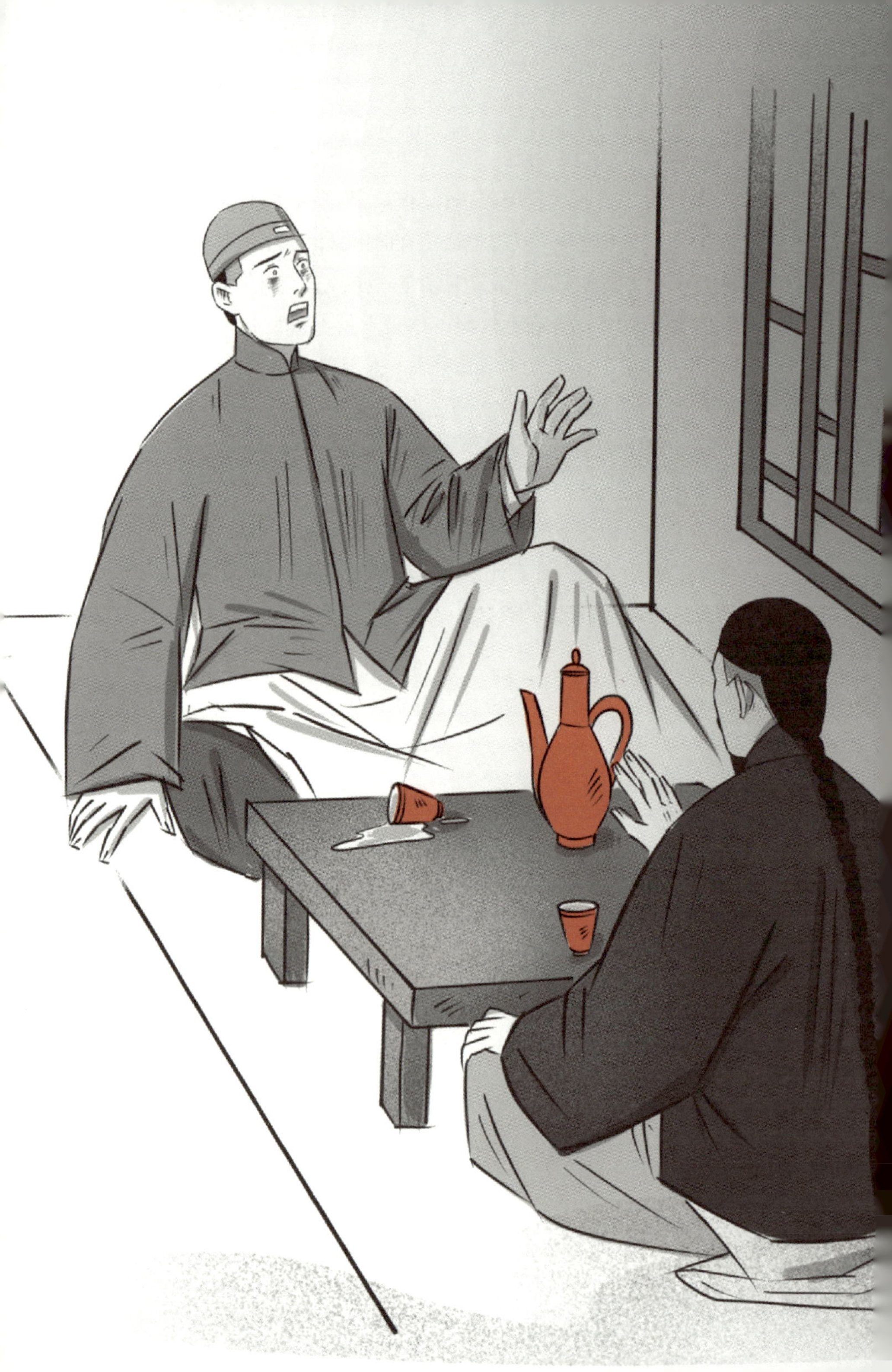

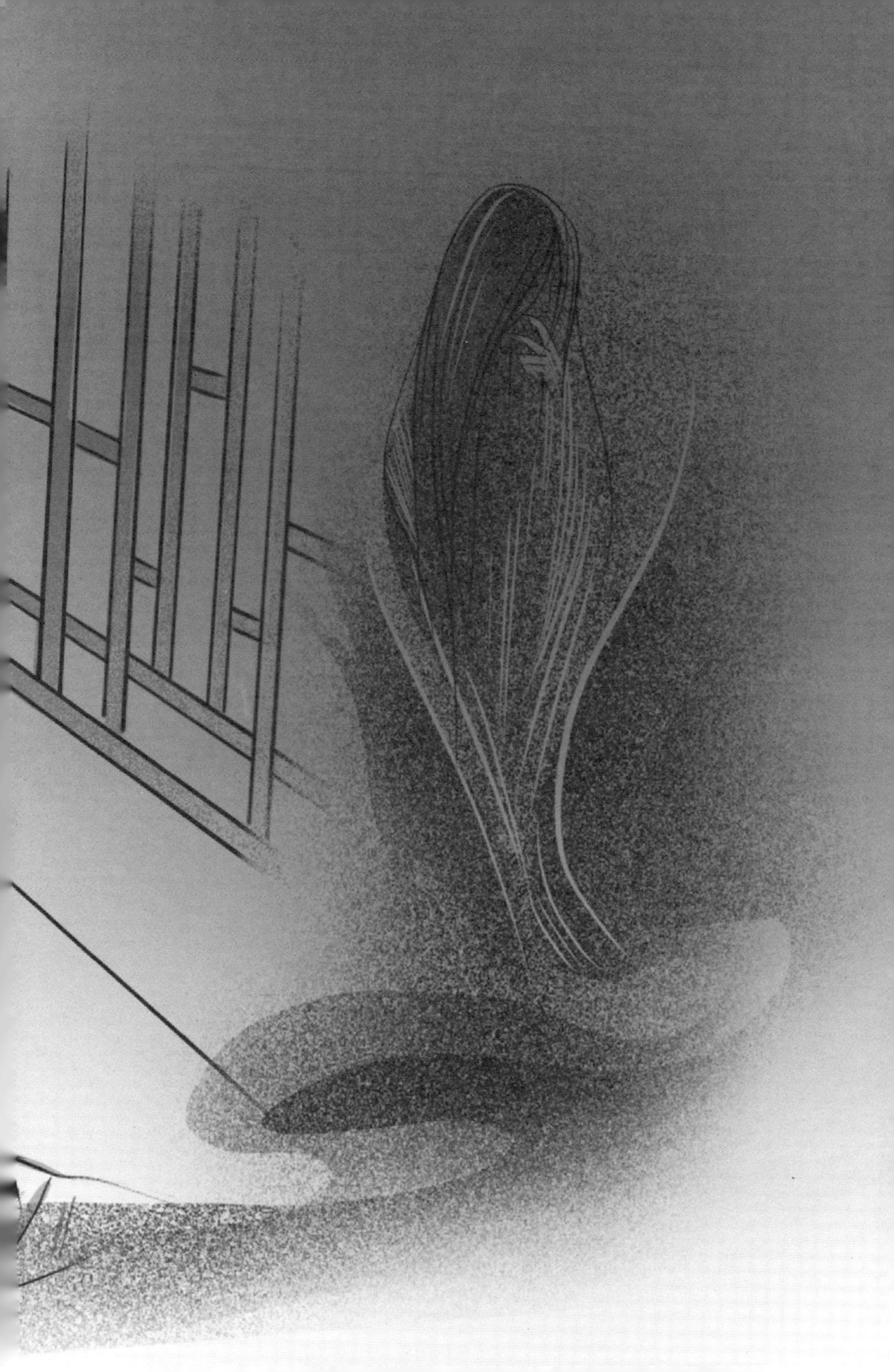

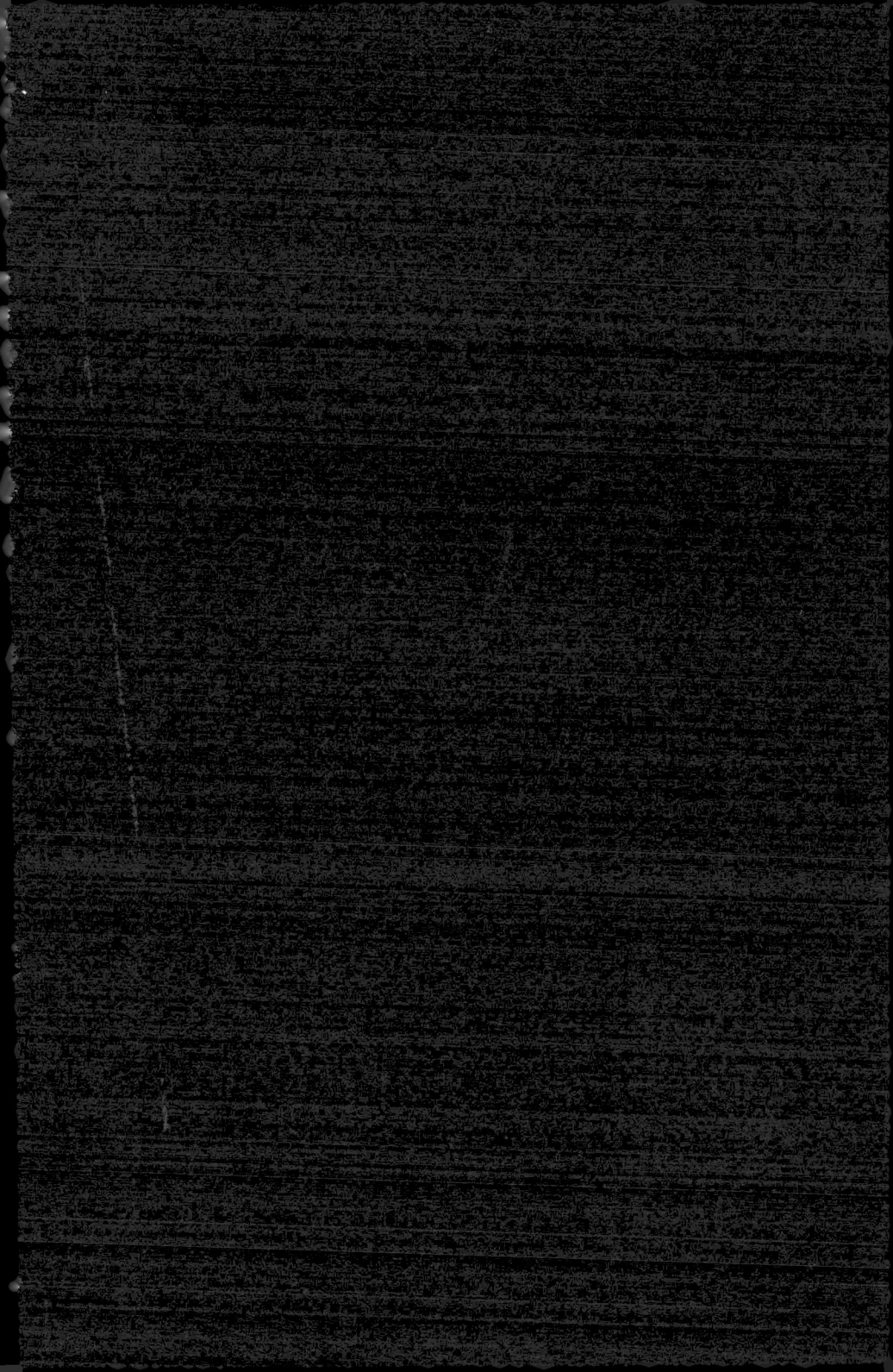

中国奇谭

阅微草堂笔记

手绘图鉴

韩元/编著　畅小米/绘

万卷出版有限责任公司
VOLUMES PUBLISHING COMPANY

上架建议：文学·文化

ISBN 978-7-5470-6699-7

定价：68.00元